ज्ञान गरिमा के
65 वर्ष

भारतीय ज्ञानपीठ

कोई मेरा अपना

(कहानी-संग्रह)

कोई मेरा अपना

सुषमा जगमोहन

भारतीय ज्ञानपीठ

लोकोदय ग्रन्थमाला : ग्रन्थांक 943
ग्रन्थमाला सम्पादक
रवीन्द्र कालिया
सह-सम्पादक
गुलाबचन्द्र जैन

पहला संस्करण : 2008
दूसरा संस्करण : 2009

ISBN 978-81-263-1751-6

प्रकाशक :
भारतीय ज्ञानपीठ
18, इन्स्टीट्यूशनल एरिया, लोदी रोड
नयी दिल्ली-110 003

मुद्रक : विकास कम्प्यूटर ऐंड प्रिंटर्स, दिल्ली-110032

आवरण-चित्र : राधेश्याम अग्रवाल
आवरण-सज्जा : चन्द्रकान्त शर्मा

दूसरा संस्करण : 2009
मूल्य : 120 रुपये

KOI MERA APNA
(Hindi Short Stories)
by Sushma Jagmohan

Published by
Bharatiya Jnanpith
18, Institutional Area, Lodi Road
New Delhi-110 003
e-mail : jnanpith@satyam.net.in, sales@jnanpith.net
website : www.jnanpith.net

Second Edition : 2009
Price : Rs. 120

अनुक्रम

पानी @ 2015

इशिता ने फ्रिज खोला। पानी की एक भी बोतल उसमें नहीं थी। अच्छी तरह आँखें गड़ा-गड़ाकर उसने देखना शुरू किया। जैसे कहीं से अचानक जादुई तरीके से कोई बोतल सामने आ जाएगी। कहीं कुछ नहीं! फ्रिज बन्द कर दिया। किचन में देखा, केन में भी पानी नहीं। उसने खाली केन को एक तरफ पटक दिया।

वह अभी-अभी ऑफिस से लौटी थी और प्यास के मारे हलक सूख रहा था। हालाँकि चलने से पहले उसने काफी पानी पी लिया था। पर गरमी ही इतनी थी कि रास्ता पूरा होते-होते वह पानी हवा बन चुका था। सितम्बर के महीने में जून की गरमी!

''ममा!'' उसने आवाज दी।

लेकिन उस आवाज से पहले ही ममा वहाँ अवतरित हो चुकी थीं। उन्हें आहट से उसके आने का पता चल गया था। दरवाजा तो उसने अपनी चाबी से ही खोला था।

''घर में पानी नहीं है? कहीं एक बूँद भी नहीं!'' उसने हैरानी से उनकी ओर देखा।

''हाँ, सब खत्म हो गया था।'' माँ अभी भी अलसायी हुई थीं। शायद सोते से उठकर आयी थीं। ''मैंने नल का कुछ पानी उबाल कर रखा है। ठंडा हो गया होगा। फ्रिज में रख देती हूँ।''

''ओह ममा, कितनी बार कहा, नल का पानी अब उबालने के बाद भी पीने लायक नहीं होता। कम से कम मैं नहीं पीने वाली। आपने पानी वाले को फोन नहीं किया? फिर भूल गयीं!''

''किया था बाबा! सुबह से चार-पाँच बार फोन कर चुकी हूँ।'' ममी ने थोड़ा कराहते हुए जवाब दिया।

''फिर!'' पानी की वजह से ममी की कराहट के बारे में वह कुछ भी पूछना भूल गयी थी।

"फिर क्या! वो कह रहा है कि अब वह पानी नहीं दे सकता। उसका कहना है कि पिछले दो-तीन दिन से तो वह किसी तरह से इन्तजाम कर रहा था। आगे मुश्किल है। मैंने एक-दो जगह और फोन किया था, किसी के यहाँ भी नहीं था।"

उनके स्वर में अभी भी कराहट थी, लेकिन उसने उस बारे में कुछ भी नहीं पूछा। सिर्फ कहा, "देखती हूँ अभी।" कहकर उसने फोन डायल करना शुरू कर दिया।

दूसरी तरफ से लड़के की आवाज़ आयी, "मैम, आज तो एक बूँद पानी का भी इन्तजाम नहीं हो सकता। कहीं से भी नहीं। सॉरी मैम!"

"लेकिन हुआ क्या?"

"बाजार में ही मिनरल वॉटर की सप्लाई बन्द हो गयी है। चेकिंग अलग से हो रही है। फिर भी कुछ लोग एक्वा से नल का पानी साफ करके मिनरल वॉटर कहकर दे रहे हैं। आप चाहें तो वहाँ से ले लें। या कहें तो मैं दे जाऊँ। आप मेरी रेगुलर कस्टमर हैं। मैं आपसे झूठ नहीं बोलूँगा।

"नहीं, नहीं, नल का पानी पीना होता तो घर के नल का ही ना पी लेते।"

"ये सब हुआ क्या है?"

"पक्का तो नहीं पता। लेकिन पता चला है कि पानी की किसी बड़ी कम्पनी ने सब छोटे पानी सप्लाई करने वालों को पैसा देकर भगा दिया है। उनका कोलेबोरेशन बड़ी-बड़ी कम्पनियों के साथ है। अब पानी बड़े-बड़े मॉल में मिलेगा। हम लोग भी मिलकर कोशिश कर रहे हैं, किसी तरह से उस कम्पनी से बातचीत हो सके लेकिन अभी तो कुछ नहीं हो पा रहा।"

"ये क्या बकवास है!"

"सही कह रहा हूँ मैम! आपने न्यूज पेपर नहीं देखा। टीवी पर भी आ रही है यह खबर तो! कई दिन से।"

"मैं खबरें नहीं पढ़ती। टीवी पर भी कम से कम खबरें तो नहीं देखती।"

"तभी तो...वैसे आप किसी भी पास के मॉल में जाकर पानी ले सकती हैं। सुन रहे हैं वहाँ सामान के साथ फ्री मिल रहा है।"

"शिट।" उसने गुस्से में माँ की तरफ देखा। लेकिन गुस्सा किस पर थी, यह उसे भी नहीं पता था।

मम्मी सोफे पर खामोशी से बैठी उसकी भन्नाहट देख रही थीं।

अचानक उसे कुछ याद आया, "आपको अभी दर्द हो रहा है? दवा ली?"

मम्मी ने 'हाँ' में गर्दन हिला दी और आँखें मूँद लीं तो उसका ध्यान फिर पानी की ओर चला गया।

अब पानी कहाँ से आए? डॉक्टर आंटी का नाम जेहन में आया। उसका मन किया फुर्र से उड़ कर जाए उनके यहाँ, और एक बोतल ले आए। उनके यहाँ वो इम्पोर्टिड मशीन है ना, जिससे न सिर्फ गन्दे पानी और पेशाब से पानी बिलकुल साफ बनाया जा सकता है, बल्कि नमी, पसीने—किसी भी चीज से पानी बनाया जा सकता है। वह मशीन ऑन हो तो नमी से ही दिन भर में काफी पानी बन जाता है।

"काश!" वह मशीन हमारे यहाँ होती! पर महँगी बहुत है। हम कहाँ एफोर्ड कर सकते हैं!" वह सोचने लगी थी। उसे अपने आप पर गुस्सा आने लगा। उस दिन उनके नौकर को डाँटा न होता तो आज ऐसी मुसीबत न आती।

वह उनके घर पानी लेने गयी थी तो उस दिन घर पर डॉक्टर अंकल, आंटी नहीं थे। नौकर केशु था। कोई आदमी वहाँ पहले से मौजूद था। केशु ने जब दरवाजा खोला, उस समय उस आदमी के हाथ में पानी की बोतल थी। वह सकपका गया था। केशु को लगा, उसकी चोरी पकड़ी गयी। उसे समझ में नहीं आ रहा था केशु का व्यवहार। उसने केशु से पानी माँगा। केशु धीरे-धीरे बड़बड़ाने लगा, "पता नहीं, कहाँ-कहाँ से आय जात हैं पानी माँगने। अपने घर मा क्यूँ ना लगाए लेत एक ठो मसीन।"

उसे केशु पर गुस्सा आ गया और जोर से डपट दिया। लगता है गड़बड़ है कुछ। उसने सोचा, आंटी से उसकी शिकायत करेगी।

अगले रोज आंटी ही भुनभुनाती आयीं ममी के पास, "अरे अमृता, ये क्या कर आयी इशिता हमारे यहाँ! केशु को क्या कह दिया! वह तो कह रहा था, "हम यहाँ नहीं रहेंगे। जिस घर में कोई भी ऐरा गैरा हमारा अपमान करने आ जाए, वहाँ हम नहीं रह सकते।" उनकी बात पर उसे गुस्सा तो बहुत आया, लेकिन सोचा अपनी बात बता दे तो समझ जाएँगी, लेकिन वह उसकी बात सुनने को तैयार ही नहीं थीं। उसका चेहरा तमतमा आया था। एक नौकर के पीछे उन्हें ऐरा गैरा बताकर चली गयी थीं आंटी। ममी बोली, "अब नौकर पड़ोसियों से कीमती होने लगे हैं।"

उस दिन से डॉक्टर आंटी से नाता ही टूट गया था।

इशिता का मूड ऑफ हो चुका था। आज उसका साहिल के साथ हैश जाने का प्रोग्राम था। कुछ ही दिन पहले खुला था यह डिस्क। पहले वहाँ डांस, उसके बाद लेंटर्न में डिनर। रास्ते में सोच रही थी, क्या धाँसू प्रोग्राम है आज का। यह साहिल भी क्या कमाल है। ही इज टू...गुड। डिनर विनर सब बंकस हो गया। यहाँ तो पानी के लाले पड़े हैं। पहले पानी का इन्तजाम करना होगा।

साहिल के साथ पिछले दो साल से दोस्ती है। ममा को भी वह पसन्द

आ गया है और साहिल की ममा को वह। वही दोनों अभी शादी के मूड में नहीं हैं। साहिल चाहता है एक दो तरक्की और ले ले शादी से पहले। उसे भी लगता है उसकी शादी के बाद ममी अकेली हो जाएँगी। वैसे साहिल तो कहता है कि शादी के बाद उसके माँ-बाप और उसकी ममी, सभी उनके साथ रहेंगे। लेकिन उसकी बात सुनकर उसे हँसी आ जाती है। वह साहिल को छेड़ने लगती है, "अपने ममी-पापा से पूछ लिया है? खासतौर से ममी से।"

"देखो, इशि, ये मेरा फैसला है। इसमें ममी को क्या एतराज हो सकता है। और वक्त बदल रहा है। बेटी की शादी माँ के लिए सजा क्यों बन जाए! बोलो, कहाँ जाएँगी तुम्हारी ममा?" साहिल के ऐसे जवाब के आगे वह धराशायी हो जाती है। डैडी की मौत के बाद से ममी अकेली ही तो हो गयी हैं। बीमार रहने लगी हैं। उसे लगता है, ये बीमारियाँ भी अकेलेपन की वजह से हैं। साहिल काफी ख्याल रखता है उनका। उससे भी ज्यादा।

इस पॉश कॉलोनी में आये उन्हें कई साल गुजर गये हैं। कॉमनवेल्थ गेम्स से कुछ पहले ही यहाँ शिफ्ट किया था। तब डैडी जीवित थे। उन दिनों शहर के दक्षिण छोर की उनकी कॉलोनी में पानी की ऐसी ही मारामारी रहा करती थी। वहाँ पानी की मारामारी से परेशान होकर वे लोग पूर्वी छोर पर आ बसे थे। वहाँ कई-कई हजार रुपये हर महीने का पानी का ही खर्चा होने लगा था। सरकारी टैंकर वाले को रोज अलग से पैसे देने पड़ते थे टंकी भरवाने के लिए। उसके बावजूद पहले एम.एल.ए. के चमचों के घर पानी जाता था, उसके यहाँ बाद में। कभी-कभी वे इन्तजार करते रह जाते थे और टैंकर वाला आकर बताता था, "आज पानी का इन्तजाम नहीं हो सकता। एम.एल.ए. के लोगों से छुट्टी मिले तो ना!" दरअसल उसे भी तकलीफ होती थी अपनी दिहाड़ी मारे जाने की। अब इस इलाके में भी यही हाल होने लगा है। कितने दिन से यहाँ भी पानी का राशन चल रहा था। ऑफिस भी बिना नहाये जाना पड़ता है कई बार तो। सिर्फ परफ्यूम के सहारे! और आज तो यह नया कांड हो गया!

उफ पानी! बीच में ही फिर उसे पानी याद आ गया था। सूखते हुए हलक में काँटे चुभने लगे थे। उसने ललचाई नजरों से भगोने को देखा जिसमें ममी ने पानी गरम करके रखा था। सोचा, दो चार घूँट ले लूँ।

फिर कहा, नहीं। यह पानी मैं नहीं पी सकती।

इसी बीच दरवाजे की घंटी बजी।

"ओह, साहिल आ भी गया!" उसके मुँह से निकला।

उसने दरवाजा खोला, साहिल सामने था। अपनी फेवरिट प्रिंटिड शर्ट और जींस में मुस्कुराता हुआ। हाथ में फूल लिये हुए। ये फूल उसके लिए नहीं, ममी के लिए हैं। वह जब भी आता है, हमेशा ऐसे ही उनके लिए फूल लाता है। ममी को पटाने की कला उसे अच्छी तरह से आती है। उसे लगा, उसे भी मुस्कुराना चाहिए। वह मुस्कुरायी भी लेकिन भीतर आते-आते ऐलान कर ही दिया, ''आज घूमना-फिरना कैंसिल। पहले पानी का इन्तजाम करना है।''

साहिल चौंका। ''व्हॉट! पानी!...पानी! क्या हुआ?'' वह ममा को फूल देते हुए भौंचक उसकी तरफ देखने लगा। ममा के कुछ कहने से पहले ही वह बोली, ''हिस्टरी सुनाने लगी तो जिन्दा नहीं रहूँगी। पहले पानी।''

साहिल अच्छे मूड में था। बोला, ''चलो, तुम्हारे साथ पानी की खोज भी क्या भारत की खोज से कम रहेगी। बाय द वे, जाना कहाँ है?''

''चलो, शुरुआत स्पेक्ट्रा से ही करें। वही मॉल सबसे करीब है।''

साहिल जोर से हँसा, ''पहले पानी की खोज, फिर एक शानदार डिनर। साउंड्स इन्टेरेस्टिंग।''

साहिल इस तरह की समस्याओं से अभी बचा हुआ था। वह शहर से बाहर खुले इलाके में रहता था। वहाँ इतनी समस्या नहीं थी। समस्या थी भी, तो उसका सुलझाने का तरीका अलग ही था। एक बार उसके यहाँ पानी की प्रॉब्लम हो गयी तो सुबह उठते ही स्विमिंग पूल पर पहुँचने लगा। वहीं से तैयार होकर ऑफिस। वह कभी दुखी होती है तो कहता है, ''हम लोग दुखी बहुत रहते हैं। समस्याओं को हल करना सीखो, मेरी तरह।''

इशिता काफी देर बाद मुस्कुरायी थी, फिर ममा की तरफ देखा, ''चलते हैं मॉम, पानी लेकर आते हैं। लेकिन आप वो नल का उबला हुआ गन्दा पानी नहीं पिएँगी। पहले ही दर्द क्या कम है। इन्फेक्शन और हो गया तो...!''

''अपने साथ मुझे भी मारेगी प्यासा। हमने तो इसी पानी को पीकर जिन्दगी गुजार दी।'' ममी की आवाज उनका पीछा करती रही।

कुछ देर बाद दोनों मॉल में थे।

वहाँ की हर चीज चमचमा रही थी। लगता था यहाँ कोई समस्या नहीं है। मुस्कुराते हुए चेहरे। मॉल में वह हर सीजन में एक-दो बार आ जाती थी। आमतौर पर सेल के सीजन में 50 से 70 फीसदी डिस्काउंट में बहुत कुछ खरीद कर ले आती थी। इस समय सेल का मौसम नहीं था, फिर भी काफी लोग थे। औरतें, बच्चे सभी। यानी, सब पानी की माया है, उसने सोचा।

फिर वह भी मुस्कुराने लगी। उसके चेहरे को देखकर कोई कह नहीं सकता था कि उसे कुछ देर और पानी नहीं मिला तो बेहोश हो सकती है। स्कीम सेक्शन अलग था। थीम था—वॉटर। वहाँ घुसने से पहले ही पता चल जाता था कि आपकी मंजिल आ गयी है। पानी थीम पर हर तरह के गाने मिक्स, रीमिक्स धीमे स्वर में सुनाई दे रहे थे। जैसे कहीं दूर से सुनाई दे रहे हों। रोमांटिक माहौल था। लेकिन पानी की प्यास उसे रोमांटिक होने से रोक रही थी।

साहिल उसे छेड़ रहा था, ''देखो इशि, ये प्यास है...बड़ी...रोमांटिक। हमें करीब होने का कितना मौका दे रही है!''

उसने उसे घूरकर देखा तो सामान देखने का नाटक करने लगा। साहिल की बाँहों में बाँहें डाले ही वह भी स्कीम ध्यान से पढ़ने लगी।

एक किलो चावल के साथ आधा लिटर वॉटर फ्री। दो किलो आइल के साथ तीन लिटर, पाँच लिटर के केन के साथ छह लिटर वॉटर फ्री। चाय से लेकर फ्रिज तक के साथ स्कीम थी। रेफ्रिजरेटर पर छह महीने के लिए पानी मुफ्त। यहाँ तो गंगा बह रही है पूरे प्रवाह के साथ। कमीज के साथ, स्कर्ट के साथ, किसी भी चीज के साथ लीजिए। पानी ही पानी।

सेल्समैन ने बताया, ''एकदम प्योर वॉटर है मैडम। अमृत की तरह।''

''पानी अलग से भी है। बिना स्कीम वाला।''

''हाँ-हाँ, मैडम, वह देखिए। गंगा जल, नर्मदा जल, कावेरी जल। समन्दर का पानी, बरसात का पानी, चश्मे-शाही का पानी। एल्प्स का पानी है...एकदम स्पेशल।'' वह साहिल की बाँहों में लिपटी सारी दुनिया के पानी देखती रही। एक से एक चमकीले लेबल। वह बोतल पर लिखा दाम देखती, फिर बोतल रख देती। रेट दो गुना, चौगुना तक! सचमुच अमृत है। आई कांट एफोर्ड।

पास ही खड़ी एक लड़की अपनी माँ से कह रही थी, ''ममा, ये होम थिएटर लेते हैं। बाय गॉड पानी की प्रॉब्लम भी लम्बे समय के लिए सॉल्व!''

''फिर!''

''प्लाजमा टीवी ले लेंगे! ...या फिर हॉलिडे यूरोप का पैकेज ले लेंगे। उसके साथ भी पानी की स्कीम चल रही है!''

उसकी हँसी छूट गयी। साहिल बोला, ''क्या हुआ?''

''सुना नहीं! लगता है पानी की खोज में यूरोप का हॉलिडे पैकेज ही लेना पड़ेगा!''

''कम से कम हनीमून के लिए तो आइडिया बुरा नहीं। उसके बाद गिरस्थी का सामान ले लेंगे।'' साहिल मुँह चिढ़ाता हुआ बोला।

उसने साहिल को एक धौल जमाया, ''फिलहाल न हनीमून, न गृहस्थी!''

फिर एक पैकेट दाल खरीदी, उसके साथ मिली पानी की बोतल खोली और गट-गट-गट पी गयी।

ऐसा लगा, सुबह से मरुस्थल में ही भटक रही थी। अब छाँव मिली है।

"ये स्कीम वाले ही पानी क्यों ना खरीदे जाएँ? बिना स्कीम वाला तो इतना महँगा है। मुझे डॉलर में तो तनखा मिलती नहीं!" उसने साहिल की तरफ देखकर कहा। सिर्फ कहने के लिए। पानी वाले गाने भी अब उसे लुभा नहीं रहे थे। म्यूजिक भी काफी तेज हो गया था।

एक बार फिर से वे पानी की खोज में लग गये थे। उसने सामान समेटना शुरू किया। एक पैकेट चाय, पाँच लिटर आइल, दस किलो चावल, हर तरह की दालें, वगैरह-वगैरह करके उसके पास तीन केन और कई बोतल पानी हो गया था।

सेल्समैन ने ही जानकारी दी। "आप लोग चाहें तो वॉटर डांस में भी किस्मत आजमा सकते हैं।"

उसने एक ओर इशारा किया। उस ओर उसकी नजर अब तक गयी ही नहीं थी। हॉल के बाहर दूर हल्की नीली रोशनी में कुछ लड़के-लड़कियाँ पानी की धुन पर डांस कर रहे थे। पानी की तरह ही पारदर्शी कपड़े...यानी, सब कुछ दिखता है, वाले स्टाइल के कपड़े पहने वे अपनी ही धुन में मस्त थे। पानी का सम्मोहन, आइए, डांस कीजिए, हमारी तरह। और पानी का लुत्फ लीजिए।

'ओह, तो यह पानी वाले गानों की आवाज यहीं से आ रही थी। वाह! क्या अन्दाज है पानी बेचने का भी। कमाल है!' उसने सोचा।

सेल्समैन कह रहा था, "बेस्ट कपल को सालभर हर रोज एक केन पानी फ्री मिलेगा। सेकेंड और थर्ड प्राइस भी हैं। बहुत पॉपुलर हो रहा है यह वॉटर डांस। अन्दर बहुत भीड़ है। एक बार जाकर तो देखिए। डिस्क में आज एंट्री फ्री है!"

"और अगर इनाम नहीं निकला तो?" साहिल ने सेल्समैन की तरफ देखकर कहा। फिर उससे बोला, "लेट्स डांस, हनी। एक साल के लिए पानी की प्रॉब्लम भी सॉल्व हो जाएगी, जीत गये तो...!"

उसे लगा, कहीं साहिल सचमुच ही डांस करने न चल दे।

वह बोली, "साहिल, मैं बुरी तरह थक चुकी हूँ। देखो, कितना सामान है। ममी भी प्यासी बैठी होंगी।"

साहिल ने उसकी तरफ देखकर बुरा-सा मुँह बनाया, "मैं तो सोच रहा था, वॉटर डांस तुम्हारे बिगड़े हुए मूड को ठीक कर देगा, और...हमें और नजदीक आने का मौका मिलेगा!" लेकिन इशिता ने मुँह कुछ ज्यादा ही बिगाड़ लिया

था इसलिए साहिल ने अपना इरादा बदल दिया।

दोनों लदे-फँदे घर पहुँचे। तब तक अँधेरा गहरा गया था। पानी इस कदर हावी था कि बाहर डिनर का प्रोग्राम भी मुल्तवी कर दिया गया। ममा ने जल्दी-जल्दी जो तैयार कर दिया था, वही स्वादिष्ट लग रहा था।

इशिता के घर तो पानी की समस्या कई दिनों के लिए सुलझ गयी थी। लेकिन पानी न मिलने से शहर में आग लग गयी थी। दो-तीन दिन में ही मामला इतना गरमा गया था कि पानी राजनीतिक रंग ले चुका था। नल का पानी तो पीने लायक था ही नहीं, अक्सर आता भी नहीं था। लोकल मार्किट से चोरी-छिपे सस्ता मिनरल वॉटर पीकर लोग शुद्ध पानी पीने का भ्रम पाले हुए थे। अब करें भी क्या? हर कोई तो मॉल में बिकने वाला महँगा ब्रांडेड पानी एफोर्ड कर नहीं सकता था।

मार्किट में अलग हंगामा था। दुकानदार एकजुट हो गये थे। ब्रांडेड सामान के साथ ही पानी मिलेगा तो छोटे दुकानदारों का क्या होगा? इस तरह तो काम धन्धा बिलकुल ही चौपट हो जाएगा।

ऑपोजिशन वालों को बड़े दिन बाद कोई मुद्दा हाथ लगा था। वरना तो कॉमनवेल्थ गेम्स के घोड़े पर सवार यह सरकार पिछला चुनाव उसी तुफैल में जीत कर आ गयी थी। और अगला चुनाव ओलम्पिक कराने और शहर को चमकाने के नाम पर जीतने की तैयारी कर रही थी। सीएम का यह दावा लोगों को वाजिब भी लगता था कि उनकी पार्टी के पास कॉमनवेल्थ गेम्स कराने का अनुभव है।

पानी की समस्या से ऑपोजिशन नेता जीवनलालजी के चेहरे पर चमक आ गयी थी। टीवी पर जब वह नया डिजाइनर सूट पहने बयान दे रहे थे तो शहर का पानी उनके चेहरे पर छलका पड़ रहा था, "ये जो सीएम बोलते हैं ना, कि शहर को इंटरनेशनल सिटी बना दिया है तो लोग क्या करें? भई, लोगों को तो रोटी-पानी से मतलब है, पानी ही नहीं तो काहे की इंटरनेशनल सिटी!" उन्होंने अपनी इस बात पर जोरदार ठहाका लगाया। उनका चमचा उस समय उनके ठीक पीछे एल्प्स वॉटर के लेबल वाली बोतल लिये खड़ा दिखाई दे रहा था। पहले ही ब्रेक में उसी कम्पनी का विज्ञापन। एकदम सफेद चमकीले झरने के पानी में बिकिनी पहने नहाती लड़की, लेकिन आँखों में जमाने भर की प्यास। और अचानक उसी पानी से निकलती एक पानी की बोतल। सामने से उससे भी कम कपड़ों में आता एक लड़का। सेक्सी अदा से पानी पीते हुए लड़की और फिर लड़का, लड़की और पानी सब गड्डमड्ड। ब्रेक खत्म, फिर जीवनलालजी का थोबड़ा सामने था।

सीएम और उनके मन्त्री बात करने से भी कतरा रहे थे। टीवी न्यूजवाले

लड़के-लड़कियाँ सीएम के ऑफिस और कोठी के बाहर मुस्तैदी से डटे हुए थे। बुलेटिन में बता रहे थे कि सीएम की गाड़ी दिन भर में कितनी बार वहाँ से गुजरी लेकिन उनकी कोशिश के बावजूद सीएम ने उस गाड़ी से बाहर झाँकना भी पसन्द नहीं किया। जो भी हो, इशिता पहली बार देख रही थी कि इस शहर के लोग किसी एक बात पर सड़क पर उतर रहे थे। वरना नेता लोग टीवी पर ही समस्या पैदा करते थे और सुलझा भी लेते थे। उसे भी लग रहा था कि समस्या का हल किसी महँगे मॉल में जाकर सामान के साथ पानी फ्री ले आना नहीं है।

इसी बीच शहर में पानी की इमरजेंसी लगा दी गयी थी। यानी...बगीचे में पानी देने पर पाबन्दी, कार पानी से धोने पर पाबन्दी, वगैरह...वगैरह। कई वगैरह इसमें शामिल थे जिसके हिसाब से पीने के अलावा दूसरी जरूरतों के लिए भी पानी की शहर में कमी हो गयी थी। नलों में गन्दा मटमैला, कीड़ेवाला पानी भी सुबह शाम ही मुश्किल से नसीब हो पा रहा था। कहीं-कहीं तो यह भी नहीं। पानी हासिल करना सबका अधिकार है। उसका मानना था कि इसके लिए उसे पानी को आजाद कराने की जंग में शामिल होना पड़ेगा। दो दिन से बिना नहाये वह ऑफिस जा रही थी, इसलिए इस अधिकार के बारे में ज्यादा सोच-समझ सकती थी।

सड़कों पर नारेबाजी शुरू हो गयी थी।

सीएम पानी दो या गद्दी छोड़ दो।
ओलम्पिक का राग अलापना छोड़ दो।

ऑफिस से लौटते ही वह पानी के इस प्रदर्शन में शामिल हो गयी। अगले दिन वह ऑफिस ही नहीं गयी। लोगों में जोश था। काबू करने आयी पुलिस पर लोगों ने पथराव कर दिया था। कई लोग घरों से गायब थे। कई को पुलिस खोजती फिर रही थी। वह प्रदर्शनकारियों की अगली पंक्ति में आ गयी थी। टीवीवालों को भी फटे सिरवाले लहूलुहान चेहरों के साथ सुदर्शन चेहरेवाले, युवा प्रदर्शनकारी पहली पंक्ति में ही चाहिए थे। वैसे भी मामला इंटरनेशनल होता जा रहा था। सो, उस दिन टीवी पर इशिता का चेहरा, उसका बयान और अगले रोज के अखबारों में उसका फोटो फ्रंट पेज पर था। इशिता खुश थी, पानी ने उसे नायिका बना दिया था। उसने कसम खाई, वह लोगों को पानी की समस्या से निजात दिलवाकर ही दम लेगी अब। ममी का दर्द भी काफी दिन बाद गायब था। उनमें भी बेटी के साथ-साथ उत्साह आ रहा था।

साहिल नाराज था। वह फौरन उसके पास पहुँचा। किसी बम विस्फोट की तरह। "ये क्या किया तुमने इशिता?" जानती हो कम्पनियों ने क्या प्रस्ताव पास

किया है? जो कर्मचारी इस जल प्रदर्शन में हिस्सा ले, उसे बाहर कर दिया जाए। तुम्हारा तो फोटो हर अखबार, हर चैनल पर है। तुम्हारी नौकरी तो गयी। हमारी कम्पनी ने तो यहाँ तक कह दिया है कि जिस कर्मचारी के घर का भी कोई आदमी इसमें हिस्सा लेता पाया जाए, उसे भी नौकरी से हटा दिया जाए!''

साहिल की इस खबर ने उसकी ममी को तो दहला ही दिया था। उसमें भी घबराहट तो पैदा कर ही दी थी। ममी और उसका सहारा और है भी क्या, इस नौकरी के सिवा। ममी के चेहरे पर दर्द फिर नजर आने लगा था। साहिल की बात अभी खत्म कहाँ हुई थी। बोला, ''और जानती हो...मेरी ममी बहुत नाराज हैं। कह रही थीं, ये धरने-प्रदर्शन वाली लड़की मेरी बहू बनेगी क्या?''

''कम्पनी की बात छोड़ो। कम्पनी का दिल नहीं धड़कता, उसे प्यास नहीं लगती। पर तुम्हारी ममी को क्या पानी की समस्या से कोई लेना-देना नहीं, साहिल?'' इशिता को साहिल की ममी पर नहीं, उस पर गुस्सा आ रहा था।

''तुम समझा नहीं सकते अपनी ममा को? पानी ही नहीं मिलेगा, जान चली जाएगी तो नौकरी, शादी कौन पूछेगा? मतलब क्या है इस बात का!''

उधर शहर में अफवाहें फैल रही थीं। कुछ लोग कह रहे थे कि नल का पानी इतना गन्दा है कि उबालने, मशीन से साफ करने के बाद भी उसे पीने से कई लोग मर गये, कई स्कूलों में बच्चे पानी पीने से बीमार हो गये। अस्पताल में दाखिल हैं। डॉक्टर सिर खपा रहे हैं कि यह कौन-सा नया हेपेटाइटिस है। घबराकर स्कूलवालों ने स्कूल की छुट्टी की घोषणा कर दी थी। कहीं नलों से साँप, कीड़े निकलने की खबरें आ रही थीं, कहीं से केमिकल।

एक दिन तो पानी सप्लाई करनेवाली कम्पनी की वैन को ही लूट लिया गया। उस वैन का पानी बड़े लोग ही एफोर्ड कर सकते थे। भीड़ ने वैन से ड्राइवर को उतारा और पानी वैन में भरने वाला सीक्रेट कार्ड भी छीन लिया। वैन बाद में हाईवे पर मिली। पर लोग इस लूट से खुश थे। बरसात की फुहारों का सुख दे रही थीं ऐसी खबरें।

लोग पूछ रहे थे बारिश का पिछले साल का जमा पानी कहाँ गया? और समन्दर से पानी लाने की बात कही जा रही थी, उसका क्या हुआ? हजारों करोड़ का प्रोजेक्ट था वो तो। लगता है सब बह गया पानी में!

ज्यादा जोश में आ जाते तो कहते : बेच खाया इन हरामखोर पॉलिटीशियनों ने। मिनिस्टरों की जेबें भर गयी होंगी! मल्टीनेशनल कम्पनियों को हमारा शहर पानी के बड़े बाजार के रूप में दिखाई दे रहा है ना!

कुछ लोगों का कहना था कि पानी साफ करने की महँगी विदेशी मशीनों की बिक्री बढ़ाने के लिए ही ऐसा किया गया है।

इशिता सोच रही थी कि डॉक्टर आंटी के पास भी तो वैसी ही मशीन है ना। कितने लोग वैसी मशीनें खरीद सकते हैं? उनको तो बेटे ने भिजवायी थी। इसी बात पर उसे याद आया, पिछले दिनों कई बार उसने उनके फ्लैट से लोगों को पानी की बोतलें ले जाते देखा है। लगता है केशु अब धड़ल्ले से उस मशीन से पानी बनाकर बेचने लगा है। आंटी को तो खबर भी नहीं होगी। वह तो बड़ा भरोसा करती हैं ना उस पर। पर भला मैं क्यों कहूँ उनसे? और मेरी सुनेंगी भी क्यों वो? उस दिन ही किस तरह डाँट कर चली गयी थीं। "उँह, मेरी बला से!" उसने कन्धे उचका दिये।

इशिता को अपने पानी के आन्दोलन से फुरसत भी कब थी?

साहिल उसकी ममी पर दबाव डाल रहा था, उसे समझाएँ, सो ममी उसे समझा रही थीं। "इशिता! क्या कर रही है? अपनी जिन्दगी तो देख। पानी दाल-चावल के साथ फ्री मिल रहा है ना। या फिर महँगा ही पी लेंगे। वो डॉक्टर आंटी जैसी मशीन लोन लेकर खरीद लेंगे। समझा कर। जिन्दगी को आग मत लगा। साहिल की ममी का भी फोन आया था। नाराज थीं। कह रही थीं कि उस दिन इशिता टीवी पर ऐसे खुश दिखाई दे रही थी जैसे मिस इंडिया बनी हो। किसी फैशन शो में ही नाम कमाया होता तो भी ठीक था। इशिता ने ये क्या शौक पाला है धरने-प्रदर्शन का? रिश्तेदारों और आसपास वालों को क्या कहेंगे?

उसे न साहिल रोक पाया, न उसकी ममा और न ही कम्पनी का आदेश। एक दिन उसे स्लिप पकड़ा दी गयी थी। नौकरी से निकाले जाने की प्यारी-सी छोटी-सी स्लिप। ऐसे बगावती कर्मचारी की कम्पनी को जरूरत नहीं थी।

अपोजिशन के गले की आवाज भी पिछले कुछ दिन से निकलनी बन्द हो गयी थी। अचानक जीवनलालजी का भी जीवन दर्शन बदल गया था।

वह नया राग अलापने लगे थे। टीवी पर किसी नयी फिल्म के डायलॉग बोलते नजर आ रहे थे, "इंटरनेशनल मार्किट को देखते हुए हमें विकास में सहयोग देना चाहिए। विपक्ष की सकारात्मक भूमिका यही है। आखिर हम भी अपने देश को आगे बढ़ाना चाहते हैं।"

शहर में हवा उड़ने लगी थी कि जीवनलालजी को भी मशीन वाली कम्पनी ने खरीद लिया है।

लेकिन पानी ने जो चिंगारी लगा दी थी, वह तो शोला बन चुकी थी। कितने लोग थे, जो इस मुहिम में शामिल हो चुके थे। कुछ को इशिता की ही तरह नौकरी से निकाला जा चुका था। किसी को परवाह नहीं थी। कुछ अभी भी कम तनखा वाली देसी नौकरियाँ कर रहे थे। वे कम से कम उस फ्रंट पर सुखी थे। लोग इस कदर खिलाफ हो जाएँगे, इसका अन्दाजा तो न सीएम को था, न ही

विपक्ष के सर्वेसर्वा जीवनलालजी को। जीवनलालजी ने सोचा था कि उनके हाथ खींचते ही बुलबुले की तरह सब बैठ जाएँगे, लेकिन यहाँ तो लगता है, उनकी भी गयी। सीएम को भी अपनी कुर्सी हिलती दिखाई दे रही थी। अफवाहें उड़ रही थीं कि अगर शहर में पानी को लेकर इस तरह आन्दोलन होते रहे तो इंटरनेशनल मार्किट में शहर की इमेज खराब होगी। बाहर की कम्पनियाँ अपने हाथ खींच लेंगी। पानी के चक्कर में बहुत कुछ खो देंगे। विदेशी पानी बिकना है तो बिकना है। लोगों को समझाना सीएम का काम है। हवा तो यह भी उड़ रही थी कि कम्पनियों का प्रेशर है कि मामला नहीं सुलझता तो सीएम को ही बदल डालो। डिप्टी सीएम की मौज आ गयी थी। कुछ ही दिन पहले करप्शन में मन्त्री पद से हटाये गये कान्तिलालजी को उन्होंने सीएम के खिलाफ हवनकुंड में आहुति डालने के काम में लगा दिया था। उन्हें फाइनेंस मिनिस्टरी भी दे डाली थी। बस किसी तरह से सीएम को उखाड़ फेंकें एक बार।

उधर सीएम की बड़ी मुश्किल थी। लोगों को कैसे फेस करें?

कई दिन के बाद टीवी पर दिखाई दिये थे। इस आन्दोलन से पहले ही पेरिस से नया हेयर कट करवा कर आये थे। स्विट्जरलैंड के दौरे पर गये थे तो चेहरा चमकवा कर आये थे। लेकिन इस समय हवाइयाँ उड़ी हुई थीं, फिर भी शान्त दिखाई दे रहे थे। उनका कहना था, "हम बहुत विकास कर चुके हैं। अभी और आगे जाना है। हमें नम्बर वन पर पहुँचना है। लेकिन यह काम एम.एन.सी. कम्पनियों की मदद के बिना नहीं हो सकता। आज हमारे देश में उनके बिना विकास तो क्या, एक पत्ता भी नहीं हिल सकता। आप खुद ही देखिए, पिछले बीस सालों में कितना विकास हुआ है हमारे शहर का। ये फ्लाईओवर, ये चमचमाती सड़कें, बीस-तीस मंजिला इमारतें। ये मॉल्स, दुनिया भर के ऐशोआराम के सामान, इसके लिए अगर छोटी-सी कीमत चुकानी पड़े तो क्या है? वे हमारा ख्याल रख रहे हैं, हमें भी उनका ख्याल रखना चाहिए। इसमें भी आप ही का फायदा है। हेल्थ के लिहाज से साफ पानी ही पीना चाहिए। हंड्रेड परसेंट शुद्ध पानी। बियर और वाइन ज्यादा पिएँ तो हेल्थ के लिए और अच्छा है। हमने बड़ी-बड़ी कम्पनियों के साथ एक छोटी-सी स्कीम साइन की है। क्वालिटी सामान और शुद्ध पानी। आप ब्रांडेड सामान खरीदिए, साथ में पानी उपहार में लीजिए। भला इसमें एतराज क्या है? जीवनलालजी ने बिना बात कुछ लोगों को बहका दिया। अब वे मुँह छिपाए फिर रहे हैं ना। दरअसल वे नहीं चाहते कि शहर का विकास हो। आप तरक्की करें। आप खुद सोचिए, आपका फायदा किस चीज में है। एक बार सब ठीक-ठाक हो जाए। पानी एकदम सस्ता मिलेगा, इतना सस्ता कि आप लोग खुद हैरान रह जाएँगे। हमने कम्पनियों से यह भी कहा है कि आन्दोलन से जुड़े लोग

आन्दोलन छोड़कर आना चाहें तो उन्हें नौकरी पर वापस रखा जाए!''

इशिता उस बकवास को और नहीं सुन पा रही थी। उसने चैनल बदल दिया था। लेकिन उसकी ममी की आँखों में चमक आ गयी थी। वह बोलीं, ''तुम्हारे लिए अच्छा मौका है अब। काम पर लौट जाओ। सीएम सही तो कह रहे हैं। बिना बात का बवाल मचा दिया है तुम लोगों ने।''

''नहीं ममा, हमें फ्री का पानी नहीं चाहिए। पानी की आजादी चाहिए। समझा करो।''

''उँह, पानी की आजादी!'' ममी मुँह बिचकाकर किचन में चली गयी थीं।

साहिल भी कई दिन बाद आया था। बीच में नाराज था ना। कहने लगा, ''कम्पनी को माफीनामा लिखकर दे दो इशि।'' वह काफी देर तक उसे समझाता रहा था लेकिन वह इसके लिए तैयार नहीं थी।

साहिल कह रहा था, ''हमारी कम्पनी सभी एक्जीक्यूटिव के लिए खास डिसकाउंट पर पानी का इन्तजाम कर रही है। तुम्हारी कम्पनी भी। हम लोगों को पानी की कोई प्रॉब्लम नहीं होगी। मेरे ख्याल से तुम्हें जिद छोड़ देनी चाहिए।''

उसने साहिल की आँखों में झाँकते हुए कहा, ''और जो कम्पनी में नहीं हैं! जो ब्रांडेड सामान एफोर्ड नहीं कर सकते।''

''तुमने जमाने का ठेका ले रखा है?''

''किसी को तो लेना ही पड़ेगा ना।''

साहिल उसकी इस बात पर नाराज हो गया था। ''तो फिर बैठकर करो फुलटाइम क्रान्ति। तुम्हारे पास वक्त ही वक्त होगा!''

''साहिल, लगता है इस पानी के थपेड़ों ने हमें अलग-अलग किनारों पर ले जा पटका है।'' उसने धीरे से कहा। फिर कहने लगी, ''मैं तुम्हारे लिए कॉफी लाती हूँ।'' और उठकर किचन में चली गयी।

ममी और साहिल की बातें किचन तक पहुँच रही थीं। ममी को उससे शिकायत थी। एमएनसी कम्पनी के आराम, और साहिल जैसा लड़का, उस पानी के लिए न्योछावर करने वाली लड़की को वह समझ भी कैसे सकती थीं? साहिल कह रहा था, ''आंटी, कभी मुझे भी लगता है कि इशिता जो भी कर रही है, सही कर रही है। लेकिन हम लोग बँधे हुए हैं। उसे कम से कम यह तो समझना चाहिए।''

ममी की आवाज आयी, ''कैसे समझाऊँ साहिल, यह लड़की तो...!''

अचानक दरवाजे की घंटी बजी। वही किचन से निकलकर आयी। डॉक्टर आंटी सामने थीं। इतने दिन बाद अचानक क्या हुआ? वह कुछ पूछ भी नहीं

रही थी। बस दरवाजा पकड़े खड़ी रही। आंटी भीतर आ गयी थीं। परेशान दिखाई दे रही थीं। "इशु...केशु भाग गया है!" बड़ी देर में उनकी आवाज निकली।

"क्या मतलब?"

"केशु मशीन लेकर भाग गया है। मैं दोपहर में बाजार से लौटी तो घर पर नहीं था। इन्तजार करती रही, फिर देखा, घर में मशीन नहीं है, न ही केशु का सामान। सिक्योरिटी गार्ड ने मुझे बताया, उसने केशु को मशीन ले जाते देखा। वह समझा, ठीक कराने ले जा रहा होगा। डॉक्टर साहब भी घर पर नहीं हैं।"

उसने धीरे से पूछा, "पुलिस में रपट लिखा दी?"

"हाँ", पर...उसे लगा, आंटी कुछ कहना चाह रही हैं पर संकोच कर रही थीं।

"घर में पानी है?"

"नहीं, वो मैं अभी लेने जाऊँगी। मुझे समझ नहीं आ रहा केशु का क्या करूँ?" उन्होंने उदास नजरों से उसे देखते हुए कहा।

"आंटी, पहले पानी लीजिए। फिर कुछ और कीजिएगा।"

उसने जबरदस्ती आंटी के हाथ में बोतल थमा दी थी।

आंटी की आँखें नम थीं। "मैंने उस दिन तेरी बात नहीं सुनी थी ना। शायद सुन लेती तो...!"

"कोई फायदा नहीं ना आंटी, वह सब दोहराने का।"

आंटी चली गयी थीं। ममा ने धीरे से पूछा, "क्यों इतना लाड़ लड़ा रही थी इनका? उस दिन तो इतना बेइज्जत किया था इन्होंने!"

"ममा, इसी पानी की आजादी के लिए तो लड़ रही हूँ मैं।" यह कहते हुए उसने साहिल की ओर देखा। पता नहीं क्यों, उस पल उसे ऐसा लगा साहिल कह रहा हो, "इशि, इस लड़ाई में मैं भी तुम्हारे साथ हूँ।" उसने साहिल की ओर अपना हाथ बढ़ा दिया, "मुझे सही मानते हो तो इस लड़ाई में मेरा साथ नहीं दोगे?"

उसने देखा, साहिल का हाथ धीरे-धीरे उसकी ओर बढ़ रहा था। ममी हैरानी से दोनों को देख रही थीं।

□

कोई मेरा अपना

एक औरत के कई चेहरे सामने की बड़ी-सी स्क्रीन पर नजर आ रहे थे। वह कम्प्यूटर को जरा-सी इंस्ट्रक्शन देती थी कि वे चेहरे बोलने लगते थे। पर ऐसा लग रहा था कि किसी चेहरे को देखकर उसे खुशी नहीं मिल रही थी। यह सिलसिला न जाने कब से चल रहा था। उसने एक और नया चेहरा तैयार किया। गौर से देखने लगी...।

और फिर अचानक वह खुशी के मारे चीख पड़ी। ''यूरेका। मिल गयी, मुझे मिल गयी अपनी दादी की दादी...!! इस चेहरे को देखकर मुझे ऐसा लगता है जैसे यही हों वह। वही दादी!''

तेजी से वह फिर स्क्रीन पर झुक गयी और प्रोग्राम देने लगी। कम्प्यूटर से वह बात भी करती जा रही थी और कीबोर्ड पर उँगलियाँ भी चल रही थीं। कीबोर्ड पर फिरती उसकी एक-एक उँगली के साथ ही उसके पास खड़ी दिखाई दे रही औरत की छवि में जीवन आता जा रहा था। छवि का चेहरा वही था, जो उसने अभी तैयार किया था।

वह खड़ी होकर खुशी के मारे झूमने लगी, नाचने लगी। लेकिन उस कमरे में उसकी खुशी में साथ देने वाला कोई नहीं था।

ऐसा कहना थोड़ा गलत होगा। वहाँ कोई इनसान नहीं था। उसने अभी-अभी अपनी दादी की परदादी के जिस चेहरे को तैयार किया था, उसमें जीवन-सा आता दिखाई दे रहा था।

कोई और भी था वहाँ।

कमरे में एक कोने में खड़ा के—2 भी उसे खुश होकर नाचते देख झूमने लगा था। उसने उसे पहले कभी इस तरह खुशी से झूमते नहीं देखा था। उसके लिए यह नया ही काम था और जल्द से जल्द वह सीख लेना चाहता था।

अचानक वह रुकी और तारीख देखने लगी। उसी स्क्रीन पर नजर डाली। ''ओह, 9 नवम्बर 2105!''

रात के दो बज चुके थे। उसने गहरी साँस ली। सोचने लगी, "कितना समय लग गया दादी की परदादी को बनाने में! पर मजा आ गया।"

ओह, मैं भी उसकी खुशी में इस कदर लीन हो गयी कि उसका नाम तक बताना भूल गयी।

नाम : इवा ग्रोवर। उम्र : अट्ठाईस-उनतीस साल।

ठहरिए, कम्प्यूटर से देखकर एग्जेक्ट एज बताती हूँ—हाँ, अट्ठाईस साल नौ महीने और सात दिन। शकुन्तला बेलस स्पाशयल हॉस्पिटल में चीफ कॉस्मेटिक सर्जन। लोगों को खूबसूरती देनेवाला यह अस्पताल दिल्ली-जयपुर फ्लाई वे पर बना हुआ है। दिल्ली से जयपुर जाते हुए मीलों दूर से ही आसमान में तैरती यह बिल्डिंग नजर आती है।

इवा इन्सान का चेहरा इस तरह बदल सकती है कि खुद वह इन्सान भी न पहचान पाए। मन भर जाए तो फिर अपनी शक्ल बदलवा लो। बदसूरत से बदसूरत लड़की को वह दुनिया की सबसे खूबसूरत लड़की बना सकती है। खूबसूरत बनने का सपना देखने वाली लड़कियों की इस दुनिया में न पहले कमी थी, न कभी होगी। इसलिए वह बहुत बिजी रहती है। लेकिन उसकी खूबी कुछ और है। वह किसी को भी दूसरे इन्सान की हूबहू शक्ल दे सकती है। वह तो शुक्र है कि पचास साल या उससे पहले मर चुके लोगों के चेहरे की ही नकल करने की छूट है, नहीं तो पता नहीं क्या होता!

टॉप नाइजीरियन फैशन मॉडल इंग्लैंड की प्रिंसेस डायना जैसी बनना चाहती थी। वह हैरान थी इस अफ्रीकी चेहरे को कैसे बदले राजकुमारी डायना में। सबसे लम्बा समय उसको बदलने में लगा है उसे। लेकिन अब वह ऐसी लगती है कि खुद प्रिंसेस डायना भी धरती पर आकर उसे देख ले तो हैरान हो जाए।

कभी-कभी तो वह मुश्किल में पड़ जाती है। क्या हो गया है लोगों को? खूबसूरत लगना एक बात है लेकिन ये चेहरे बदलवाने का फैशन?

जब वह दुखी होती है तो के—2 कहने लगता है, "इवा, यह बताओ कि इस छोटी-सी उम्र में तुम्हारे दुनिया भर में मशहूर और करोड़पति होने का राज क्या है? इन लोगों का पागलपन ही तो!"

वह सोचती है के—2 की बात में दम तो है।

इवा के लिए सबसे ज्यादा चैलेंजिंग रहा था स्वीडन के बिजनेस टायकून स्टीफन लिविंगस्टोन की बीवी का चेहरा बदलना। उसकी बीवी एनिका ताजमहल देखने गयी तो शाहजहाँ और मुमताज की लव स्टोरी पर ऐसी लट्टू हुई कि जिद कर बैठी कि उसे मुमताज महल जैसा चेहरा चाहिए। यह काम उसे सौंपा गया। तब उसका थोड़ा बहुत नाम हो गया था। मुमताज महल का चेहरा सामने हो तो

बनाए! जो इमेज दी गयी थी, उसके हिसाब से उसे मुमताज बनाना था। शुरू में उसे बहुत डर लग रहा था लेकिन उसे मुमताज बनाने के बाद तो वह इतनी मशहूर हो गयी कि दुनिया भर से लोग उसके पास चेहरे बदलवाने के लिए आने लगे। दिलचस्प बात यह थी कि स्टीफन ने खुद एल्विस प्रेस्ली का चेहरा पसन्द किया था। उसे जब भी उस जोड़ी की याद आ जाती है, गुदगुदा जाती है। मुमताज महल और एल्विस प्रेस्ली। हा...हा...हा...।

बीसवीं सदी से, पता नहीं क्यों, लोग ज्यादा ही प्रभावित हैं। होड़ लगी रहती है। कोई एक जमाने की अपनी प्राइम मिनिस्टर इन्दिरा गाँधी जैसा चेहरा चाहती है, कोई जयपुर की पूर्व महारानी गायत्री देवी जैसा। और वो हॉलीवुड वाली मर्लिन मुनरो बनने के लिए लाइन लगी रहती है। राजीव गाँधी से लेकर बिल क्लिंटन तक सबकी फरमाइश।

कहीं मधुबाला या दिलीप कुमार से मुलाकात हो जाए तो समझ लीजिए, यह इवा ग्रोवर की ही करामात है। वह तो शुक्र है आजकल जन्म के समय ही एक चिप शरीर में डाल दिया जाता है। पूरी दुनिया में वही चिप नम्बर इन्सान की पहचान होती है। वरना लोगों को पहचानना भी मुश्किल हो जाए।

अरे रे रे, हम लोगों की बातचीत में इवा पीछे ही छूट गयी। अचानक उसका नाचना-गाना, हँसी-खुशी गायब हो गयी।

''क्या हुआ इवा?'' के—2 पूछने लगा।

''लगता है दादी में जीवन पूरी तरह नहीं आया है। निर्जीव हो गयी हैं। अब आज कुछ नहीं हो सकता।'' उसने उदासी से के—2 पर नजर डाली और कम्प्यूटर रूडी को इन्स्ट्रक्शन देने लगी।

''रूडी मुझे लग रहा है, सफलता अभी दूर है। मैं काफी थक गयी हूँ। मुझे सुबह जल्दी हॉस्पिटल भी निकलना है। क्या तुम रात में काम जारी रख सकते हो? दरअसल अब मैं उतावली हो रही हूँ। ऐसा लग रहा है कि सब कुछ हाथ में आकर निकला जा रहा है।''

''ओह येस इवा। मैं कोशिश जारी रखूँगा। तुम सोने जा सकती हो!'' उसकी थकान और परेशानी दूर करने के लिए के—2 ने उसका फेवरेट एपल अप-डाउन केक बनाया। लेकिन उसका मन ही नहीं था। सोने चली गयी। के—2 भी अपने केबिनेट में चला गया।

मुझे तो नींद नहीं आ रही। आपकी आँखों में भी नींद नहीं है। चलिए, इवा के बचपन की ही कहानी सुनाती हूँ।

इवा के डैड अपने बच्चे को अपनी ही तरह सॉफ्टवेयर प्रोफेशनल बनाना चाहते थे। मॉम की इच्छा अपनी ही तरह उसे फैशन डिजाइनर बनाने की थी

लेकिन डैड बच्चे को फैशन डिजाइनर बनाने को राजी नहीं हुए और मॉम सॉफ्टवेयर प्रोफेशनल बनाने को तैयार नहीं थीं।

यह किस्सा उसके जन्म से पहले का है। अन्त में काउंसलिंग की गयी और पाया गया कि उनका बच्चा एक अच्छा कॉस्मेटिक सर्जन बन सकता है। इस पर दोनों सहमत हो गये।

और इस तरह जन्म से पहले ही तय कर दिया गया था उसका भविष्य।

आज के जमाने की नयी तकनीक है यह। जन्म से पहले तय कर लीजिए, बच्चे को क्या बनाना चाहते हैं। अपने फन में माहिर व्यक्ति के गुण गर्भ में पल रहे बच्चे तक पहुँचा दिये जाएँगे। आजमाया हुआ फार्मूला है यह। बच्चा शर्तिया वही बनेगा, जो आप उसे बनाना चाहते हैं।

इसी टेकनीक का कमाल था, इवा जब दस साल की थी तो अठारह साल की किशोरी की बुद्धि उसमें थी। बीस साल की होते-होते तो वह मशहूर सर्जन हो चुकी थी। आज वह खुद पर फख्र कर सकती है लेकिन घर में उसकी इस खुशी को बाँटने वाला कोई नहीं होता। वह और उसकी तनहाई।

कभी-कभी वह सोचती है अपने बच्चे को क्या बनाएगी? "उँह, मैं बच्चा करूँ ही क्यों? बच्चे को दे भी क्या पाऊँगी? मुझे ही क्या मिला? सब कुछ है। फिर भी क्या है मेरे पास?

मॉम को फुरसत ही कहाँ है। इतनी बड़ी फैशन डिजाइनर! एक पैर पेरिस में, दूसरा न्यूयार्क में। पिछले दिनों तो चाँद पर फैशन शो करके आयी हैं। अभी तो वही सक्सेस सिर चढ़कर बोल रही है। आजकल जिसने चाँद पर फैशन शो कर लिया, बड़ा डिजाइनर हो गया। वैसे वह मुम्बई में रहती हैं। मुम्बई दिल्ली के बीच की दूरी प्लेन से आधे घंटे की भी नहीं है लेकिन उन लोगों की जिन्दगी में अब इतनी फुरसत भी नहीं कि साल भर में एक बार तो सब इकट्ठे हो जाएँ।

डैड आजकल फिर अमेरिका चले गये। दिल्ली और न्यूयार्क के बीच की दूरी ही कितनी है? सिर्फ चार घंटे की। जब कभी वे आते हैं तो मॉम बिजी हो जाती हैं। साथ थे तो ज्यादा फर्क नहीं पड़ता था। उनकी अपनी दुनिया थी। मॉम चहकती बुलबुल की तरह। सैर-सपाटे और पार्टियों की शौकीन। डैड को चाहिए शाम को अपना कमरा, कम्प्यूटर और एकाकी जिन्दगी।

इसीलिए मॉम और डैड की कभी बनी नहीं। अनबन भी नहीं हुई। मॉम हर बात पर ज्यादा ही रिएक्ट करती थीं। डैड को उसने रिएक्ट करते कभी देखा ही नहीं। इवा को लगता है, वह भी कुछ डैड पर गयी है।

हाँ, याद आया। दादी भी हैं उसकी। आजकल सिंगापुर में रहती हैं। उन्हें वह जगह काफी पसन्द है। दादा थे तो हर साल वे लोग वहाँ घूमने जाते थे।

उन्होंने वहाँ एक छोटा-सा फ्लैट भी ले लिया था। काफी साल हो गये उस बात को भी। दादा के मरने के कुछ दिन बाद ही वह चली गयीं। दादी को उसने कभी मिस नहीं किया। डैड तो जिन्दगी भर शहर ही बदलते रहे। कभी सिंगापुर, कभी दिल्ली, कभी न्यूयार्क। वह बड़ी हुई तो मॉम भी मुम्बई चली गयी।

उसे दिल्ली ज्यादा पसन्द है। यही शहर उसे सूट करता है।

उसकी दुनिया में बचे ये के—2 और रूडी। और यह खूबसूरत-सा फ्लैट।

डैडी ने कितने प्यार से खरीदा था यह फ्लैट। कुतुबमीनार के पास ही छतरपुर इलाके में ऐसे चार एपार्टमेंट्स हैं। दिल्ली में अपनी तरह के अनूठे। ऊपर से नीचे तक शीशे के बने हुए। किसी जमाने में यहाँ फार्म हाउस हुआ करते थे। सुना है शादियाँ हुआ करती थीं यहाँ। खूब धम धमा धम। उस समय के फॉर्म हाउस मालिकों ने शादियों से करोड़ों कमाया। बाद की जेनरेशन और भी समझदार निकली। इन एपार्टमेंट्स से अरबों कमा गयी।

उनका एपार्टमेंट सवा सौ मंजिल का है। वह सामनेवाला सौ, साइडवाला पिचासी और वह पीछे वाला अस्सी मंजिल का। इन मकानों में न सर्दी लगती है, न गर्मी। सेंट्रल ऑटो एयर कंडीशनिंग। सोलर एनर्जी से घर ही नहीं, पूरी दुनिया चलती है आजकल।

क्या सोचने लगे। शीशे का है तो सब कुछ दिखता है! नो वे। ड्राइंगरूम, बेडरूम, हर कमरा शीशे का। आप पूरी दुनिया को देख सकते हैं, लेकिन आपको कोई नहीं देख सकता। बटन दबाते ही दीवारों पर स्क्रीन आ जाती है और आप अपने कमरे में बन्द।

इवा जब भी फुरसत में होती है, सौवीं मंजिल के अपने फ्लैट से दुनिया देखने में उसे बहुत मजा आता है। घंटों दूरबीन लगाए देखती रहती है चारों ओर। कुतुबमीनार भी यहाँ से कितनी बौनी नजर आती है। बिना दूरबीन के दिखाई देना भी मुश्किल। ऐसा लगता है जैसे पूरी दुनिया आपकी बाँहों में समा जाएगी। एक सौ बीसवीं मंजिल पर बने स्विमिंग पूल पर घंटा-दो घंटा गुजारना भी अच्छा लगता है। यह अलग बात है कि उसे इस फेवरिट काम के लिए महीनों फुरसत नहीं मिलती। जब फुरसत नहीं होती तो कमरे में स्विट्जरलैंड का स्क्रीन लगा देती है या फिर सहारा के रेगिस्तान का। यह स्क्रीन बदलकर अलग-अलग तरह का अहसास करना उसे अच्छा लगता है। फिर धीमा-धीमा संगीत और वह।

इवा सोचती है इस सदी का यही कमाल है।

ओह, मैं भी बहुत बातूनी हूँ।

देखा, सुबह हो गयी। के—2 हिला अपनी जगह से। इस घर में सुबह होने की यही पहचान है।

जोर से कहा, ''गुडमॉर्निंग रूडी! कुछ हुआ?''

''मॉर्निंग, लेकिन तुम कौन पूछनेवाले? रात भर काम कर करके मैं वैसे ही थक चुका हूँ। इवा को बताओ, आज उसे हॉलबीवुड की उस एक्ट्रेस की सर्जरी को मॉनिटर करना है। उसके लिए नौ बजे निकलना है।''

ओह हॉलबीवुड! आजकल हॉलीवुड और बॉलीवुड एक हो गये हैं। दोनों को मिलाकर यह नाम दिया गया है।

के—2 रूडी से कह रहा था, ''ओके बाबा, धौंस क्यों जमाते हो? जाता हूँ। तुम्हारे जितना दिमाग भले ही न हो मुझमें, लेकिन इवा मुझे ज्यादा प्यार करती है।''

''इवा का चमचा!'' रूडी ने धीरे से कहा लेकिन जाते हुए के—2 ने सुन ही लिया था।

''फिर देखूँगा।''

''गुडमॉर्निंग इवा!'' कहते हुए के—2 इवा के कमरे में घुसा। उसने बेड साइड का स्विच दबा दिया था। कमरे से स्विट्जरलैंड की बर्फीली पहाड़ियाँ गायब हो गयी थीं। और सुबह के सूरज की लालिमा वहाँ समा गयी थी। इवा को सुबह यह दृश्य देखना बहुत अच्छा लगता है।

''इवा, नौ बजे निकलना है। सर्जरी है। वो हॉलबीवुड वाली हीरोइन की!''

''ओह हाँ!'' वह बिस्तर से उठ खड़ी हुई। ''यह काम तो एस—1 भी कर सकता है। पर इन हीरोइनों के नखरे! बाबा रे बाबा। मेरे वहाँ होने के ही पैसे दे रही है समझो। जाना ही पड़ेगा।''

एस—1 इवा का कॉस्मेटिक एसिस्टेंट सर्जन है।

के—2 जा चुका था। उसे बहुत काम रहते हैं। इवा का ब्रेकफास्ट तैयार करने से लेकर बाजार के सारे काम। रूडी से झिकझिक से लेकर पता नहीं क्या-क्या।

टॉयलेट से निकल नाइट गाउन फेंक कमरे के कोने में दिखाई दे रहे एक दरवाजे में समा गयी। यह इवा का बाथरूम है। कहने की जरूरत नहीं कि यह भी शीशे का ही बना हुआ है। यहाँ की दीवारों में केरल का कोवलम बीच कैद है। इवा के बाथ टब में घुसते ही अपने आप शॉवर ऑन हो गया। इवा आँखें बन्द करके समन्दर में डूबने उतराने का अहसास कर रही थी कि अनन्त की आवाज आयी।

''हाय इवा, हाउ आर यू? कब से तुम्हें नहीं देखा। सोचता हूँ थोड़े दिन के लिए तुम्हारे पास आ जाऊँ। हाँ, तुम आजकल रात को बात क्यों नहीं कर रहीं? क्या करती रहती हो?''

''ओह अनन्त, आई टू रियली मिस यू। बट आएम गेटिंग लेट। शाम को बात करती हूँ। बाय। किस।''

यह अनन्त महादेवन, उसका दोस्त है। या इस रिश्ते को जो भी नाम देना चाहें। स्पेस इंजीनियर है। अनन्त ने पहले अन्तरिक्ष में लटकती हुई बस्तियों के प्रोजेक्ट पर काम किया था। आजकल नौजवान जोड़ों में ये बस्तियाँ काफी लोकप्रिय हैं। उसका भी जब अनन्त से इश्क शुरू हुआ था तो शून्य में लटकते हुए दोनों ने कई बार कहा था, ''आई लव यू।''

अनन्त से उसकी मुलाकात जिनेवा में हुई थी। दुनिया को बाहरी खतरों से बचाने को लेकर एक बैठक हुई थी, वहीं दोनों मिले थे। उन दिनों अनन्त के डंके बज रहे थे। बस दोनों एक दूसरे को भा गये। बंगलूर स्पेस टेक्नोलॉजी का सेंटर है। अनन्त वहीं रहता था। वह सोच ही रहा था कि दिल्ली शिफ्ट करे तो कैसे, इसी बीच मंगल पर बस्तियाँ बनने लगीं तो टीम में उसे सबसे पहले लिया गया। तब से एक बार ही वह धरती पर आ पाया है।

वह भी एक बार उसके साथ मंगल पर गयी थी। लेकिन उसे लगा कि वह मंगल पर नहीं, हिन्दुस्तान में है। वहाँ अभी ज्यादा लोग नहीं पहुँचे हैं लेकिन जितने भी हैं उनमें आधे से ज्यादा गुजराती, सरदार और मारवाड़ी उसे वहाँ दिखाई दे रहे थे। बाकी में अमेरिकी ज्यादा थे।

वह रुक भी जाती वहाँ लेकिन उसके लायक वहाँ कोई काम ही नहीं है अभी। वैसे भी तकरीबन रोज ही अनन्त से बात हो जाती है। डिजिटल रे स्क्रीन पर उनकी प्रेम लीला भी चलती रहती है।

चौंकते क्यों हैं! प्रेम का नया स्टाइल यही है। पहले अनन्त स्क्रीन पर दिखाई देता है। फिर वह भी स्क्रीन पर दिखाई देती है। थोड़ी देर में ही दोनों को अहसास होने लगता है, वे साथ-साथ हैं। इस डिजिटल स्क्रीन पर वे कहीं भी साथ होने का अहसास कर सकते हैं। और फिर प्रेम का खेल शुरू। इमेजिनरी लव या कुछ भी नाम दीजिए इसे, लेकिन इस नयी जेनरेशन को इसी प्रेम का नशा है।

फिर के—2 की आवाज। ''इवा, ब्रेकफास्ट!''

''क्या है?''

''लैटखिच सैलैड। और तुम्हारा फेवरेट ड्रिंक!''

''मैं सिर्फ ड्रिंक लूँगी। वैसे भी थोड़ी मोटी हो रही हूँ। मुझे कम खाना चाहिए।''

''इसीलिए तो मैंने तुम्हारे लिए यह लो कैल सैलैड बनाया। कितना हल्का होता है। लैटस, खिचड़ी और वेजिटेबल से ही तो बना है!''

के-2 ने ब्रेकफास्ट टेबल पर रखा और अपनी बाहों से उसकी कमर नाप डाली, ''तुम्हारी कमर सिर्फ चौबीस इंच है। यानी मोटी नहीं हो। बहाना करती हो। तुम बचपन से हो ही ऐसी।''

"तुम मेरा पीछा नहीं छोड़ोगे!" इवा ने शरारत से उसकी ओर देखा, ब्रेकफास्ट हाथ में लिया और बाहर हो गयी। उसके फ्लैट से आधे मिनट की दूरी पर लिफ्ट है और सौ मंजिल सिर्फ दो मिनट में। अगली दस मंजिल पर रुक जाती तो पाँच मिनट और। वह सीधे पार्किंग में थी। जमीन से कई मंजिल नीचे।

कार में बैठते ही उसके पेट पर बेल्ट अपने आप कस गयी। स्टार्ट होते ही सिर के चारों ओर कवर-सा आ गया जैसे उसमें हवा भरी हुई हो। आधे मिनट में एलिवेटर ने कार को पहुँचा दिया था पार्किंग से बाहर। उसने कार के कम्प्यूटर को हॉस्पिटल की ओर बढ़ने की इंस्ट्रक्शन दी। कार हवा से बातें करने लगी। चाहती तो एलिवेटर से टॉप फ्लोर पर पहुँचकर इसी कार से फ्लाई भी कर सकती थी। लेकिन इतनी दूरी के लिए सड़क पर हवा से बातें करना ही उसे ज्यादा पसन्द है। शहर से बाहर जाना हो तो फ्लाई कर लेती है।

दो साल पहले ही ली थी उसने यह कार। रफ्तार यही कोई 900-1000 किलोमीटर प्रति घंटा। जरूरत पड़ने पर तैर सकती है। सेफ्टी इतनी कि दूर से ही खतरे से आगाह कर देती है। इवा ब्रेकफास्ट खत्म ही कर पायी थी कि हॉस्पिटल पहुँच गयी।

अरे हाँ, इवा की दादी की बात तो बीच में छूट गयी।

बताया था न कि इवा की दादी सिंगापुर में रहती हैं। माशाअल्लाह काफी आजादख्याल औरत हैं। जिन्दगी जीना उन्हें आता है। साइंस ने तरक्की की है तो लोगों को बुढ़ापा भी देर से आता है। पिचहत्तर की तो होंगी ही लेकिन आजकल इवा की बड़ी बहन दिखाई देने लगी हैं। और उसकी मॉम की छोटी बहन। पिछले दिनों ही जवान होने का ट्रीटमेंट करवाया है। चार-पाँच साल पहले ही हैदराबाद में ययाति ट्रीटमेंट शुरू हुआ है। इस ट्रीटमेंट के बाद अस्सी साल का आदमी भी तीस साल का दिखाई देने लगता है।

बहुत सारे लोग बुढ़ापे में फिर से जिन्दगी जीना चाहते हैं। उसकी दादी भी ऐसे ही ढेर सारे सपने देखती हैं। दादा काफी पैसा छोड़ गये थे। वह उस पैसे का पूरी तरह सदुपयोग कर रही हैं।

इवा लोगों को खूबसूरत बनाने को, दूसरों की शक्लें देने को गलत नहीं मानती लेकिन यह बूढ़ों को जवानी देने का काम खतरनाक लगता है उसे। उसे लगता है, इससे धरती का सन्तुलन बिगड़ जाएगा। पता नहीं, वह दादी से नफरत करती है इसलिए इस ट्रीटमेंट के खिलाफ हो गयी या सचमुच वह जो कहती है, उसमें विश्वास भी करती है, उसके लिए यह कहना बहुत मुश्किल है।

बचपन की कुछ कड़वी यादें अब भी मन में बसी हैं। एक बात तो कभी भूलती ही नहीं। वह चार-पाँच साल की थी तो एक दिन दादी ने उसे लगभग

पटकते हुए मॉम से कहा था, ''मैं तुम्हारी बेटी की आया नहीं हूँ। सँभालो, अपनी मुसीबत!''

उस दिन मॉम का फैशन शो था। मॉम इवा को दादी के पास छोड़कर चली गयी थीं। और दादी शाम को उसे घर में छोड़कर अपनी सहेलियों के साथ डिनर पर चली गयी थीं। दादा बिजनेस ट्रिप पर गये हुए थे। जब तक डैड घर लौटे, वह डर के मारे सारी दुनिया जहान की चीजों से अपना दिल बहलाने की कोशिश करती हुई रोते-रोते सोफे पर ही सो गयी थी।

मॉम के लौटने के बाद तो हँगामा ही हो गया था। दादी लौटीं तो कह दिया, ''तुम लोग जब चाहो, काम का बहाना बनाकर चल दो। क्या मेरी अपनी कोई जिन्दगी नहीं? मैंने अपने बेटे को अपने दम पर पाला है। तुम भी अपने दम पर पालकर दिखाओ!''

उसे तब कुछ भी समझ नहीं आ रहा था। ऐसा लग रहा था जैसे वह सब पर बोझ है। वह न होती तो...!

कुछ दिन बाद ही माँ उसके लिए यह के—2 ले आयी थीं। दादी को फिर कभी उसकी आया नहीं बनना पड़ा। मॉम भी उसकी जिम्मेदारियों से काफी हद तक मुक्त हो गयी थीं। तब से यही के—2 उसका सब कुछ है। दोनों ने साथ-साथ ग्रो भी किया है। स्कूल से लौटती थी, तो उसे ही इन्तजार करते पाती थी। वह खुश होकर उससे कहा करता था, ''इवा देखो, मैंने तुम्हारे लिए क्या बनाया है? तुम्हारा फेवरेट एपल पाई!''

घर में किसी को न पाकर उदास हो जाती थी तो उसे मनाता था। उसने मनाना कैसे सीखा? वह समझ नहीं पायी। मॉम डैड को तो इतनी फुरसत ही नहीं होती थी कि वह उनसे रूठने का खेल खेलती।

आज भी वही इन्तजार करता है। ''ही इज सच अ स्वीट हार्ट। क्या वह रोबोट है?'' वह कभी-कभी सोचती है।

इवा के दिल में जो फाँस उस शाम लगी थी, निकली नहीं है इतने साल बाद भी। इवा अक्सर सोचती रहती थी, ''क्या पहले की दादी भी ऐसी ही होती थीं?''

जब भी दादी की याद आती थी, यही सोचने लगती थी। वह अपने इस कम्प्यूटर पर बैठकर यही सब कुछ खोजती रहती थी। डैड ने डेवलप किया है यह शानदार कम्प्यूटर! दादी के बारे में कैसी-कैसी बातें बताता है यह रूडी भी! इस रूडी ने एक सदी से ज्यादा देखी है। इससे भी पहले का इतिहास इसमें कैद है। एक सदी पहले जाकर उसे ऐसा लगा, कोई परिवार नाम की चीज थी। भाई-बहन, बुआ-मामा, चाचा-ताऊ। उफ! इतने सारे लोग एक साथ रह लेते थे।

ये रिश्ते शुरू में उसे अजीब और अनजाने से लगे। फिर उसे इन रिश्तों में मजा आने लगा।

"क्यों न उस समय की दादी को आज की दुनिया में लाया जाए!" न जाने यह ख्याल उसके मन में कब आ बैठा।

दो साल से वह इस दादी को बनाने में लगी हुई थी। उसने सोच लिया था कि वह अपनी आइडियल दादी को बनाकर ही दम लेगी।

इवा हॉस्पिटल में काम से निपटी ही थी कि रूडी का मैसेज मिला। "इवा मिल गयी कामयाबी। काम से निपट गयी हो तो जल्दी लौटो। आज तुम अपनी फेवरिट दादी माँ से बात कर पाओगी!"

घर पहुँचते ही वह रूडी के सामने थी। यह भी भूल गयी कि उसने सुबह अनन्त से बात करने का वादा किया था। रूडी के साथ वह भी लग गयी थी। के—2 की नजरें भी कभी स्क्रीन पर और कभी दादी की इमेज पर थीं। इवा खुश हो रही थी लेकिन कल वाली गलती दोहराना नहीं चाहती थी।

वह रूडी को कमांड दे रही थी। बहुत सारे काम वह खुद भी कर रहा था। थोड़ी ही देर में वह छवि इन्सान में बदलने लगी। इवा के सामने अब एक औरत खड़ी थी। वह उसके हरकत में आने का इन्तजार कर रही थी। थोड़ी देर में ज्यादा हरकत होने लगी। उस छवि को वैसे ही कपड़े पहनाए थे जैसे सौ साल पहले की औरतें पहनती होंगी। इवा ने पढ़ा था, साड़ी कहते हैं उसे।

पहले पुतलियाँ हिलती नजर आयीं। फिर धीरे से होंठ हिले, "मैं कहाँ हूँ?"

"अपने घर में।" इवा मुस्कुरायी।

उसे ऐसा लगने लगा कि जैसे कोई सपना हाथ आ गया हो। यह तो क्रान्ति हो गयी। मैंने क्रान्ति कर दी।

इन्सान कुछ भी क्रिएट कर सकता है। मैं अपनी मर्जी से दादी भी बना सकती हूँ। वाओ! इवा, तुम्हारा नाम भी अब हिस्ट्री में लिखा जाएगा।

दादी चारों ओर देख रही थीं, हैरानी से, यह तो मेरा घर नहीं लगता। घर के सब लोग कहाँ गये? मीरा कहाँ है? क्या मैं बेहोश थी?"

वह बहुत पहले की हिन्दी बोल रही थीं। इवा जो हिन्दी बोलती है, उसमें अँग्रेजी ही नहीं, स्पेनिश, फ्रेंच जैसी न जाने कितनी भाषाओं के शब्द आ चुके हैं। दरअसल पिछली सदी में भाषाओं का फर्क काफी कुछ मिट चुका है। फिर भी उसकी घड़ी में, रूडी में, ऐसे उपकरण हैं कि पलक झपकते ही किसी भी भाषा का उसकी भाषा में ट्रांसलेशन हो जाता है। के—2 भी दुनिया की ज्यादातर भाषाएँ समझ लेता है। दादी की भाषा उसे इसी तरीके से समझ आयी। दादी के दिमाग में भी ऐसा ही पुर्जा फिट कर दिया गया है।

इवा ने कहा, आप दोबारा जिन्दा हुई हैं। या कहिए कि दोबारा जन्म लिया है। ठीक-ठीक तो नहीं बता सकती लेकिन यही कोई सौ साल बाद। जिस उम्र में आपकी मौत हुई थी लगभग उसी उम्र में। आप मेरी दादी की...परदादी...। बहुत कन्फ्यूजिंग है यह रिश्ता। मीरा बहुत साल पहले मर चुकी हैं।''

मीरा उनकी बड़ी बहू थी। इवा ने रूडी के जरिए उनके बारे में काफी कुछ पता लगा लिया था।

एक पल को दादी को भरोसा नहीं हुआ। हैरानी से चारों ओर देखती रहीं। लेकिन भरोसा करने के अलावा कोई चारा भी नहीं था।

इवा बोल रही थी, ''क्या मैं आपको दादी कह सकती हूँ?''

दादी ने सिर हिलाया। अभी भी वह भरोसा नहीं कर पा रही थीं कि कई जन्मों के बाद अचानक उनका जन्म उसी रूप में, उसी उम्र में हो गया है। वह भी ऐसी लड़की ने जन्म दिया है जो खुद को उनकी पोती की पोती या पड़पोती बता रही है। अभी उन्हें अजीब भी लग रहा था इस नयी देह में। जैसा किसी ने सदियों तक बाँधकर रखा हो। उन्हें यह भी लग रहा था कि कहीं किसी और लोक में तो नहीं पहुँच गयीं?

इवा ने दादी में भावनाएँ भर दी थीं। उनके जन्म की याद दिला दी थी। सब कुछ उनके दिमाग की जगह लगे कम्प्यूटर में दर्ज था। दादी की सारी इन्फॉरमेशन की एक बैकप कॉपी कम्प्यूटर रूडी में थी। अब दादी को देखकर कोई अनजान आदमी कह नहीं सकता था कि वह नकली हैं।

रात को दादी को वह दूसरे कमरे में ले आयी थी। ''दादी यह आपका कमरा है।''

पहले से ही शीशे वाले घर को, वहाँ की एक-एक चीज को आँखें फाड़-फाड़ देख रही दादी फिर हैरान। कहने लगीं, ''मुझे अकेले सोने की आदत नहीं है। नींद नहीं आएगी।''

''मैं सो जाऊँगा दादी के कमरे में।'' के—2 फौरन बोल पड़ा।

इवा हँस पड़ी।

''वैसे भी दादी, यह वाइब्रेशन वाला पलंग है। इस पर नींद फौरन आएगी।'' उसने कहा।

''सच, हमारे जमाने में ऐसा होता तो कितना अच्छा होता!'' अचानक दादी के पुराने जख्म हरे हो गये। ''तेरे दादा को तो दस साल तक नींद न आने की बीमारी रही। मैं तो सोई ही नहीं बरसों तक। जाग-जागकर रातें काटी थीं उनकी वजह से।''

''अब आप चैन की नींद सो सकेंगी।'' इवा मुस्कुरायी।

दादी भी मुस्कुरायीं। अब तक वह नॉर्मल हो गयी थीं। अचानक उनकी नजर सामने की दीवार लगे शीशे पर पड़ी। वह खुद को निहारने लगीं। हूबहू वैसी ही। तारीफ की नजरों से इवा की तरफ देखा। "कर तो दिया है तूने कमाल! छोरी! साड़ी भी उसी तरह पहना रखी है जैसे मैं पहनती थी।"

"सच!" इवा के चेहरे पर खुशी झलक रही थी। "आपको पसन्द आया। मेरी मेहनत सफल हो गयी।"

वह रात उस घर में जश्न की रात थी। इवा, दादी—आधी असली आधी नकली औरत, खुद को इन्सान मानने वाला एक रोबोट और इन्सान से ज्यादा दिमाग वाला एक कम्प्यूटर, चारों खुश थे। यह अलग बात है कि उनकी खुशी के मतलब अलग-अलग थे। दादी को एक नया जन्म मिला था। उनकी खुशी अलग थी। के—2 को लग रहा था जैसे उसे ही दादी मिल गयी हो। रूडी को लग रहा था उसने जीवन में एक नया काम किया है। इवा की खुशी दोहरी थी। दादी को क्रिएट करने की और दादी से मिलने की।

उसका मन हुआ अभी दादी को फोन करे और कहे, "मुझे मिल गयी है दादी। अब मुझे तुम्हारी जरूरत नहीं।"

एक हफ्ता हो गया। ऐसा पहली बार हुआ कि इवा बिना कारण बताए हॉस्पिटल से छुट्टी पर रहे। अनन्त अलग परेशान था। इवा बात क्यों नहीं कर रही? लेकिन वह दादी के साथ थी। जैसे एक-एक पल को वह जीना चाहती थी। सहेजकर रखना चाहती थी। न खाने की फुरसत, न नहाने की। अनन्त का मैसेज स्क्रीन पर आता तो रूडी से कहती, "कुछ भी कह दो रूडी, मैं हॉस्पिटल में बिजी हूँ। या कुछ भी। बाद में बता दूँगी।" फोन ऑफ। मॉम डैड को तो चिन्ता ही क्या थी?

उधर अनन्त का कम्प्यूटर इवा का लोकेशन पता करता तो उसे घर पर ही बताता। उसे समझ नहीं आ रहा था कि इवा को हुआ क्या है? वह बात क्यों नहीं कर रही? लेकिन उसे किसी भी बात की परवाह नहीं थी।

हर सुबह इवा के लिए नयी सुबह होती। उठती, दादी को बाँहों में जकड़कर बैठ जाती। देर तक बातें करती रहती। "दादी, मैं बचपन से चाहती थी अपनी दादी के साथ इस तरह बैठना। लेकिन कभी उन्हें मेरे लिए फुरसत ही नहीं थी। मॉम-डैड को भी शायद ही कभी मेरे लिए वक्त मिला हो। उन्होंने सब कुछ दिया, बस यह छोटी-सी चीज नहीं दे पाए। उनसे ज्यादा प्यार तो इस के—2 ने दिया है मुझे।"

दादी अभी अपने नये जन्म की इस पोती को समझने की कोशिश कर रही थीं। वह हैरान थीं कि ऐसा क्या है जो इतनी चमक-दमक की जिन्दगी जीने

वाली इतनी जहीन-तरीन लड़की प्यार को ऐसे तरस रही है?

उसने कई दिन बाद फोन किया अनन्त को। लम्बे समय के बाद प्यार-मनुहार का खेल। लेकिन दादी के बारे में सब कुछ छिपा गयी।

हॉस्पिटल से कई बार मैसेज आ चुका था। जयपुर से कोई डायमंड मर्चेंट आया हुआ है अपनी बेटी को लेकर। उसे बॉलीवुड की हीरोइन ऐश्वर्य राय जैसा चेहरा चाहिए। "अब कल तो जाना ही पड़ेगा। पापी पेट का सवाल है।" उसने के—2 से कहा।

रोज की तरह वह जल्दी उठ गयी थी। दादी के पास बैठी थी।

के—2 दादी-पोती की बातचीत में कई बार डिस्टर्ब कर चुका था। "इवा, तुम लेट हो रही हो।"

"ओह दादी, मुझे देर हो गयी। आज मुझे जरूर जाना पड़ेगा। जल्दी लौटूँगी।"

दादी का उस घर में के—2 के साथ पहला दिन था। पर उसके साथ कितनी देर बात करें? फिर यही सिलसिला बन गया। इवा को तो दादी का साथ मिल गया था लेकिन दादी अकेली हो गयी थीं। इवा के बिना घर की हर चीज उन्हें अजीब लगती थी। उनकी दुनिया का कुछ था ही नहीं। फिर भी शीशे के घर में बैठकर देर तक दूरबीन से कुतुब देखती रहतीं। इस सदी की दिल्ली में कुतुब ही उन्हें जोड़ती थी।

के—2 भी धीरे-धीरे उन्हें अपना-सा लगने लगा था। एक दिन के—2 से बोलीं, "मुझे बाहर घुमाने ले चल!"

के—2 ने इंकार कर दिया। एकाध बार उन्होंने कोशिश की खुद ही घर से निकलने की लेकिन दरवाजा कोड से खुलता था।

फिर भी दादी ने हार नहीं मानी। के—2 से कई दिन जिद करती रहीं। "और कहीं नहीं, बस एक बार मेरा घर दिखा दे! पहाड़गंज में था हमारा घर।"

वह इवा का आज्ञाकारी। "आपको इवा ही ले जा सकती है। उसी से कहिए!"

उन्हें डर किसका? वह इवा के पीछे पड़ गयीं। रोज कहतीं, "इवा, कम से कम मेरा घर तो दिखा दे। मेरा नया जन्म सार्थक हो जाए। तुझे दादी का शौक है। पुश्तैनी घर नहीं देखना चाहेगी?"

इवा पिघल ही गयी, "चलो दादी, तुम भी क्या याद करोगी! वैसे खतरा है आपको बाहर ले जाने में। रिस्क ले रही हूँ। वह इलाका भी अब आपके जाने लायक है नहीं। देखकर खुशी नहीं होगी आपको।"

संडे को इवा और दादी माँ पहाड़गंज पहुँच गये। दादी पहली बार घर से बाहर निकली थीं। घर से तो दिल्ली बहुत खूबसूरत नजर आती थी। इवा की उस जादुई कार में भी दिल्ली बड़ी खूबसूरत लग रही थी। दादी को वहाँ पहुँचते ही झटका-सा लगा। कुछ समझ ही नहीं आ रहा था, कहाँ पहुँच गयीं?

इवा ने कार से बाहर निकलने से पहले ही मास्क लगा लिया था, फिर भी वहाँ साँस लेना दुश्वार हो रहा था। पुरानी दिल्ली का यह इलाका बहुत बड़े स्लम में तब्दील हो चुका है। गलियों में बेतरतीब तरीके से खड़े आठ-आठ, दस-दस मंजिलों के मकान। सूरज की रोशनी भी नीचे तक पहुँच नहीं पा रही थी। इवा ने पुश्तैनी घर खोज निकाला था। लेकिन दादी की उस हवेली में न जाने कितनी मंजिलें बढ़ा दी गयी थीं। न जाने कितने लोग रह रहे थे, किसी अनाज गोदाम में बोरियों की तरह। दादी को अपना-सा कुछ नहीं मिला वहाँ, उनकी यादों में जो कुछ था वह वहाँ से बिलकुल मिट चुका था। उनकी हवेली, उनका कमरा, उनका झूला। बदबू के मारे बुरा हाल। गन्दे-गन्दे बच्चे सड़क किनारे जगह-जगह खेलते दिखाई दे रहे थे। औरतें, आदमी सब गन्दे, अजीब से। इवा भी पहली ही बार देख रही थी इन्हें। पुराने शहर के इस वर्जित हिस्से में वह कभी नहीं आयी थी। वे लोग भी उन्हें उसी उत्सुकता से घूर रहे थे। इवा ने सुरक्षा के लिए इस इलाके में घुसने से पहले ही अपनी घड़ी के सिस्टम को एलर्ट कर दिया था। रूडी से पूरी तरह जुड़ी हुई थी।

उसे दूसरे ग्रहों के लोगों से इतना खतरा नहीं था, जितना इस इलाके में रहनेवाले ऐसे लोगों से। ऐसे में उनके आसपास कोई आने की कोशिश भी करता तो झुलस जाता। उन लोगों को भी पता था शायद, रईस पढ़े-लिखे लोगों के करिश्मों के बारे में। इसीलिए दूर से ही देखते रहे।

दादी सोचती रहीं, ये वही दिल्ली है क्या हमारी वाली!

"ये लोग जिन्दा कैसे रहते हैं?" उन्होंने इवा से पूछा।

"पता नहीं दादी, हमारी और इनकी दुनिया ही अलग है। आज की दुनिया में आधे लोग ऐसे ही हैं—पिगी। ये बच्चे देख रही हैं न, इनमें से आधे से भी कम जवानी तक पहुँचेंगे। उससे भी कम बुढ़ापा देखेंगे। ऐसे ही मर जाते हैं ये।" इवा को उन लोगों से कोई सहानुभूति नहीं थी।

वहाँ की गन्दगी देख-देखकर दादी को भी उबकाई आने लगी थी। खुद ही बोलीं, "इवा, मुझे यहाँ से ले चल। मेरा जी घबरा रहा है। मैं यहाँ आयी न होती तो अच्छा होता!"

उस दिन से दादी का दिल टूट गया था। अब दादी कुल मिलाकर इवा के मनोरंजन का सामान हो गयीं। रात को इवा आती, उनसे बातें करती। इवा सुनती उनकी कहानियाँ। उनकी आँखों के सामने का इतिहास। उनके जमाने के किस्से

सुन-सुनकर उसे मजा आता था। उसमें भावनाएँ जन्म लेने लगी थीं। दरअसल किसी ने कभी उसे कोई कहानी सुनायी ही नहीं थी। पहली बार जिन्दगी में वह यह सुख ले रही थी। किसी अपने के होने का। उसे कभी-कभी लगता, वह छोटी बच्ची बन गयी है।

दादी माँ की कहानियाँ खत्म हो जातीं तो रूडी के पास जा बैठती, अपने डिजिटल स्क्रीन के सामने। माँ-बाप से बातें करती। दादी को भी दिखाती माँ-बाप की सूरतें। दादी उसके पिता के चेहरे का मिलान अपनी पीढ़ी के लोगों से करती रहतीं। इस सबके बाद अकेले में इवा और अनन्त, और उनका प्रेम का खेल!

लेकिन दादी उदास रहने लगी थीं। एक दिन कहने लगीं, ''इवा, मुझे वापस भेज दे। मेरा मन नहीं लगता तेरे इस शीशमहल में। यह दुनिया मेरे लिए नहीं है!''

इवा हैरान! जैसे बम फटा हो। उसे लगता था दादी खुश होती होंगी, उसकी दुनिया देख-देखकर। वह इस बीच उसकी रिसर्च भर नहीं रह गयी थीं। उसे लगने लगा था, एक वही तो हैं, जो उसके पास हैं। उसकी अपनी हैं। काफी देर तक उसे समझ ही नहीं आया, क्या कहे? होश में आयी तो बच्चों की तरह लिपट कर रो पड़ी।

''दादी कसम खाओ, ऐसी बात नहीं कहोगी। मुझे छोड़कर कहीं नहीं जाओगी।'' वह यह भी भूल गयी थी कि दादी को इस दुनिया से वापस भी वही भेज सकती है।

दादी ने हार मान ली लेकिन अब वह इवा से सवाल करने लगी थीं। कहा जाए तो इवा को इतने सवालों की आदत ही नहीं थी।

एक दिन कहने लगीं, ''तू यहाँ बैठी अनन्त के साथ प्यार का खेल खेलती रहती है, अगर उसने तुझे धोखा दे दिया तो...?''

''नहीं देगा।'' इवा को हँसी आ गयी। कहने लगी, ''दादी, हम लोगों को धोखा देने की फुरसत ही कहाँ है? वैसे भी आज की पीढ़ी इस मामले में ज्यादा ईमानदार है। जिस दिन चाहो बाय कह दो।''

दादी हैरान थीं। ''यह दिन भी देखना था मुझे!''

एक दिन पूछने लगी, ''तू शादी क्यों नहीं कर लेती?''

''जरूरत क्या है?'' इवा का जवाब था।

फिर एक दिन पूछा, ''फिर बच्चे?''

''दादी'', प्यार से दादी के गलबहियाँ डालकर इवा ने कहा, ''पॉपुलेशन बढ़ाने से फायदा?''

''अरे, एक ही कर ले!'' कहने का अन्दाज ऐसा था कि एक बच्चे से जनसंख्या कहाँ बढ़ रही है!

''ओह दादी, अनन्त वहाँ मंगल पर और मैं यहाँ!

फिर फटाक से बोली, ''बच्चा करके करूँ भी क्या? मेरे माँ-बाप के पास मेरे लिए वक्त नहीं था। मेरे पास भी वक्त नहीं है। दादी, बच्चा करना काफी जिम्मेदारी का काम है। अब लोग पहले जमाने की तरह बच्चा पैदा नहीं करते। जानवर की तरह बच्चा पैदा करना अलग है लेकिन फिर उसका भविष्य क्या होगा? वो पिगी लोग ऐसे ही तो बच्चे पैदा करते हैं। वो ऐसे ही पैदा होते हैं, ऐसे ही मर जाते हैं।''

दादी हैरान-सी लगीं तो उसने बच्चे पैदा होने की रिसर्च पर भाषण दे डाला। अपने जन्म की कहानी सुना डाली। फिर बोलीं, ''दादी हैरान क्यों होती हो! अभी तो हमारी रिसर्च मुश्किल से महाभारत काल तक पहुँची है। कुन्ती ने भी तो कुछ ऐसी ही विधि से बच्चों को जन्म दिया था। एक में सूरज की शक्ति, एक में यम की शक्ति, एक में इन्द्र की शक्ति...अभी तो हमें उससे आगे निकलना है।'' दादी लाजवाब थीं। चकित भी।

कुछ सोचकर बोलीं, ''तुझे जैसा बच्चा चाहिए, उसकी ही बुकिंग करवा दे। देख, तू मुझे इस दुनिया में लायी है तो मेरी भी तो कुछ सोच। मैं अकेली कभी नहीं जी। सारी जिन्दगी चारों ओर मेला लगा रहा। मरी तो भी मेरे चारों तरफ मेला लगा था। मौत के बाद अकेले जीते जी मरने की सजा क्यों दे रही है? नहीं तो मुझे इस दुनिया से वापस भेज दे!''

''ओह नो, नो। फिर से वही बात।'', इवा उनकी मंशा समझ चिल्लायी। उसकी आँखों में खौफ था।

''तो फिर क्यों जिन्दा किया मुझे?'' दादी ने धीरे से पूछा। ''इवा, तू तो उलटी गंगा बहा रही है। बच्चे पैदा करने की उम्र में तूने दादी बना डाली। शादी करना तुझे पसन्द नहीं। बच्चे पैदा करने के नाम पर तेरी धरती डोलने लगती है!''

''ये जो तू जिस बच्चे की बातें कर रही है, वो क्या बच्चा होगा! अरे, हमने क्या बच्चे पैदा नहीं किये थे? क्या नहीं बने वो, कलेक्टर, साइंटिस्ट, इंजीनियर...'' इवा दादी का मुँह देख रही थी।

''मुझे महाभारत, रामायण सिखाने चली है। पढ़ी-लिखी नहीं मैं। साधारण औरत थी। बच्चों को प्यार दिया, पाला, पोसा। पता नहीं क्या-क्या बन गये। बड़ा बेटा तो इंजीनियर था। तुम लोग, जिसकी वंशज हो। वो भी हर समय कम्प्यूटर में उलझा रहता था। वो क्या कहते हैं मुआ, उस समय का कोई बड़ा कम्प्यूटर

वाला था, बिल गेट्स, उसने अपने यहाँ अमेरिका में नौकरी के लिए बुलाया था मेरे बेटे को। मेरे बेटे ने पता नहीं, कितनी नयी ईजाद कीं। वह कोई अभिमन्यु नहीं था। मेरे पेट से कुछ भी सीखकर नहीं निकला था।''

दादी की ये बातें इवा के लिए नयी थीं। इवा को ऐसा लगने लगा जैसे उसके भीतर कोई नयी इवा जन्म ले रही है। अब डिजिटल स्क्रीन पर अनन्त से प्यार करते हुए उसे दूरियाँ महसूस होने लगीं। उदासी घेर लेती थी।

एक दिन उसने अनन्त से कहा, ''अनन्त, मैं माँ बनना चाहती हूँ!''

''तो दिक्कत क्या है डार्लिंग, बन जाओ न। मेरे स्पर्म बैंक में रखे हैं न!''

''नहीं, मैं ऐसे बच्चे की माँ नहीं बनना चाहती। मैं अपने और तुम्हारे बच्चे की माँ बनना चाहती हूँ, असली माँ। मैं तुमसे शादी करना चाहती हूँ!''

अनन्त हैरान था उसकी इस इच्छा पर। 'यह इवा कैसी दकियानूसी बातें कर रही है!'

उसने इतना ही कहा, ''इवा, सोचकर बताऊँगा,'' लेकिन दिल ही दिल में वह घबरा गया। उसे लगा इवा बीमार है। उसने अपने कम्प्यूटर को निर्देश दिया कि पता लगाए इवा को आखिर हुआ क्या है?

उसे दादी माँ के आने का राज पता ही कहाँ था!

□

जिन्दगी की स्लेट पर ए बी सी

सुबह-सुबह सन्दीप ने कहा, "आज डिनर पर चलना है। वो तुमसे जिक्र किया था न! राजनारायणजी का। उन्हें क्लब में इन्वाइट किया है। वो और उनकी वाइफ आ रहे हैं।"

सन्दीप ऐसे ऐलान करते ही रहते हैं। और ऐसे ढेर सारे डिनर होते ही रहते हैं। बहुत सारे लोगों से तो मेरी दोबारा मुलाकात होती ही नहीं। या फिर होती है तो दो-चार साल बाद। दरअसल, मैं उनसे मिलती ही उन्हें भूल जाने के लिए हूँ। बहुत कम लोग होंगे, जिनसे बिजनेस ताल्लुकात दोस्ती में बदल गये हों और वे रिश्ते घर तक पहुँचे हों।

चलिए, एक बेरिंग-सा डिनर और सही। मैंने सोचा।

जहाँ थोड़ा-सा अपना स्टेटस दिखाना होता है और आदमी लोग जब तक बिजनेस की बातें करते हैं, औरतों को टीवी, फिल्मों से लेकर फैशन, घर-परिवार, बच्चों तक हर सब्जेक्ट पर बातचीत करनी होती है।

मुलाकात हुई। धानी रंग की प्रिंटेड शिफॉन की साड़ी, लहराता हुआ पल्लू, डायमंड टॉप्स पहने एक बॉब हेयर्ड महिला सामने थी। एकदम पारदर्शी मेकअप। कोई कह न दे, चेहरे पर कुछ लगा भी है। थोड़ी भरी हुई देह, खिलता हुआ रंग। नेलपॉलिश से लेकर सैंडल तक हर चीज में नफासत। पसन्द की दाद देनी पड़ेगी। उम्र होगी पचास-पचपन की, लेकिन खूबसूरत लग रही थीं और उम्र से काफी कम।

तो ये हैं अचला नारायण। मैंने मन ही मन कहा, उन्हें "हलो" कहते हुए।

पता नहीं क्यों, मुझे ऐसा लग रहा था कि चेहरा जाना-पहचाना सा है। कहाँ देखा है यह चेहरा? चेहरे में भी वे आँखें? पता नहीं? नाम भी बार-बार हथौड़े की तरह बज रहा था। कुछ-कुछ परिचित-सा।

धीरे-धीरे परिचय की परतें खुलती गयीं। थोड़ी देर में मेरे सामने बचपन की गुड्डो थी यानी अंजना। शादी के बाद उसका नाम बदलकर अचला रख दिया

था। शायद इसीलिए अचला नाम से मैं पहचान ही नहीं पा रही थी।

मेरे लिए वह अंजना भी नहीं थी। सिर्फ थी गुड्डो। मैं स्कूल में ही तो थी तब। धीरे-धीरे वह सिर्फ एक कहानी बनकर रह गयी। जिन्दगी की भागमभाग में मेरे जेहन से उसकी यादें भी कब चली गयीं, मुझे याद नहीं। अचानक उन यादों से निकलकर गुड्डो मेरे सामने थी।

उसे सहेली कहना तो ठीक नहीं होगा। वह मुझसे दो-तीन साल बड़ी थी। आस-पास की सभी लड़कियाँ सहेलियाँ मानी जाती थीं। उस लिहाज से वह सहेली थी। साथ में पहल दूज और गिट्टे खेलना हुआ। आज की जेनरेशन ने शायद इन खेलों के नाम भी न सुने हों। लेकिन तब गली-मुहल्लों में लड़कियों के लिए यही ओलिम्पिक हुआ करते थे। किसी कोने में जरा-सी छाया में ही इन दो खेलों में लड़कियाँ पूरी दोपहर गुजार दिया करती थीं।

यह तब की बात है, जब न टीवी था, न केबल। मुश्किल से एकाध घर में टीवी रहा होगा। हाँ, याद आया गुड्डो के यहाँ था। रेडियो जरूर हुआ करता था लेकिन दोपहर को रेडियो चलाने की हिम्मत, जब माँ, दादी आराम कर रही हों, शायद ही किसी में होती हो।

उसके पिता ठहरे बड़े किराना व्यापारी। हमारे सामने की बड़ी हवेली में वे लोग किराएदार थे। ऊपर वाले हिस्से में चार-पाँच आलीशान कमरे उनके पास थे। तीन प्राणियों के लिए वह घर भी काफी बड़ा था। उस घर की एक खूबी यह भी थी कि उसके पापा पैदल या रिक्शे में घर से दुकान जा-आ सकते थे। वैसे उनके पास एक एम्बेसडर थी। पूरे मुहल्ले में एक उन्हीं के यहाँ गाड़ी थी। लेकिन वह ज्यादातर खड़ी ही दिखाई देती थी। उन दिनों आजकल की तरह बच्चों के हाथ में हर समय चॉकलेट, कोल्डड्रिंक या पिजा, बर्गर माँ-बाप की सम्पन्नता की निशानी नहीं हुआ करती थी। जिस बच्चे की जेब में हर समय काजू, बादाम भरे रहें, उसके माँ-बाप बच्चों की नजर में रईस ही माने जाते थे। उस हिसाब से वे काफी रईस थे। गुड्डो, जब मन आता था, मुट्ठी भर-भरकर काजू-बादाम सहेलियों को खिला दिया करती थी।

हम लोग पाँचवीं छठी में रहे होंगे कि गुड्डो के बारे में खुसर-पुसर शुरू होने लगी थी, औरतों में। पर कुछ-कुछ लगता था हम लोगों को। कुछ तो है! नहीं तो गुड्डो में ऐसा क्या है जो दिन में माँ, चाची और सामने वाली चाची, जब देखो तब, उसकी ही बातें करती रहती हैं।

चाँदी वाली ताई या बन्तो बुआ आ जाएँ तो, फिर तो पूछना ही क्या? सारे मुहल्ले का बुलेटिन मिल जाता था। उस समय तो हमें फौरन भगा दिया जाता था, "ऐ छोरियो, जाओ, यहाँ क्या कर रही हो? कोई काम-धाम नहीं है क्या?"

यह सिग्नल होता था हमारे वहाँ से फूट लेने का। हमारी मजाल, कि फिर हम वहाँ खड़े रह जाएँ।

चाँदी वाली ताई की पास ही में चाँदी के जेवरों की दुकान थी। इसलिए उन्हें पूरे मुहल्ले के बच्चे और बड़े भी उसी नाम से पुकारते थे। मुहल्ले वालों को ही नहीं, उनके रिश्तेदारों को भी पायल, बिछुए वगैरह खरीदने होते तो उन्हीं की दुकान पर जाया करते थे। उनके बारे में मशहूर था कि जैसी खरी उनकी दुकान की चाँदी होती है, उससे ज्यादा खरी उनकी खबरें होती हैं। कुछ लोग तो उन्हें इस विशेषता की वजह से नारद मुनि भी कहा करते थे। उनकी एक और खासियत भी थी। किसी के घर में शादी-ब्याह हो, या जीना-मरना, सारी रस्में चाँदीवाली ताई को ही बतानी होती थीं। उस घर के लोगों को अपनी ही रस्में भूल जाया करती थीं। लेकिन चाँदीवाली ताई के दिमागी कम्प्यूटर में ज्यों की त्यों दर्ज रहती थीं। जो कभी-कभार उन्हें भूल जातीं, वे बन्तो बुआ को याद रहतीं। बन्तो बुआ भरी जवानी में विधवा होकर मायके आकर बैठ गयी थीं। भाई-बहन कोई थे नहीं। इसीलिए पूरे मुहल्ले की बुआ हो गयीं। उस जमाने में मुहल्ले में लोग रिश्तों में बँधे होते थे। वैसे चाहे लाख तलवारें चलती रहें।

ऐसा लग रहा है कि मैं गुड्डो से अलग जा रही हूँ लेकिन इन लोगों के बारे में नहीं बताया तो गुड्डो की कहानी ऐसी रह जाएगी जैसी बिना मसाले की चाट।

हाँ, तो जब ये बुआ, ताइयाँ और चाचियाँ गुड्डो की बातें करने लगतीं तो हम ध्यान से देखते गुड्डो को, कद तो लम्बा था ही उसका। तिस पर एकदम दुबली पतली। इस हद तक दुबली-पतली थी कि सारा दिन काजू और सन्तरे वह भसकती थी और मोटापा किसी और को लगता होगा, शायद मुझे! चेहरा एकदम पीला। यानी सेब सन्तरों का असर कभी उसके चेहरे पर नहीं देखा गया। आँखें छोटी-छोटी। बाल भी ज्यादा लम्बे नहीं थे। बल्कि अपने भारी बालों को सुलझाने की उलझन में मुझे उसकी पतली-पतली छोटी चोटियाँ अच्छी लगती थीं। हाँ, एक बात थी। गुड्डो की उन छोटी-छोटी आँखों में हमेशा मुमताज, साधना छाप सुरमा लगा रहता था। खास अन्दाज में आँखों से बाहर निकाला हुआ। हमें भले ही वे बादाम की गिरी लगती हों, उसे तो अपनी वे आँखें मुमताज जैसी लगती थीं। क्या कहा, कौन मुमताज, साधना? भई ऐसी ज्यादती ना करें! एक जमाने में हर लड़की खुद को साधना, मुमताज समझती थी।

हर महीने उसके लिए नये-नये सूट आया करते थे। उसका स्टाइल देख-देखकर हम समझ जाया करते थे कि नयी फिल्म में जरूर किसी हीरोइन ने इसी तरह की तंग कमीज या चूड़ीदार वगैरह पहना होगा। कभी स्लीवलेस तो कभी पूरी बाजू। नया सूट पहनकर वह छज्जे में आ खड़ी होती थी। आखिर ऐसे कपड़े

पहनने से क्या फायदा, जो जमाना न देखे! ऐसे समय वह खुद को किसी मलिका-ए-हुस्न से कम नहीं समझती थी। और हम लोग मन ही मन किलसते रह जाते थे। हमारे लिए तो साल में एक दो सूट बन गये तो बड़ी बात। छठी-सातवीं से ही उसने किताबों से पढ़ना-लिखना बन्द कर दिया था और जिन्दगी को अपनी प्रयोगशाला बना लिया था। जो खुशबू जिन्दगी में है, वह किताबों में कहाँ! बस किसी तरह 33 परसेंट पर पास हो जाती थी तो उसकी माँ पूरे मुहल्ले में मिठाई बँटवातीं।

वह मुस्कुराती हुई आतीं, साथ में मिसरानी मिठाई का थाल लिये रहती, "हमारी गुड्डो पास हो गयी। गुड्डो के पापा ने खास घंटेवाले से मँगवाई है यह मिठाई!" यह भी एक तरीका होता था मुहल्लेवालों पर अपनी रईसी झाड़ने का। मुहल्ले वाले भी कम्बख्त ऐसे कि मिठाई भी खाते और यह कहे बिना भी बाज न आते कि पास तो पूरे मुहल्ले में एक गुड्डो ही होती है। इतनी जोर की मिठाई किसी के पास होने की नहीं बँटती। उन दिनों घंटेवाले का नाम था। पीएम हाउस तक उसकी मिठाई चलती थी। लोग तो चाहते थे कि गुड्डो की माँ हर छमाई-तिमाही इम्तिहान में उसके पास होने की मिठाई बाँटे।

हम भी सीनियर स्कूल में पहुँच चुके थे तब तक, गुड्डो के चर्चों का दर्जा भी काफी बढ़ चुका था।

मिसेज अचला नारायण की हँसी ने अचानक मुझे वापस वर्तमान में ला पटका। मैं फिर क्लब में थी एक सम्भ्रान्त महिला से बतियाती। गुड्डो के बचपन के टेढ़े-मेढ़े दाँत गायब हो चुके थे। उसकी जगह खूबसूरत दन्त पंक्ति थी। कितनी बदल गयी न! दबी हुई हँसी में भी स्टाइल आ गया है, जो उसने इन बरसों में सीखा होगा। वह नाती-पोतों, बेटे-बहुओं के किस्से सुना रही थी लेकिन मुझे कुछ भी कहाँ सुनाई दे रहा था? हाँ, हूँ तो उसके सामने कर रही थी, पर बचपन में पहुँची हुई थी।

हाँ तो, पहला विस्फोट हुआ एक दोपहर को, जब हम स्कूल से लौटे ही थे। अचानक चौराहे से गाने की आवाजें आने लगीं। *तेरी प्यारी-प्यारी सूरत को किसी की नजर ना लगे चश्मेबददूर।* अगर मेरी याददाश्त धोखा नहीं दे रही तो शायद यही गाना था। पता नहीं कौन-सी फिल्म का रहा होगा लेकिन उन दिनों गली-गली, कूचे-कूचे यह गाना सुनाई दे जाता था। गाने की आवाज सर्दियों की उस दोपहर में पूरे मुहल्ले में फैलती चली गयी।

और उसके बाद तो नॉन स्टॉप एक के बाद दूसरा, तीसरा गाना चलता रहा। आजकल का जमाना होता तो कोई परवाह भी न करता शायद। लेकिन उन दिनों यह हरकत कुछ अजीब-सी ही लग रही थी। वैसे भी दोपहर का वक्त था।

औरतें स्कूल से आये बच्चों को खिला-पिलाकर सुलाने की तैयारी कर रही थीं। पहले सोचा, भीख माँगनेवालों की टोली होगी। लेकिन एक ही जगह लगातार। और वह भी ऐसे गाने...। *ओ महबूबा, ओ महबूबा,* या फिर *बदन पे सितारे लपेटे हुए...*।

राम राम! तौबा तौबा!

जब जुलूस चौराहे से आगे बढ़ा ही नहीं तो उत्सुकता बढ़ी। लोग (यानी ज्यादातर औरतें) अपनी-अपनी छतों पर इकट्ठे होने लगे।

वहाँ तो नजारा ही कुछ और था। चौराहे पर कोने वाला कमरा गुड्डो का था। गुड्डो की खिड़की के नीचे लगा हुआ था यह मजमा। दस-बारह लड़के थे। एक ने हारमोनियम सँभाला हुआ था, दूसरा ढोलक बजा रहा था और बाकी ठुमके लगाकर मस्ती में गा रहे थे। एक कोने में सन्तरे की एक पेटी रखी हुई थी।

हम जैसे बच्चे भी छतों की जालियों से सीन को देखने-समझने की कोशिश कर रहे थे। वे गाते-बजाते जा रहे थे और बीच-बीच में सन्तरे गुड्डो की खिड़की की तरफ उछालते जा रहे थे। थोड़ी ही देर में माजरा समझ में आने लगा। उनका लीडर था मुन्ना। असली नाम तो उसका पता नहीं क्या था, शायद सुरेश या रमेश, अब इतने साल बाद मुझे याद नहीं आ रहा। पर सब उसे मुन्ना ही कहते थे। थोड़ी ही दूरी पर उसका प्रेस था। बाकी लड़के भी उसी के मुहल्ले के थे।

किस्सा कोताह ये कि मुन्ना और गुड्डो का काफी अरसे से नैन-मटक्का चल रहा था। दबे-छिपे यह मुहल्ले की चर्चा का विषय था ही। गुड्डो के स्कूल की लड़कियाँ सुनाया करती थीं, जब गुड्डो स्कूल जाती है तो क्या दिलचस्प नजारा होता है!

लड़कियों के साथ माई होती थी, इसलिए साथ चलने की तो मुन्ना की हिम्मत नहीं होती थी लेकिन वह सड़क के दूसरी ओर चलता रहता था। उस जमाने में अक्सर स्कूल की माई लड़कियों को स्कूल लाने, ले जाने का काम किया करती थीं। गुड्डो खुद जाने लायक हो गयी थी, फिर भी माई सोशल सिक्युरिटी की तरह साथ जाती थी। उसकी उपस्थिति में ज्यादा कुछ की गुंजाइश तो नहीं रहती थी लेकिन मुस्कुराहटों का आदान-प्रदान होता रहता था। कभी-कभी धीरे से वह कोई परची सड़क पर गिरा दिया करती थी, जिसके गिरते ही मुन्ना के कदम थम जाया करते थे। माई की नजर से यह सब कुछ छिपा तो रहता नहीं था, न ही लड़कियों की नजरों से। माई कई बार उसकी माँ से शिकायत कर चुकी थी। ''बीजी, सँभाल लो अपनी लाडली को, कहीं बाद में हमें नाम धरो!'' लेकिन उसको वहाँ से ज्यादा पैसे मिलते थे, इसलिए कुछ देर बाद ही आवाज धीमी हो जाती थी।

मुन्ना भाई शायद लम्बे अरसे से चल रही इस आँखमिचौनी से परेशान हो गये थे। गुड्डो कोई जवाब ही नहीं देती थी तो वे बारात ले के ही आ गये। "बोल, गुड्डो बोल, शादी करती या नहीं?" उधर गुड्डो पर कोई असर ही नहीं। जब मुन्ना भाई के बारातियों ने गाना-बजाना शुरू किया था, वह खिड़की से झाँक ही रही थी। स्वर लहरी सुनते ही उसने खिड़की बन्द कर दी थी। थोड़ी-सी झिर्री करके वहीं से देख रही थी तमाशा।

जो सन्तरे खिड़की तक पहुँच जाते, उन्हें लपक लेती। जब उसकी माँ कमरे में पहुँचीं तो वह आराम से संतरे छील-छीलकर खा रही थी। उसके साथ-साथ हवेली की और भी कई औरतें वहाँ पहुँच गयी थीं। सवाल-जवाब शुरू हुए तो बड़ी मासूमियत से उसने सबकी तरफ देखा। "यही मुआ मेरे पीछे पड़ा है।" आँसुओं की धार बहने लगी।

"स्कूल जाते समय भी मेरे पीछे पड़ा रहता है।" सुबकते हुए उसने कहा। फिर तो सब कुछ जानते-बूझते भी औरतों ने मोर्चा खिड़की से सँभाला। आखिर मुहल्ले की इज्जत का सवाल था!

और, "क्यों रे, मरे, हरामजादो, तुम्हारे घर में माँ-बहने हैं कि नहीं!" से गालियों की जो बौछार शुरू हुई, तो मुन्ना भाई की मंडली ये जा और वो जा।

अचानक मेरी हँसी छूट गयी। सब मेरी तरफ देखने लगे। अचला ही नहीं, सन्दीप और राजनारायण भी। आखिर ऐसी कौन-सी बात हो गयी, जो इतने जोर से हँसी! मैं झेंप गयी। "कुछ नहीं, अचला पोते की शैतानियों के किस्से सुना रही थी न। सो बचपन याद आ गया।" मैंने बहाना बनाया। राजनारायण कहने लगे, "हमें भी सुना दीजिए न, इनके बचपन के किस्से!"

"आपसे क्या छिपा है?" मैंने कहा और वापसी वर्तमान में। अचला इस बीच काफी जहीन हो गयी है। गजब है। बिना पढ़ाई-लिखाई के एक्सपोर्ट इम्पोर्ट की इतनी समझ! फर्राटेदार अँग्रेजी! पता चला बिजनेस भी सँभाल रही है! पर बचपन तो पीछा छोड़ ही नहीं रहा। हाँ-हूँ करती हुई मैं फिर उसी चौराहे पर...ये मत सोचिए कि मुन्ना भाई का चैप्टर क्लोज तो कहानी भी खत्म। गुड्डो के किस्सों की यह तो शुरुआत थी। बहरहाल, दोपहर की चर्चा मंडलियों को एक नया सब्जेक्ट मिल गया था। खासतौर से चाँदीवाली ताई और बन्तो बुआ को।

हाँ, तो दूसरा किस्सा, और उसके बाद का तीसरा किस्सा भी गुड्डो की अनूठी मिसाल है। हवेली में नीचे की मंजिल पर दो-तीन फैमिली और रहा करती थीं। उन सबके लिए मेनगेट के पास ही दो गुसलखाने बने हुए थे। एक दोपहर को किसी को नहाना हुआ। एक गुसलखाने का दरवाजा खड़काया, भीतर से कोई खखारा। पानी की आवाज नहीं! दरवाजा खुल नहीं रहा! थोड़ी देर की खामोशी

के बाद सवाल शुरू हुआ कि अन्दर है कौन? कोई जवाब ही न दे। मकान मालकिन चाची आ गयी। बच्चों से कहा गया कि दरवाजे के नीचे की झिर्री से झाँककर देखो। कुछ पता तो चले कि माजरा क्या है? बच्चों ने खबर दी कि चार पैर नजर आ रहे हैं! फिर तो हंगामा मच गया। कोई चोर तो नहीं घुस आये? शक पड़ते ही भीड़ इकट्ठी होनी शुरू हुई तो होती ही चली गयी। मकान मालिक भी पास ही काम करते थे, उनके पास बच्चा भेजा गया। वह भी मौके पर पहुँच चुके थे।

उन्होंने हड़काया, "कौन मादर...है भीतर? जो भी है, फौरन बाहर नहीं आया तो अभी पुलिस बुलाता हूँ। फिर स्याले के चूतड़ कुटेंगे तो पता चल जाएगा।"

असर हुआ। वैसे भी काफी देर हो चुकी थी। जो भी भीतर था, उसका दम ही घुट रहा होगा। दरवाजा खुला। भीतर के अँधेरे में से गुड्डो का चेहरा चमका—पसीने-पसीने। नजरें झुकाए। पीछे उसकी बुआ का लड़का।

सारे के सारे लोगों के चेहरे फक पड़ गये। औरतों ने मुँह पर पल्लू अटा लिये—जाहिर है हैरानी से ज्यादा अपनी हँसी दबाने के लिए। सबके मुँह से एक ही आवाज, "हाँ।"

गुड्डो की माँ भी थीं भीड़ में। उन पर तो घड़ों पानी। ननद का लड़का आया कब, उन्हें तो पता ही नहीं। लेकिन सबके सामने लाज तो रखनी थी, "पत्तु बेटे, मैं तुम लोगों का इन्तजार कर रही थी। तुम लोग यहाँ क्या करने लगे?"

पत्तु बेटे की आवाज सहारा पाकर थोड़ी निकली, "मामी, वो...वो...गुड्डो का पैर यहाँ फिसल गया था।...मैं बाहर ही खड़ा था। ...आवाज सुनकर मैं...। ...तो फिर यह हंगामा...। हम घबरा...कि सब चले जाएँगे तो..."

इसके बाद उसकी आवाज तो ऐसे चली गयी, जैसे बिजली चली गयी हो। गुड्डो की माँ ने सोचा कि उन्होंने चतुराई से बात सँभाल ली है लेकिन पड़ोसिनें कहाँ मानने वाली थीं। सामने जाकर सहानुभूति जतातीं और दोपहर की मंडली में आँखों देखे हाल के मजे लेतीं। कई दिन की कहानी हो गयी थी। पता चला, घर में गुड्डो की खूब कुटम्मस लगी। दो-तीन दिन तो स्कूल भी नहीं गयी। ऊपर से बुआ आकर खूब खरी-खोटी सुना गयी। सुना कि खूब थूक्का फजीहत हुई ननद-भौजाई में। वह कहे तेरी औलाद बुरी, वह कहे तेरी। बुआ तो जाते-जाते ऐलान कर गयीं कि उस घर से उनका रिश्ता खत्म! भाई को राखी बँधवानी हो तो उसके घर पहुँच जाए। वह इस दहलीज पर कदम नहीं रखेगी।

चाँदीवाली ताई का कहना था कि यह बात तो उन्होंने खुद सुनी थी, अपने कानों से! दरवाजे से बाहर निकलते हुए कह रही थी गुड्डो की बुआ। वैसे उनका डबल गेम चलता रहता था। चाँदीवाली ताई उनके घर जाकर कहतीं, "अरी गुड्डो

की माँ, जमाना ही खराब है! बच्चों का क्या कसूर। वैसे ऐसी कच्ची उमर में ऐसा हो ही जावे है। परेशान मत होइयो ज्यादा।''

और पड़ोस में कहतीं, ''घोर कलयुग आ गया है। पूछो मत, अब और क्या देखना बाकी है! राम राम राम, बताओ, भाई ही तो लगा।''

हमारी मुसीबत बैठे-बिठाये आ गयी। हमें कहा गया कि गुड्डो से बिलकुल बात नहीं करनी है। सभी लड़कियों को अपने-अपने घर से यही हिदायत मिली थी।

इस समय तक गुड्डो दसवीं क्लास में पहुँचकर फेल हो चुकी थी। स्कूल के अलावा उसका कहीं भी आना-जाना बन्द हो चुका था। छनती-छनती खबरें उसके पापा तक भी पहुँच ही जाती थीं। बहन ने रिश्ता तोड़ने का ऐलान कर दिया तो उन्होंने अपना माथा ही फोड़ लिया कि एक ही औलाद दी भगवान ने, उसकी वजह से भी न जाने क्या-क्या देखना-सुनना बाकी है। इसलिए सख्ती कुछ ज्यादा ही कर दी गयी थी। माँ-बाप चाहते थे कि किसी तरह दसवीं पास कर ले, तो शादी कर दी जाए।

लेकिन पास हो तो कैसे? अँग्रेजी और हिसाब ही उसके कमजोर थे। कई साल से दो-चार नम्बर बढ़ा-बढ़ाकर पास करवाया जा रहा था। उस साल टीचरों ने हाथ खड़े कर दिये थे। सो उसके लिए मास्टरजी की जरूरत महसूस हुई। आजकल तो जगह-जगह ट्यूशन सेंटर खुल गये हैं। तब ऐसा कुछ नहीं था। उसकी फितरत को देखते हुए उसके लिए एक अदद मास्टरनी की खोज शुरू हुई। लेकिन मिली नहीं। अन्त में एक शरीफ मास्टरजी के नाम पर उसके पापा राजी हुए। वह मुहल्ले के काफी बच्चों को पढ़ाते थे। हमेशा नजरें नीची रहती थीं। कई लड़कियों के माँ-बाप से उनके करेक्टर के बारे में तहकीकात कर ली गयी थी।

कुछ दिन तक तो उसकी माँ दूसरे कमरे के दरवाजे की झिर्री से झाँक-झाँककर देखती रही। उसके पापा की सख्त ताकीद थी। धीरे-धीरे उन्हें इत्मीनान हो गया कि मास्टरजी भले इंसान हैं। भरोसे के काबिल! माँ ने धीरे-धीरे पहरेदारी कम कर दी। एक तरह से बन्द ही कर दी। उन्हें लगता था इस झंझट में उनकी मुसीबत आ गयी है। इस नासपीटी ने उनका जीना हराम कर दिया है।

गुड्डो को भी धीरे-धीरे इस बात का अहसास हो गया था कि उसकी रखवाली अब खत्म हो गयी है। और वह आराम से ट्यूशन पढ़ने नहीं, पढ़ाने लगी थी।

लेकिन बुरा हो, कम्बख्त उन लड़कों का, जिन्होंने धीरे-धीरे सामने वाली हवेली से गुड्डो के कमरे में ऐन ट्यूशन के वक्त झाँकना शुरू कर दिया था।

दरअसल, वह वक्त होता था लड़कों के पतंग उड़ाने का। एकाध की नजर मास्टरजी और गुड्डो पर भी पड़ गयी। फिर तो बार-बार उधर नजरें पड़ने लगीं।

इस बात की खबर न मास्टरजी को हुई, न गुड्डो को। लेकिन पूरे मुहल्ले के लड़कों को हो गयी। और सामने की हवेली की छत पर पूरे मुहल्ले के लड़के इकट्ठे होने लगे।

जब तक मकान मालकिन चाची को कुछ शक-सा हुआ और गुड्डो की माँ तक खबर पहुँची, बात काफी आगे बढ़ चुकी थी शायद। जब गुड्डो की माँ ने झटाक से कमरे का दरवाजा खोला तो वह दृश्य उनके देखने लायक न था। गुड्डो को तो फौरन भीतर भेज दिया गया। और मास्टरजी की लानत-मलामत अच्छी खासी की गयी। ''आपको तो शरीफ आदमी समझते थे मास्टरजी। इसीलिए पढ़ाने को रखा था लड़की जात के लिए। आप तो पढ़ाई के नाम पर खूब गुल खिला रहे हैं!'' गुड्डो की माँ की तो दोहरी मुसीबत थी। गुड्डो के पापा को भी जवाब देना था कि जब मास्टरजी आते थे, वह कहाँ रहती थीं। इसलिए सारा गुस्सा मास्टरजी पर उतारा जा रहा था।

मास्टरजी नजरें झुकाए खामोशी से सुनते रहे और सीढ़ियाँ उतर आये। फिर मुहल्ले की तरफ रुख ही नहीं किया। मुहल्ले के और जिन बच्चों को पढ़ाते थे, वहाँ भी एक हफ्ते तक दिखाई नहीं दिये।

वो तो कभी भी न दिखाई देते, अगर दूसरों को अपने बच्चों की चिन्ता न होती। हफ्ते भर तो मास्टरजी की थू-थू होती रही। जब लोग थक गये तो उन्हें ख्याल आया, अब बीच साल में और कौन मास्टर मिलेगा? फिर कहने लगे, ''उस बेचारे मास्टर का क्या कसूर, वह तो कम्बख्त गुड्डो ही ऐसी है। उसने तो न ताई का दूध छोड़ा, न बुआ का। बेचारे मास्टर को भी बिगाड़ दिया। वरना उसकी तो नजरें भी ऊपर नहीं उठती थीं।''

एक ने हिम्मत दिखायी और मास्टरजी के घर भेज दिया बुलावा। झेंपते हुए मास्टरजी आये और पढ़ाना शुरू हो गया। दूसरों ने भी बुलाने में ही भलाई समझी। तब तक उनकी झेंप भी थोड़ी कम हो चुकी थी। एक गुड्डो को छोड़कर सभी जगह फिर से पढ़ाने लगे, लड़कियों को भी। लेकिन जब तक मुहल्ले में पढ़ाने आते रहे, नजरें झुकी ही रहीं, फिर उठी नहीं। हाँ, लोगों ने उसके बाद बेटियों को ट्यूशन पढ़वाते समय पहरेदारी शुरू कर दी थी। माँ, दादी कोई भी मास्टरजी के आने के वक्त वहीं पास में सब्जी काटने बैठ जातीं।

गुड्डो दसवीं में दूसरी बार भी फेल होकर बैठ गयी तो एक दिन पता चला कि उसकी सगाई हो गयी है। सगाई गुपचुप की गयी थी कि कहीं कोई दिल जला ससुराल में जाकर उलटा-सीधा न बक आये।

लम्बे अरसे के बाद गुड्डो के बारे में मुहल्लेवालियों की बातचीत का रुख बदला था। सगाई की मिठाई तो गुड्डो की माँ ने खिला दी थी लेकिन ससुराल

वालों की भनक भी न लगने दी। सो ससुराल वालों को लेकर कहानियाँ ही कहानियाँ थीं।

चाँदीवाली ताई कहतीं, "बहुत बड़े खानदान में रिश्ता हुआ है। ये भी कौन से कम पैसे वाले हैं। लेकिन वो तो पैसे के भैंसे हैं। हमारी दूर की जान-पहचान में ही निकल आये हैं।" चाँदीवाली ताई ऐसे तीर छोड़ती ही रहती थीं। लेकिन घूम फिरकर एक चिन्ता पूरे मुहल्ले को। उन लोगों को कहीं गुड्डो के कारनामे पता चल गये तो सगाई टूट ही न जाए? और शादी के बाद पता चला तो?

बड़ा मुश्किल सवाल था।

खैर, ऐसा कुछ नहीं हुआ। उसकी शादी भी क्या गजब की हुई! मुहल्लेवालों ने पहली बार किसी 'किलब' में शादी देखी थी। उन दिनों घर के दरवाजे पर ही बारात आने का रिवाज था। छत पर बारात जीम लिया करती थी। घर छोटा हुआ तो धर्मशाला ले ली।

पर यह शादी ही अलग थी। आखिर गुड्डो की शादी थी! क्या सजावट! खाने का क्या-क्या सामान! उन दिनों पाँच-सात मेल की मिठाई—बर्फी, गुलाब, जामुन वगैरह की तश्तरी और कचौड़ी, रायते की दावत बड़े जोर की दावत मानी जाती थी। लेकिन गुड्डो की शादी में पहली बार अँग्रेजी स्टाइल की खड़ी दावत देखी। पता नहीं कितनी तरह की मिठाइयाँ! एक से एक नयी तरह की सब्जियाँ! छप्पन भोग भी फीके नजर आएँ उस दावत के सामने। कई मिठाइयों के नाम बताऊँ तो अब यह भी बताना पड़ेगा कि यह मिठाई होती कैसी है!

जो मन में हो, लेते जाओ, खाते जाओ। किसी ससुरे से माँगने का चक्कर नहीं! नहीं तो दो-तीन बार मिठाई माँग ली तो परसने वाला कड़ियल आँखों से देखने लगता था। शादियों में इन बातों पर तो झगड़े भी हो जाया करते थे।

ओ हो, देखा ना मिठाइयों के चक्कर में गुड्डो को तो भूल ही गये। गुड्डो एक कोने में सजी-धजी गुलाबी गुड़िया की तरह बैठी थी। दिप-दिप करते जेवर पहने सिमटी-सिकुड़ी हुई। पहली बार उसे शर्माते देख रहे थे। पर लोगों का ध्यान मिठाइयों पर ज्यादा था। वैसे माल उड़ाते लोग इस अनोखी जयमाला को भी देखना चाह रहे थे। पता चला था दुल्हन दूल्हे को स्टेज पर जयमाला पहनाएगी!

इस बीच गुड्डो की बुआ अलग ही मजलिस जमाए थीं। वह अपने जख्म भूली नहीं थीं। सगाई के बाद भाई मनाने गया, तब कहीं फिर से रिश्ता जुड़ा। उस शाम चाँदीवाली ताई और बन्तो बुआ से उनकी खूब छन रही थी। बुराई करनी हो तो पड़ोसी से अच्छा श्रोता और कौन हो सकता है! और वह चाँदी वाली ताई और बन्तो बुआ से अच्छा तो हो ही नहीं सकता। सभी को मजा आ रहा था। रसमलाई के साथ-साथ, थोड़ी-सी बुराई भी हो जाए तो स्वाद बढ़ ही जाता है।

और गुड्डो मुस्कुरा रही थी। नहीं-नहीं, मेरे सामने बैठी अचला राज नारायण मुस्कुरा रही थीं। वह पिछले दिनों स्टेट्स गयी थीं, शायद उसी के बारे में कुछ सुना रही थीं। मेरा तो ध्यान, आप जानते ही हैं, कहीं और था। मैं उसकी बातें सुन ही कब रही थी? फिर भी जितना सुन रही थी, उसके मुताबिक बेटी-दामाद वहीं रहते हैं। दो महीने वह वहाँ रहकर आयी है लेकिन उस कथा में वह रस कहाँ? जो उसकी कश्मीर यात्रा में था। तो वह सुनाती रही अपने किस्से और मैं डूबी रही उसकी यात्रा में।

शादी के बाद गुड्डो काफी दिन मायके नहीं आयी। सुना था हनीमून पर गयी है। यह भी उन दिनों नया ही शब्द था। हनीमून नाम लेते ही औरतें पल्लू मुँह में दबाकर हँसने से बाज नहीं आती थीं। एक दिन तो चाँदीवाली ताई घर में घुसीं और वहीं से ऐलान कर दिया, "ऐ छोरियो जाओ, चाय नाश्ता लेकर आओ!" मैं और दीदी रसोई की तरफ भाग लिये। तभी ताई की आवाज आयी, "ऐ सुरस्ती की माँ, ये गुड्डो हनीमून पर करने क्या गयी है?" उन्होंने सवाल पूछा ही इतना धीमे था कि हमें रसोई में साफ-साफ सुनाई दे रहा था। माँ की खुसर-पुसर के बाद फिर सुनाई दिया, "हए, हमारा ब्याह न हुआ इस जमाने में!"

खैर, कोई दो महीने बाद एक दिन गुड्डो के दर्शन हुए। दूल्हे मियाँ बड़ी मुश्किल से उसे एक हफ्ते को छोड़ने को राजी हुए थे। हनीमून से लौटकर भी वह ससुराल में काफी बिजी थी। दावतों और नौतनियों का दौर चल रहा था न।

शादी के बाद भी आदत नहीं गयी थी गुड्डो की, छज्जे पर लटकने की। पहले ही दिन सुबह-सवेरे माँग पट्टी बनाये वह छज्जे पर आकर झूल गयी थी। लेकिन उसके चेहरे पर जो दर्द लोग देखने की उम्मीद कर रहे थे, वह कहीं नजर नहीं आ रहा था। लोग हैरान थे, वह खुश नजर आ रही थी, बहुत खुश। सास की तारीफ, दूल्हे मियाँ की तारीफ!

सबमें कुलबुलाहट थी—खासतौर से चाँदीवाली ताई और बन्तो बुआ में तो जरूरत से ज्यादा। इस खुशी का राज क्या है?

दो चार दिन बाद गुड्डो ने राज खोल ही दिया। लेकिन अपनी खास सहेलियों के सामने। कई दिन तो बहुत डरी-डरी रही गुड्डो। हनीमून पर उन्हें कश्मीर भेज दिया गया। डल लेक में शिकारा में सैर करते हुए राज उसे किस्से सुनाता रहा अपने इश्क के। और वह हैरान होकर गिनती रही...एक...दो...तीन...।

अपनी शेखी बघारकर राज ने कहा, "तुम भी तो सुनाओ अपने किस्से। तुम्हारे भी तो होंगे चक्कर?"

गुड्डो के तो होश उड़ गये। उसे माँ और मकान मालकिन चाची की हिदायतें

याद आ गयीं, "देख, मुँह से ऐसी वैसी कोई बात मत निकाल देना...। कितने भी खानदानी हों, ऐसी-वैसी बात सुनेंगे तो घर छोड़ जाएँगे। फिर जिन्दगी भर बैठी रहना पीहर में। जो गलतियाँ की हैं, उन पर मिट्टी डाल और नयी जिन्दगी शुरू कर!"

और उधर राज जिद किये जा रहा था, "देखो, आज तुम्हें सौ खून भी माफ। लेकिन फिर कहीं से कुछ और पता चला तो...!"

गुड्डो को तो श्रीनगर की ठंडक में भी पसीने छूट गये। राज की नजरें देखीं तो और भी डर गयी। डर के मारे सारे किस्से सुनाती चली गयी, रोती गयी, सिसकती गयी। उसे लगा, अब बस अगली गाड़ी से उसे सीधे मायके रवाना कर दिया जाएगा। या फिर हो सकता है डल लेक में ही उठाकर फेंक दिया जाए। ऐसा हो गया तो ज्यादा अच्छा होगा। घर जाकर माँ-बाप को क्या मुँह दिखाएगी! अब अहसास हो रहा था कि माँ ने कितनी जिल्लत झेली होगी उसके लिए।

इधर गुड्डो की सुबकियाँ थमने का नाम नहीं ले रही थीं। उधर राज सकते में! यह क्या हो गया? सोचा था कि झूठे-सच्चे इश्क की दास्ताँ सुनाकर बीवी पर रौब गालिब करूँगा। यहाँ तो पासा ही पलट गया।

थोड़ी देर के लिए वहाँ सन्नाटा छा गया था।

व्यापारी का बेटा था। बिजनेस की कोई भी समस्या चुटकी बजाते ही हल कर सकता था। लेकिन उस समय उसका दिगाम घूम गया था। फिर भी तोल रहा था। यह मुझे कुछ भी न बताती तो?...सच बोलने की सजा दूँ?...और झूठ बोलती तो?...सच की इस कड़वी बुनियाद से जिन्दगी शुरू करूँ?...अभी मैं ही तो उसका दिल दुखा रहा था, झूठ बोल-बोलकर। इसने तो शायद सच बोला है—सिर्फ सच।...लेकिन करूँ क्या?

उधर गुड्डो की सुबकियाँ जारी थीं।

बहुत देर बाद राज को शब्द मिले। धीरे से कहा, "अचला, मेरे साथ जिन्दगी की स्लेट पर नयी इबारत लिखनी शुरू करोगी? सच की, भरोसे की। मेरी जिन्दगी में तुम, तुम्हारी जिन्दगी में मैं!"

एक बार तो गुड्डो को कुछ समझ ही नहीं आया। जब तक समझ आया, राज उसे सीने से लगा चुका था।

"चलो, यहीं इसी डल लेक से नयी जिन्दगी शुरू करते हैं।"

और गुड्डो फिर रोये चली जा रही थी, "मेरी गलतियों के लिए माफ कर सकेंगे?"

वैसे राज की एक बात बताऊँ। डल लेक में उस शाम राज गुड्डो को रोते देख घबरा गया था। उम्र उसकी भी ज्यादा नहीं थी। बाप से डर भी कुछ ज्यादा

ही लगता था। गुड्डो ने रोना शुरू किया तो उसे अपने पिता की कड़क आवाज याद आ गयी। उसे लगा, मैंने इसे कुछ कहा तो? और इसने घर जाकर मेरे इश्क के सारे किस्से बापूजी को बता दिये तो? गुड्डो का पता नहीं क्या होगा लेकिन बापूजी के दो झापड़ पड़ेंगे और कहेंगे, "खामोश! नालायक, खुद इश्क लड़ाता फिरता है। और मेरी बहू पर तोहमत लगाता है। अबे नामाकूल, पता नहीं है तुझे, मेरे दोस्त की बेटी है वो। और अब मेरे घर की इज्जत!" तलाक-वलाक जैसे शब्द तो उसने क्या, उसके पुरखों ने भी नहीं सुने थे उस समय तक।

ये बात बकौल चाँदीवाली ताई दूल्हे मियाँ ने गुड्डो से नहीं, अपने एक दोस्त से कही थी। उस दोस्त के किसी दोस्त के यहाँ से होती हुई यह खबर सीधे चाँदीवाली ताई तक पहुँची, जो उन्होंने परम्परा का पालन करते हुए पूरे मुहल्ले में पहुँचा दी।

खैर, सच्चाई जो भी हो, उस दिन से दोनों ने जिन्दगी की स्लेट पर जो लिखना शुरू किया तो ऐसा लगता है धाराप्रवाह लिखे चले जा रहे हैं। उन दोनों की मुस्कुराहट में वही सब तो पढ़ने की कोशिश करती रही उस शाम मैं।

□

होनी-अनहोनी

सर्दियों की दोपहर थी। मेरी छुट्टियाँ हो रही थीं, इसलिए छत पर गुनगुनी धूप सेंक रही थी। ज्योतिष की एक किताब हाथ में लिये कुछ यूँ ही पढ़ने की कोशिश कर रही थी। उन दिनों वह मेरा फेवरेट पास टाइम था। मजा आता था सहेलियों के हाथ देखने में, और कुछ ऐसा कह देने में, जिससे वे खीझती रह जाएँ।

अचानक पारुल की आवाज आयी नीचे से।

"हूँ तो आ गयी ससुराल से छैल-छबीली!" मैंने धीरे से बुदबुदाते हुए मुँह से किताब उठायी। इतनी ही देर में वह मेरे सामने थी।

मुझ से दो साल छोटी थी वह। पर फर्स्ट इयर करते-करते ही उसकी शादी कर दी गयी थी।

इतनी खूबसूरत लड़की के लिए रिश्ते अपने आप ही चले आते थे। वह तो स्कूल में थी, तभी से उसके लिए रिश्तों की लाइन लगी हुई थी। इस घर से रिश्ता आया तो माँ-बाप ने फौरन हाँ कर दी थी। उस लड़के ने किसी शादी में देखा था पारुल को। पूछताछ कर अपने डैड को भेज दिया उनके घर।

लड़के के बाप का बिजनेस था। बड़ा-सा बँगला। लड़का भी अच्छी-सी नौकरी कर रहा था। कुछ साल बाद उसका भी इरादा बिजनेस सँभालने का था। सास की मौत हो चुकी थी। ननद की शादी भी हो गयी थी। घर में दो प्राणी। बाप और बेटा। पारुल की ममी को लगा, ऐसे घर में तो उनकी बेटी राज करेगी। और बस हो गयी बात पक्की।

अपनी तरफ से वह चुपके से मेरे पास आयी थी। मुझे हैरान करने को। आते ही उसने मेरी आँखों पर हाथ रख लिया और मैंने भी उसे हैरान करने को फौरन कहा, "पारुल कब आयी?"

"ओ हो," वह खिलखिला उठी।

"बहुत खुश लग रही है पारुल।" मैंने कहा।

"हूँ, खुश तो हूँ ही।" वह अपनी खुशी मुझसे बाँटने को बेताब थी। उसने

मेरी आँखों को मुक्त कर दिया था। मेरे सामने आकर खड़ी हो गयी थी।

वह सलवार-कमीज पहने हुए थी। बाल धोकर आयी थी।

वह मुझे हमेशा से ही सुन्दर लगती थी लेकिन इस समय तो वह बिलकुल परी लग रही थी। उसके लम्बे-लम्बे अखरोटी बाल पीठ पर लहरा रहे थे। उसके चेहरे पर भी। वह बार-बार उन्हें हटाने की कोशिश कर रही थी। बालों में से उसका गोरा चेहरा झाँक रहा था। भूरी आँखें पता नहीं क्या-क्या कहने को बेताब थीं। बेफिक्र हँसी। उसने खड़े-खड़े ही दोनों हाथों को झुलाते हुए कहा, "निखिल बहुत अच्छे हैं। पापा भी बहुत अच्छे हैं।" थोड़ा रुककर बोली, "पता है पापा ने मुझे क्या गिफ्ट दिया?—कार। शादी का गिफ्ट। मैं कहीं भी अकेली घूमने जा सकती हूँ। मैं ड्राइविंग भी सीख रही हूँ।" वह लगातार कुछ न कुछ बोलती जा रही थी। अचानक उसकी नजर साइड में ज्योतिष की किताब पर पड़ी। वह बोली, "दीदी, मेरा भी फ्यूचर बताओ ना...!"

"तेरा तो इतना अच्छा फ्यूचर है। क्या ससुराल मिली है! सारे मुहल्ले की लड़कियाँ जल रही हैं। अब भी क्या रह गया है जानने को?" मैंने हैरत से पूछा। लेकिन उसकी आँखों में चमक थी। वह शायद सुनना चाहती थी। इस प्रेजेंट से भी अच्छा, कुछ फ्यूचर के बारे में। उसने मेरे हाथ में अपना हाथ रख दिया।

मुझे शरारत सूझी। आज इस पारुल की बच्ची को अच्छी तरह छकाया जाए।

"ला दिखा हाथ। बोल क्या जानना है?" मैंने ज्योतिषी की गम्भीरता से पूछना शुरू कर दिया। वैसे दो-तीन लकीरों से ज्यादा मुझे कुछ पता नहीं था। लेकिन उसे खिझाने के लिए इतना ही काफी था। उसके बाद तो अपनी लिंडा गुडमैन की किताब जिन्दाबाद। उसमें से सभी राशियों के बारे में मैंने अच्छा खासा घोटा लगा रखा था।

वह इस समय तक काफी गम्भीर हो गयी थी। उसकी भूरी आँखों में उत्सुकता की स्याही उभर आयी थी।

मैंने उसके हाथ को उलटते-पलटते हुए कहा, "जो चमकता है, वो सोना नहीं होता।"

"मतलब।"

"मुझसे मत पूछ। लेकिन तेरे ससुराल की जो चमक-दमक दिखाई दे रही है, वह पॉलिशवाले पीतल से ज्यादा कुछ नहीं है।" मेरे चेहरे पर रहस्य रोमांच वाले टीवी की नायिका, खलनायिकाओं की सारी गम्भीरता शायद उस वक्त आ गयी होगी।

मेरी बात सुनकर वह घबरा गयी। मैंने उसे और डराने के लिए कहना शुरू किया, "मुझे तो गड़बड़ लग रहा है वहाँ सब कुछ।" मेरी बात सुनकर उसकी

आँखों में खौफ उतर आया था। चेहरा सफेद पड़ने लगा था। वह सिकुड़ गयी थी।

मुझे लगा, मजाक कुछ ज्यादा हो गया है। मैंने कहा, ''बस, अब और कुछ नहीं बताऊँगी।''

लेकिन उसने जिद पकड़ ली, ''नहीं-नहीं, पूरा बताओ। ऐसे कैसे छोड़ सकती हो आधे में।''

डर के मारे उसका चेहरा सफेद हुआ जा रहा था लेकिन वह जिद किये जा रही थी।

मैंने मजे लेते हुए ही कहा, ''क्या बताऊँ, तुझे दुख होगा। देख, जो भगवान को मंजूर होगा, वही होगा। चिन्ता क्यों? लेकिन हाथ की लकीरें...राम राम राम!'' मैंने उसकी हथेली को हाथ में लिये, उसे गौर से देखते हुए कहा। लगता है उस समय मुझ पर शैतान सवार हो गया था। वरना इतनी बुरी तो मैं नहीं हूँ। लेकिन सच बात यह है कि उस समय उसका दम निकला जा रहा था और मुझे मजा आ रहा था।

''बताओ ना दीदी...!'' उसने मुँह बनाकर कहा।

''चलो..., अब जिदकर रही है तो बता ही दूँ।'' मैंने गम्भीरता ओढ़ते हुए कहा, ''मुझे लगता है कि ज्यादा दिन उस घर में नहीं रह पाएगी तू। तलाक भी हो सकता है। पता नहीं...कुछ अँधेरा-सा दिखाई दे रहा है।''

उसके माथे पर पसीना आता जा रहा था। मेरे शैतान को और मजा आने लगा था।

''फिर।'' माथे पर हाथ फेरते हुए वह जिज्ञासु की तरह बोली।

''इसके आगे भी जानना चाहती हो!'' मैंने हैरानी से पूछा। ''क्या इतना ही काफी नहीं है?'' उसके मुँह से बोल नहीं फूट रहे थे लेकिन उसका हाथ मेरे हाथ में था और मुद्रा से लग रहा था कि वह जानना चाहती है, आगे...और आगे...की कहानी भी।

''हो सकता है...तेरी दूसरी शादी हो।'' फिर मैंने उसकी तरफ देखा। मैं और ज्यादा गम्भीर हो गयी थी। ...या कहा जाए कि शैतान अपना काम पूरी गम्भीरता से कर रहा था। मैंने हाथ को उलटा-पलटा और फिर धीरे से साँस छोड़ी। वह मेरी तरफ देखने लगी तो कहा, ''लेकिन वहाँ भी मुसीबतें ही मुसीबतें दिखाई दे रही हैं मुझे।''

उसके बाद मैं पस्त होकर बैठ गयी थी। उसे देर तक भरोसा नहीं हुआ था, जो कुछ सुना था उस पर। गुमसुम बैठी रही, रुआँसी-सी। उसे लग रहा था उसका हरा-भरा संसार उजड़ गया है। मुझे लगा, उसके आँसू अब ढलकने

ही वाले हैं, तो मेरी हँसी छूट गयी, ''देखा, क्या पागल बनाया!''

मुझे हँसते देखा तो वह मेरी तरफ झपटी। मेरी पीठ पर दो-चार दोहत्तड़ मारे। ''अच्छा, मुझे तंग करती हो। क्या मिला दीदी तुम्हें?''

और थोड़ी देर में हम भूल गये थे कि अभी-अभी क्या हो चुका है।

वह फिर से अपने निखिल और ससुरजी के किस्से सुनाने लगी थी।

एक साल कब बीता, पता ही नहीं चला। एक दिन माँ ने बताया, ''पारुल आयी हुई है। कई दिन हो गये।''

मैं हैरान हो गयी थी। मुझे लगने लगा कि वह अब जिम्मेदार गृहस्थिन बनती जा रही है। सारी जिम्मेदारियाँ जो आन पड़ी हैं।

फिर भी कुछ भी हो, ऐसी भी क्या जिम्मेदारी कि हमें खबर भी नहीं और वह हफ्ते भर से यहाँ है, महारानी! अभी खबर लेती हूँ उसकी।

मैं दूसरे दिन कॉलेज से लौटते हुए उसके घर पहुँच गयी। वह अपने कमरे में बैठी थी—एकदम खामोश। झूला कुर्सी पर बैठी हुई छत को ताक रही थी। चेहरे का गुलाबीपन गायब था। मेरे वहाँ जाने की आहट भी उसे नहीं सुनाई दी। लगता है कमरे की सारी दीवारों को आँखों से नापने का काम जैसे उसे नियति ने सौंप दिया हो।

मैं बिलकुल ही सामने पड़ गयी तो चौंकी, ''अरे दीदी, आओ, कैसी हो?''

''मैं तो ठीक हूँ। तू कैसी है, कोई खबर नहीं? कब से यहाँ है? कहलवा ही देती।'' मैंने उलाहना दिया।

''बस ऐसे ही।'' बड़ी देर तक सिमटी-सी बैठी रही। पहले की तरह कोई बातचीत नहीं। न निखिल की, न ससुरजी की।'' मैंने ही छेड़ा, ''और सुना, ससुरजी कैसे हैं तेरे? कोई नया गिफ्ट दिया? कोई साड़ी, कोई नेकलेस। एंड हाऊ इज युअर निखिल?''

''नाम मत लो उनका। किसी का भी।'' उसकी आवाज में बेहद तल्खी थी।

मैं हैरान, ''क्या हुआ पारुल, बताएगी तू?''

''बताने को है क्या दीदी, कुछ भी तो नहीं। एवरी थिंग इज फिनिश्ड!''

सब कुछ समझ से बाहर था। और वह थी कि अपने मन के खोल से बाहर निकलने को तैयार ही नहीं थी।

उसकी ममी का भी यही कहना था। वह कुछ बोल ही नहीं रही है। सिवा इस बात के। हुआ क्या है, बताने को तैयार नहीं।

कई दिन लग गये उसे खोल से बाहर निकलने में।

''दीदी कहूँ क्या? कोई विश्वास नहीं करेगा मेरी बात पर। इसीलिए खामोश

हूँ। कुछ महीने तो सब कुछ अच्छा-अच्छा चलता रहा। निखिल और ससुरजी मुझ पर सब कुछ न्योछावर कर रहे थे। निखिल को तो अकसर बाहर आना-जाना पड़ता था। घर पर ससुरजी ही ज्यादा रहते थे। उन्हें पिता ही मान लिया था। ऐसे ही एक बार निखिल बाहर गये हुए थे। मैं अपने कमरे में दरवाजा यूँ ही ढालकर किताब पढ़ रही थी। शाम का वक्त था, कमरा बोल्ट करने का ख्याल भी नहीं आया था। अचानक आँख लग गयी। थोड़ी देर में मुझे लगा कि कोई मेरी कमर सहला रहा है।

''हड़बड़ाहट में मैं उठ बैठी। ससुरजी सामने थे। कुछ झेंप-से गये, फिर बोले, ''चाय पीने का मन कर रहा था। सोचा, तुम्हें जगा दूँ।'' उनकी बातों में झूठ साफ झलक रहा था। उनका वह स्पर्श! क्या मेरी गलतफहमी थी? कतई नहीं।

''फिर भी मैं चुप रह गयी। क्या कहती निखिल से? हाँ, ससुरजी से दूरी बना ली थी मैंने। उनसे पहले की तरह बात करने का मन ही नहीं होता था।''

फिर वैसा ही कई बार हुआ। वे किसी न किसी बहाने मुझे छूने की, पकड़ने की कोशिश करते। हर मौके के लिए बहाना तैयार रहता था। एक बार तो हद ही हो गयी। मैं बालकनी में बैठी हुई थी। अचानक उन्होंने मुझे पीछे से आकर जकड़ लिया। मैं गुस्से में उन्हें झटक कर खड़ी हो गयी तो हँस पड़े, ''कब तक गुस्सा करोगी। क्या निखिल से भी ऐसे ही गुस्सा करती हो? उनके चेहरे पर बेशर्मी थी।''

मैंने सोचा निखिल लौटेंगे तो उनसे शिकायत करूँगी। और घर में था कौन? ननद अलग घर की। वो भी अपने पिता के खिलाफ इस तरह की बात सुनने को शायद ही तैयार हो।

मुझे लग रहा था निखिल मेरी बात सुनकर पिता का घर छोड़कर चल देंगे। लेकिन उनका जवाब सुनकर तो मैं हैरान रह गयी।

उसने धीरे से मेरी तरफ देखा, फिर बोली, ''वह उलटा मुझ पर ही चढ़ बैठे, ''क्या हो गया ऐसा? कौन-सा तूफान आ गया।'' मुझे निखिल का यह व्यवहार समझ ही नहीं आया। बाद में पता चला, धीरे-धीरे, उनसे ही। सोच-समझकर ही उन्होंने मेरे जैसे साधारण घर की लड़की पसन्द की थी। कई साल पहले निखिल का एक्सीडेंट हो गया था। वह पिता नहीं बन सकते थे। पिता बनने का यह नुस्खा अपनाया था। घर की बात घर में रहेगी। उलटा निखिल मुझे समझाते रहे। मैं नहीं मानी तो नाराज हो गये। मुझे लगता है, मैं अब वहाँ गयी तो कुछ भी हो सकता है। मैंने फैसला कर लिया है, अब कभी नहीं जाऊँगी वहाँ। कभी नहीं। आखिरी फैसला है तलाक।'' उसने आँखें बन्द कर ली थीं।

''क्या करेगी?'' मैंने पूछा।

''पढूँगी, और क्या?''

फिर मेरी ओर देखकर कहने लगी, ''मुझे क्या पता था जिसे मैं अपनी खुशकिस्मती समझ रही थी, वह तो बदकिस्मती का दरवाजा खुल रहा था।'' फिर अचानक जैसे उसे कुछ याद आया, ''दीदी, देखो, आपने कहा था न, एक दिन मेरा तलाक होगा। देखो, अब होने जा रहा है। कितनी सही थीं आप।''

ग्रेजुएशन पूरी होते-होते उसका तलाक हो चुका था। उसके ममी-डैडी की एक ही समस्या थी। किसी तरह उसकी शादी हो जाए। आखिर इतनी कम उम्र की लड़की को जीवन भर तो घर बिठाकर नहीं रख सकते। एक रिश्ता आ ही गया। लड़के की पहले शादी हो चुकी थी। पता चला था कि पत्नी किसी बीमारी में मर गयी। उसके ममी-डैडी का मानना था, उसे अब दूजबर ही मिलना है। इसकी भी तो दूसरी शादी है। लड़के के माँ-बाप नहीं थे। मामा-मामी के साथ रहता था। एसएचओ मामा के कोई बेटा नहीं था। उसे अपने लिए लकी मानते थे। कहते थे, हमारे तो बच्चे ही नहीं होते थे। जिस दिन से इसके कदम हमारे घर में पड़े, हमारे बेटियाँ हो गयीं। लड़के का बिजनेस था। अच्छे खाते-पीते लोग लग रहे थे। सबकी राय थी कि रिश्ता ठीक ही है। पारुल की जिन्दगी में फिर शहनाइयाँ बज गयीं। लगता था खुशियाँ एक बार फिर लौट आयी हैं। एक दिन फिर अकेले में मुझसे कहने लगी, ''दीदी तुम तो धाँसू ज्योतिषी हो सकती हो। क्या भविष्यवाणी की थी मेरी दूसरी शादी की! देखो, दूसरी बार दुल्हन बन रही हूँ।'' लेकिन इन खुशियों के बीच भी, जैसे तारे उसकी आँखों में पहली शादी के वक्त देखे थे, वैसे नहीं दिखाई दे रहे थे! कभी खट्टी कभी मीठी-सी गुजर रही थी उसकी जिन्दगी।

दो-तीन साल गुजर गये थे। एक दिन खबर मिली, पारुल ने सुसाइड करने की कोशिश की है। हॉस्पिटल में है। हंगामा मच गया था। पैरों तले जमीन ही खिसक गयी थी। यह अच्छे खासे बैठे बिठाए क्या हो गया? पता नहीं किस हाल में होगी? क्या हुआ? कैसे हुआ? कितनी जली? ज्यादा जल गयी होगी तो जिन्दगी भी मुश्किल! रोना-पीटना मचा हुआ था उसके मायके में।

शुक्र है भगवान का। चेहरा बिलकुल सही-सलामत था। कहीं-कहीं फफोले पड़ गये थे। डॉक्टरों का कहना था कुछ दिन में घाव भर जाएँगे। पता चला, आकाश उस वक्त घर पर नहीं होता तो शायद बच न पाती। आकाश नाग था उसके पति का।

सब हैरान थे? उसने आत्महत्या की कोशिश क्यों की? आकाश ने उसे बचाया, इसका मतलब है मियाँ-बीवी के बीच कोई कड़वाहट नहीं थी। क्या थी वजह?

जो कहानी पता चली, वह कुछ यों थी। आकाश ने उसे चाय बनाने के लिए कहा था। दसेक मिनट हो गये, चाय नहीं आयी तो आकाश को लगा वह भूल गयी है। वह किचन में गया, यह देखने कि वह क्या कर रही है? देखा किचन का दरवाजा बन्द था। भीतर से धुआँ-सा आता दिखाई दे रहा था। पारुल ने आग लगा ली थी। आकाश ने फौरन दरवाजा तोड़ा और पारुल को अस्पताल ले आया। उसके हाथ भी इस कोशिश में काफी जल गये थे। उस पर तो किसी तरह का शक किया ही नहीं जा सकता था। मामी अस्पताल में पारुल के पलंग के पास ही फलों की दुकान लगाये बैठी थीं। सिर झुकाये पारुल को फल खिलाये जा रही थीं। हालात से तो कहीं कुछ ऐसा नहीं लग रहा था कि किसी ने उसे दुख दिया हो।

आकाश के मामा अपने पुलिसिया अन्दाज छोड़कर पारुल के ममी-पापा को समझा रहे थे कि हमने तो पारुल को हर तरह से खुश रखने की कोशिश की है। पता नहीं क्यों किया उसने ऐसा? आप उसे समझाइए कि जो भी किया उस पर मिट्टी डाले और यह बयान न दे कि उसने खुदकुशी की है। नहीं तो उस पर मुकदमा बन जाएगा। हमारी तो मुश्किल आएगी ही, उसकी भी कम मुश्किल नहीं होगी। दुनिया में हँसी उड़ेगी, सो अलग। सिर्फ इतना कह दे कि काम करते हुए असावधानी में आग लग गयी।

पता नहीं क्यों, उस आदमी की आवाज से लग रहा था कि वह जो कुछ कह रहा है, उसमें एक-एक अक्षर सच है। उसे पारुल के इस काम से बहुत दुख पहुँचा है। पारुल के ममी-डैडी परेशान थे। ''एक बार पारुल से बात तो कर के देख लें।'' उन्होंने थकी आवाज में कहा।

''हाँ, मुझसे भी यही कहा था, पापाजी ने।'' पारुल ने अकेले में बताया। ''ठीक है, वह चाहते हैं तो यही कह दूँगी।''

फिर बुझी-बुझी नजरों से मुझे देखकर कहा, ''जब वहीं रहना है तो अदावत से फायदा क्या?''

इससे पहले कि वह कुछ और कह पाती या मैं कुछ और सुन पाती, पुलिसवाला बयान लेने पहुँच गया था।

आकाश के मामा, मामी, आकाश सभी साथ में थे। आनन-फानन में बयान हो गये थे। कई दिन तक पारुल के आस-पास उसकी मामी बनी रहतीं या ननदें। उनके सामने बात होना ही मुश्किल था। सब कुछ सामान्य लग रहा था लेकिन सवाल अब भी वहीं का वहीं था। पारुल ने खुदखुशी की कोशिश क्यों की आखिर? उसके ममी-डैडी ने कहा कि मैं ही पारुल से किसी तरह पता लगाऊँ।

आखिर एक दिन मौका मिल ही गया। इत्तेफाक से उस समय आस-पास कोई नहीं था।

''पारुल क्या दुख था तुम्हें?'' मैंने सीधे पूछा।

''कहने को कुछ नहीं। वैसे बहुत कुछ है।''

''पारुल पहेलियाँ नहीं, साफ-साफ कहो।'' मैं उसकी पहेलियाँ बुझाने की आदत जानती थी। ''मामा, मामी, आकाश—कौन जिम्मेदार है इसके लिए।''

''आकाश यूँ तो मुझे बहुत चाहते हैं। किसी बात की कमी नहीं है। लेकिन कुछ जख्म हैं।''

''कम बोलो। साफ बोलो। कभी भी कोई भी आ सकता है।'' मैंने उसे चेताया।

उसने मेरी आँखों में देखा। जैसे खुद को तैयार कर रही हो किसी पूरे घटनाक्रम के लिए।

''आकाश के अपनी मामी के साथ सम्बन्ध हैं,'' उसने सपाट लहजे में कहा। लेकिन मुझे लगा मेरे पैरों तले की जमीन खिसक गयी है। वह कह रही थी, ''मुझे शक नहीं, अब तो पूरा विश्वास है कि मामी की दोनों बेटियाँ भी आकाश की ही हैं। मैंने पूरा हिसाब लगाया है, दीदी। जब तक आकाश उनके साथ नहीं रहता था, उनके बच्चे नहीं हुए थे। आकाश के उनके घर आने के तीन-चार साल बाद उनके यहाँ पहली बेटी पैदा हुई। उनकी शादी के दस साल तक बच्चे नहीं हुए थे। मामी कहती थीं, मामा भी, कि आकाश को तभी तो हम लोग इतना चाहते हैं। इसके कदम ही शुभ पड़े हैं। हमारे घर औलाद आ गयी। मैं भी शुरू में यही मानने लगी थी।

''शादी के बाद मुझे लगा था कि दूसरी बार मेरी किस्मत अच्छी रही है। अच्छा-खासा खुशहाल परिवार है। मामा अक्सर देर रात ड्यूटी पर रहते थे। आकाश मामी की सेवा कुछ ज्यादा ही करते थे। रात को कमरे में आने के बाद कहते कि मैं जरा मामी के पाँव दबा कर आता हूँ। उनके पैरों में दर्द रहता है। उन्हें नींद नहीं आती। उसके बाद घंटा-दो घंटा बीत जाता। कई बार मैं कहती, मैं ही मामी के पैर दबा देती हूँ। लेकिन मामी कहने लगतीं कि आकाश तुम ही दबा दो, पारुल तो तुम्हारी तरह नहीं दबा पाती। मुझे अजीब लगता था।

''ये बातें किससे कहती, क्या कहती? ममी से भी कहती तो वह भी कह देतीं कि तुझे तो अब हर रिश्ते में गड़बड़ ही नजर आती है। इसीलिए मैंने ममी से कुछ नहीं कहा। कहूँगी भी नहीं। पर दीदी, आकाश से कई बार कहने के बाद भी जब यह रोज पैर दबाने का सिलसिला चलता रहा तो मैंने कहना ही छोड़ दिया। मैं रात को कमरे में घंटों पड़ी रहती थी। मामाजी तो एक-दो बजे

से पहले कभी शायद ही आते हों। आते थे तो शाम को होकर चले जाते थे।

''कई बार शक भी होता था, क्या है यह पैर दबाने का सिलसिला?'' मन करता था कमरे में झाँककर देखूँ लेकिन डर लगता था कि कहीं ननदें ही देख लें तो क्या होगा? फौरन हंगामा हो जाएगा। सब लोग कहेंगे, शक करती है माँ-बेटे के रिश्ते पर। मैंने झक मारकर आकाश से कुछ कहना बन्द कर दिया था। वैसे मुझसे उनका व्यवहार बहुत ही अच्छा रहता था।

''पर मन मानता ही नहीं था। रात को यूँ ही टहलती रहती थी। एक रात मामीजी के कमरे की खिड़की हल्की-सी खुली दिखाई दी। मैं दबे पाँव गयी। परदे की झिर्री से झाँका। जो देखा, उसके बाद किसी तरह के शक की गुंजाइश नहीं थी। मैंने परदा गिरा दिया। पर वहीं खड़ी रही। भीतर से आवाजें आ रही थीं। शुरू में कुछ समझ नहीं आया पर धीरे-धीरे परदा हटता गया। फुसफुसाने की आवाजें साफ हो गयी थीं। जो कुछ भी था, उसका मतलब यही था कि दोनों ननदें आकाश की ही सन्तान हैं। मामाजी के बच्चे हो ही नहीं सकते थे। उस समय भीतर जाने की मेरी हिम्मत ही नहीं पड़ी। मैं डर गयी थी। पैर काँप रहे थे। हे भगवान, पता नहीं क्यों, मेरे साथ ही ऐसा क्यों हो रहा है? मैंने अपने कमरे में जाने में ही खैरियत समझी।''

''सुसाइड की कोशिश करने से हफ्ता-दस दिन पहले की बात है यह। मैंने सोचा, आकाश से बात करूँगी। पता नहीं क्यों डर भी लगता था। कहीं कह दें, मेरी माँ जैसी मामी पर इल्जाम लगाती है। हंगामा भी करने से क्या होगा? मामाजी से कहूँ तो उन्हें तकलीफ होगी। और हो सकता है, उन्हें भी पता हो। फिर क्या करूँगी? फिर मायके। माँ-बाप दो-दो शादियाँ कर चुके हैं। और कितनी करेंगे? उनकी छाती पर फिर जाकर बैठ जाऊँ? मुझे घर बिठाकर भी कब तक खिलाएँगे? उन्हें और दुख नहीं देना चाहती थी। इसीलिए सुसाइड करने का फैसला लिया था। पर देखो आकाश ने बचा लिया। उसको आज तक नहीं बता सकी हूँ कि मुझे उसके और मामीजी के बारे में सब कुछ पता चल गया है। अब तो कभी-कभी सोचती हूँ कि आकाश की पहली पत्नी की बीमारी की जड़ भी कहीं यही रिश्ता तो नहीं था?''

बताते-बताते अचानक उसकी आँखों में चमक आ गयी। जैसे कुछ याद आ गया हो। कहने लगी, ''दीदी, तुम्हें याद है...बरसों पहले तुमने एक बार मेरा हाथ देखा था। क्या कहा था याद है ना! आपने कहा था मेरी किस्मत में सुख नहीं है। दो-दो शादियाँ होंगी, सुख एक जगह भी नहीं मिलेगा।''

मुझे अफसोस हो रहा था। आँसू आ गये थे, पश्चाताप के ही रहे होंगे।

मैंने कहा, ''क्यों याद दिलाती हो पारुल। वह तो एक मजाक था, एक वाहियात मजाक।''

वह मेरा हाथ पकड़कर कहने लगी, ''नहीं दीदी, उस दिन मैंने मजाक समझा था, लेकिन अब इतने साल बाद सोचती हूँ। तुमने एक-एक शब्द सही कहा था। सोचती हूँ कि क्या उस दिन कोई मुझे आगाह कर रहा था—तुम्हारे माध्यम से? शायद हाँ, मैं ही समझ नहीं पायी थी। नहीं तो, एक नरक से निकलकर दूसरे नरक में जाने की बात भी क्यों सोच लेती।''

''पता नहीं।'' मेरे मुँह से सिर्फ इतना ही निकल पाया। मैं अपराधबोध से घिर आयी थी। क्यों किया था मैंने ऐसा मजाक? या पारुल ठीक कह रही थी कि कोई होनी मुझसे कहलवा रही थी।

लेकिन उसके होठों पर मुस्कुराहट खेल रही थी। उस मुस्कुराहट में दर्द भी झलक रहा था, ''दीदी, एक बात कहूँ। आज मेरे-तुम्हारे बीच जो भी बात हुई है, किसी को बताओगी नहीं। मैं जानती हूँ, माँ ने ही तुमसे कहा होगा मुझसे सब कुछ जानने-पूछने को। लेकिन उनसे कुछ कहोगी नहीं।''

यह कहकर उसने फिर मेरी तरफ देखा। मेरे हाथ पकड़ लिये थे। खामोशी से मुझे देखती रही। हल्की-सी आह निकली। फिर आवाज आयी, ''दीदी, मैं ममी-पापा को और तकलीफ नहीं देना चाहती। अपनी जिन्दगी अपने बूते पर जीना चाहती हूँ। अब अपनी किस्मत से मैं जंग खुद ही लड़ूँगी। अपने जीवन की अनहोनी को होनी में मैं ही बदलूँगी।''

□

बुलबुल की शादी

रात को देर से पहुँची थी हमारी ट्रेन।

आधी रात से कम ही वक्त रहा होगा, जब घर पहुँचे। लेकिन शादी के घर में जैसा माहौल होना चाहिए, वैसा नहीं दिखाई दे रहा था।

सोचा था, लड़की की शादी है, ढोलक की थाप गूँज रही होगी। बन्नी-वन्नी गायी जा रही होंगी। लेकिन वहाँ तो सब सूम-साम।

हम हैरान! रिश्ता तो लम्बा ही है उन लोगों से हमारा, थोड़ा उलझनवाला। हमारी सास की छोटी बुआ के बिचले बेटे की इकलौती बेटी है बुलबुल। उसकी शादी थी। मुझे और मेरे पति रमेश को सौंपा गया इस बार शादी में जाने का दायित्व।

अब उस लड़की से मेरा रिश्ता क्या हुआ, इसका हिसाब तो आप ही लगाइए। बुलबुल के पिता की उम्र के हिसाब से रमेश उन्हें छोटे भाई की तरह ही बुलाते थे। तो मेरा भी रिश्ता उनसे देवर-भाभी का-सा ही होना चाहिए। ऐसी लम्बी-चौड़ी रिश्तेदारियों में मिलना कभी-कभार ही होता है, सो रिश्ते भी बस उतनी ही देर के लिए होते हैं।

खैर, घर का दरवाजा खोला सबसे छोटी बहू ने, यानी बुलबुल की चाची ने। चेहरे पर कुछ उलझन थी। काम की थकान होगी, हमने सोचा।

बड़े वाले कमरे में पहुँचे तो देखा, अजीब नाटकीय अन्दाज में घर के सब लोग वहाँ बैठे थे। ऐसा लगा जैसे वहाँ कोई धाँसू नाटक चल रहा हो, जिसके वे सब पात्र हों। मुझे लगा, हम लोगों की एन्ट्री ने वहाँ चल रहे नाटक में व्यवधान डाल दिया। हमें देखकर सभी पात्र विराम की मुद्रा में चले गये।

धीमी-सी नमस्ते। कोई खास उत्साह नहीं।

बुआजी के बिचले बेटे नवीनजी यानी दुल्हन के पिता, सबके बीच में बैठे थे। घर-परिवार के और भी सभी लोग वहाँ थे। उस समय तक पहुँच गये सभी मेहमान भी वहाँ दिखाई दे रहे थे। नवीनजी के ससुरजी, उनकी बहनें, भाई-भतीजे, भाभियाँ सभी।

अगले दिन तिलक था। हो रही होंगी उसकी तैयारियाँ। दस पचड़े होते हैं लड़की की शादी में। हम लोगों ने सोचा, हम अभी-अभी पहुँचे हैं तो ऐसा लग रहा है। हमें ही एडजस्ट होना पड़ेगा। चरण छूने, राम-राम, शाम-शाम का कार्यक्रम होने के बाद हम लोग चुपचाप सबकी ओर देखने लगे। सब बारी-बारी से हमारी ओर देख रहे थे।

कुछ देर बाद सासूजी की बुआजी ने खामोशी तोड़ी। "अरे भइया, क्या करें, समझ ही नहीं आ रहा? ये नवीन तो मरने जा रहा है। कह रहा है जहर खाके मर जाऊँगा।"

झटका जोर का था, और भी जोर से लगा। हम इस सिचुएशन के लिए तो बिलकुल तैयार ही नहीं थे। रमेश चौंक गये। बोले, "क्या हुआ नानी जी? ऐसा क्या हो गया? कुछ पता भी तो चले!"

यह सुनते ही नानीजी ने तो पल्लू मुँह पर लगाकर रोना शुरू कर दिया। उनकी हिचकियाँ बँध गयीं। जवाब दिया छोटे भइया ने, "अरे भई, कल लगन जाना है। भइया समधी से वादा कर आये हैं कि 50,000 नकद देंगे। मोटर साइकिल, इलेक्ट्रोलक्स की वॉशिंग मशीन और एलजी का रंगीन टीवी अलग से। मिठाई, दामाद का सूट-वूट मिलाकर समझ लो, कल लगन पर ही एक लाख खर्च आ जाएगा। होगा क्या? घर में तो फूटी कौड़ी भी नहीं है। कल तक इन्होंने किसी को इस बात की खबर भी नहीं होने दी।"

हम कहना चाहते थे कि ऐसा वादा ही क्यों किया लेकिन हिम्मत ही नहीं थी। हम लोगों की अभी-अभी एंट्री हुई थी, ऊपर से ठहरे गेस्ट आर्टिस्ट। कुछ कहते तो हिमाकत ही मानी जाती। लगता है बिचली दीदी के मन में भी कुछ वही था, जो हमारे मन में आ रहा था। कहने लगीं, "अरे, जब उन्होंने दहेज माँगा ही नहीं था तो यह सब वादा करने की जरूरत ही क्या थी?"

इस शादी का बैकग्राउंड थोड़ा समझा दें तो आपको भी थोड़ी आसानी हो जाएगी।

हुआ यों कि लड़की कुछ अरसा पहले रिश्तेदारी की एक शादी में गयी थी। जैसा कि आमतौर पर होता है, एक लड़के की नजर उस पर पड़ गयी। नजरें दो-चार और लड़के ने फौरन घर जाकर कह दिया कि शादी करूँगा तो इसी लड़की से। बुलबुल वैसे है भी काफी खूबसूरत। यही, अपनी दिया मिर्जा जैसी। लड़के ने ऐसा कहा तो गलत नहीं कहा था। लड़का कुछ इंजीनिगर गिंजीनियर था। खानदान में पहला-पहला ऐसा कमानेवाला लड़का हुआ था। घरवाले भी उससे थोड़ा दब रहे थे। इसलिए लड़के के आगे झुकना पड़ा।

हाँ तो, दीदी का प्रवचन इस बीच जारी था। वह कह रही थीं, "लड़के

को लड़की इतनी पसन्द आ गयी थी कि दो जोड़ी कपड़ों में ले जाने को तैयार थे वे लोग। और तुम्हारी अंटी में कौड़ी नहीं थी तो क्या सूझी थी यह सब करने की। किसको दिखाना था आखिर? बहुत बरसना था तो जब जेब में होता, दे देते। सारी जिन्दगी देते रहो लड़की को, तो भी कम होता है।''

दीदी की इस बात को सुनने के बाद भी नवीनजी मुँह लटकाए बैठे रहे। बड़े भइया और नवीनजी के ससुरजी दूसरी ओर मुँह किये ऐसे बैठे थे जैसे इस कमरे में जो कुछ भी हो रहा है, उस सबसे उनका कोई वास्ता ही ना हो।

बुआजी के चेहरे से लग रहा था कि घर की इज्जत नीलाम हो गयी तो नवीन आत्महत्या करें न करें, उनके प्राण जरूर निकल जाएँगे। वही नवीनजी के डिफेंस में फिर आयीं, ''अरी बनीता,'' दीदी का नाम वैसे विनीता है, ''वादा करके आया था, उस रोज थोड़े ही पता था, यह मुसीबत आएगी। ...साझीदार धोखा दे जाएँगे। ...वह तो खुशी-खुशी अपना हिसाब-किताब लगा के मन से उन्हें कह के आया था। आखिर एक ही तो लड़की है, शान से शादी करनी थी।''

नवीनजी का कहना था कि उन्हें उम्मीद थी, उनका तीन लाख रुपया इस तारीख से पहले आ जाएगा। इस पैसे में ब्याह आराम से हो जाएगा। लेकिन पैसा अब तक नहीं पहुँचा था। और इस समय असम में कहीं बैठा उनका साझीदार दो दिन से मोबाइल भी नहीं उठा रहा था।

अब समस्या का हल क्या हो? नवीनजी की आत्महत्या के अलावा, सब इसी माथापच्ची में लग गये। मेरे पेट में भूख के मारे गुड़-गुड़ हो रही थी। मुझे क्या सपना आया था कि ब्याह के घर में जाते ही यह कोहराम मिलेगा। बड़ी भाभी को शायद हम लोगों का ख्याल आ गया और धीरे से हम लोगों को उठाकर रसोई में ले गयीं। कुछ पेट में गया तो लगा अब सोचने लायक हुए हैं। जब तक हम लौटे, नवीनजी कुछ सुझाव दे रहे थे। वह कह रहे थे, ''मैं उन्हें सवेरे ही जाकर पोस्ट डेटेड चेक दे देता हूँ। समस्या बता दूँगा तो वे लोग मान जाएँ शायद। मोटरसाइकिल, टीवी, वॉशिंग मशीन बाजार से उधार लिए जा सकते हैं। घड़ी, सूट भी आ जाएगा। बाजार में अपनी इतनी साख तो है ही। असल समस्या है मिठाई और खाने पीने के सामान की।''

उसके लिए भी दसेक हजार तो चाहिए ही।

कमरे का वातावरण गम्भीर हो गया था। इससे भी निपट लोगे तो बारात का क्या करोगे? बैंक्वेट हॉल बुक करा रखा है। बारात के खाने-वाने के लिए भी एक लाख तो चाहिए। एक के बाद एक कई सवाल मुँह बाये बैठे थे। और छोटे भइया गिना रहे थे।

सबने कहा, पहले लगन से निपटो, उसके बाद शादी की सोचेंगे। कहा

गया कि कल के टेहले के लिए सब लोग कुछ न कुछ निकालें। आखिर कन्यादान भी तो करते ही, अभी दे दें। किसी ने पाँच सौ निकाले, किसी ने हजार, किसी ने दो हजार। खींच-खाँचकर गुजारे लायक पैसा इकट्ठा हो ही गया था। वे पैसे बड़े भइया के हाथ में थमा दिये गये तो नवीनजी के चेहरे पर मुस्कुराहट आयी।

और उस रात की सभा विसर्जित हुई।

सुबह होते ही नवीनजी ने बड़े भइया से साथ चलने को कहा तो वे किनारे हो लिये।

''समधी के यहाँ तो तुम अकेले ही जाओ। हम यहाँ का देख लेंगे।''

आखिर रमेश को पकड़ा गया।

''बैंक मनिजर हैं, समधी को ज्यादा तरीके से समझा सकेंगे। फिर थोड़ा रुआब भी रहेगा।'' बुआजी का कहना था। एक घंटे बाद ही नवीनजी और रमेश मुस्कुराते हुए लौटे, जैसे कोई फतेह कर आये हों। नवीनजी आते ही बोले, ''यह मोर्चा तो मार लिया।''

वह अपने मुँह मियाँ मिट्ठू हुए जा रहे थे। कहने लगे, ''माँ, जब समधी के सामने 51 की जगह, 61 हजार का चेक रख दिया तो फौरन मान गये। एक महीने का दस हजार सूद किसे बुरा लगता है!

और लोगों के भी थोड़ा जान में जान आयी। बुआजी ने फौरन गंगा मइया का सवा रुपया निकालकर भगवानजी के चरणों में रखा।

नाश्ते-पानी के बाद नवीनजी को दूसरे मोर्चे पर जाना था। लगन शाम चार बजे का था। उससे पहले सारे सामान का जुगाड़ हो जाना चाहिए।

शाम तक धीरे-धीरे खबरें आती रहीं, एक-एक सामान का इन्तजाम करने की, और किश्तों में लोगों के चेहरे पर मुस्कुराहटें लौटती रहीं। बुआजी बार-बार हाथ ऊपर करके कहती रहीं, बस मेरी तो गंगा मइया ही पार लगाएँगी। पौने चार बजे तक टीवी से लेकर फर्नीचर तक सब कुछ घर पर पहुँच चुका था। ज्यादातर किश्तों पर सामान उठाये जाने वाली स्कीमों और पोस्ट डेटेड चेक का कमाल था। कुछ पुराना लिहाज और बेटी की शादी का वास्ता भी था। कोई नहीं कह सकता था कि कल आधी रात को यहाँ दो-चार सौ के भी लाले पड़ रहे थे। लगन की रस्म से पहले-पहले वॉशिंग मशीन, टीवी, फ्रिज, लड़के का सूट, घड़ी अँगूठी यानी सब कुछ पहुँच गया था और हलवाई भी बैठ चुका था।

लगन का काम सही सलामती से निपट गया, इसके लिए नवीनजी ने ही नहीं, सभी ने चैन की साँस ली थी। सभी कह रहे थे, भगवान ने इतना निपटाया है, बाकी भी वही सुलझाएँगे। कोई इसका श्रेय बंसी वाले कन्हैया को दे रहा था, कोई शिव शंकर को। किसी का कहना था, सब लड़की की किस्मत है।

लड़की ने सोलह सोमवार किये हैं, इसीलिए भी शंकरजी सारे विघ्न टाल रहे हैं। वही आगे भी रक्षा करेंगे। लेकिन नानीजी, यानी बुआजी, का मानना था कि उनकी गंगा मइया ही उनके सम्मान की रक्षा कर रही हैं।

लगन का टेहला निपटने के बाद रात को फिर से इमरजेंसी बैठक शुरू हुई। अब तक सब रिश्तेदार सारे हालात समझ चुके थे और एक दूसरे को काफी हद तक जान भी चुके थे। घुंडी अटकी हुई थी, बैंक्वेट हॉल में। सवा लाख से ज्यादा उसे देना था। घराती मिलाकर पाँच सौ लोगों का खाना था। दो सौ रुपये प्लेट के हिसाब से एक लाख सीधे-सीधे खाने के बन रहे थे। तीस हजार बैंक्वेट हॉल का किराया। वह पैसा कहाँ से आये?

बैंक्वेट हॉलवाले ने कहा था, एडवांस दे देना, शादी से एक दिन पहले, सुबह-सुबह।

तय किया गया कि आज रात आराम से सोया जाए। पिछली पूरी रात तो रतजगा हो ही गया था, इसलिए हर कोई सोना चाहता था। उससे भी कुछ रियायत की बात की जाएगी, और कुछ कैश का इन्तजाम करके पोस्ट डेटेड चेक दे दिया जाएगा। जैसे दूसरे दुकानदारों को दे दिया गया।

लेकिन अगली सुबह वहाँ मामला और ही निकला।

बैंक्वेटवाला तो जैसे तैयार बैठा था। उसने नवीनजी के जाते ही कह दिया, "हुजूर, एक लाख कैश एडवांस हाथ में रखोगे तो खाने का सामान मँगवाऊँगा। इतना पैसा नहीं दे सकते तो तीस हजार बैंक्वेट हॉल के दे दीजिए और हलवाई अपना बिठा लीजिए।"

नवीनजी की हालत खस्ता। तुरन्त बैंक्वेट हॉलवाले के पैर पकड़ लिये, "अरे भइया, कुछ तो लिहाज करो। जैसी हमारी बेटी, वैसी तुम्हारी बेटी। बस मेरा पैसा आने ही वाला है। आते ही सारा पैसा ब्याज समेत वापस कर दूँगा। एक हफ्ते का दस हजार ब्याज ले लो। मुझे भी इसी बाजार में रहना है, तुम्हारा पैसा मारकर कहाँ जाऊँगा। एक लाख तीस हजार की जगह, चलो, हम डेढ़ लाख का चेक काटे देते हैं।" यह कहकर वह जेब से चेक बुक निकालने लगे। लेकिन जो ड्रामा समधी के सामने चल गया, दुकानदारों के सामने चल गया, वहाँ नहीं चला तो नहीं चला।

उसने तपाक से कह दिया, "अजी, आपके समधी आपके झाँसे में आएँगे, मैं नहीं आने वाला।" एक बार को तो नवीनजी ही क्या, सभी हैरान कि घर की बात इसे कैसे पता चल गयी?

हुआ यूँ कि जिस बिचौलिए ने हॉल की बुकिंग करवायी थी, उसे पहले दिन दहेज का सारा सामान पोस्ट डेटेड चेक पर लेने की नवीनजी की कार्रवाई

की खबर लग चुकी थी। पूरा दिन उसने घर के चक्कर काटे और सारी खबरें ले लीं। पता चल गया कि नवीनजी के पास फूटी कौड़ी भी नहीं है, सबको बेवकूफ बनाया जा रहा है। वह नवीनजी से मीठी-मीठी बातें करता रहा। और बैंक्वेट हॉल वाले को कह आया, "भइया, हमारी कोई जिम्मेदारी नहीं है। उधार दो तो अपने बूते देना। हम बीच में नहीं। नवीनजी के साथ भी आएँ तो भी हमारा कोई लिहाज न करना।"

नवीनजी की नहीं चली तो फिर रमेश को आगे किया गया, पीछे खड़े ससुरजी को आगे किया गया। रमेश का परिचय दिया गया तो वह बोला, "अरे, आप बैंक मैनेजर साहब हैं। आप के चेक का भरोसा कर लूँगा। आप अपना पोस्ट डेटेड चेक काट दीजिए और यहाँ के अपने बैंकवालों से गारन्टी दिला दीजिए। यहाँ आपके बैंक वाले इत्तिफाक से मुझे जानते हैं।"

रमेश बोले, "चेकबुक लेकर कौन चलता है, सफर में बिना बात। मुझे क्या पता था यहाँ ऐसे हालात होंगे। जरूरी पैसा रखकर घर से चले थे। पता होता तो पैसा ही न भिजवा दिया होता।"

"तब तो मैं कुछ नहीं कर सकता।"

अब शर्माते ससुरजी सामने आये तो उनसे बोला, "आप ही अपना चेक काट दीजिए। नातिन की शादी है आप तो तैयारी के साथ आये ही होंगे। आपके इलाके के भी कई परिचित हैं मेरे यहाँ। पता लगा लेंगे अभी आपके बैंक में पैसा है या नहीं।"

यानी साम, दाम, दंड, भेद—कुछ भी नहीं चला उस बैंक्वेट हॉलवाले के सामने। हॉलवाले ने सिर्फ डेडलाइन बढ़ा दी थी। शाम तक तीस हजार और दूसरे दिन सुबह बाकी सारा पैसा।

सब मुँह लटकाए वापस आ गये।

नवीन बाबू फिर आत्महत्या की मुद्रा में आ गये थे। रमेश ने बड़े भइया से कहा, "ये हो क्या रहा है?" तो वह बहुत धीमे से मुस्कुराये, जैसे कह रहे हों, तमाशा देखो, तमाशा। हम तो ऐसे तमाशे देखते ही रहते हैं। बोले सिर्फ इतना ही, "तसल्ली रखो, शाम तक नवीन कुछ न कुछ इन्तजाम कर ही लेगा।"

सबसे ज्यादा परेशान बुआजी ही दिखाई दे रही थीं। वही बोलीं, "अरे मेरी पोती की शादी है और यहाँ सारे के सारे मुँह लटकाये बैठे हैं। आज वो जिन्दा होते तो क्या ऐसी नौबत आती! नवीन ने हाथ खड़े कर दिये तो क्या किसी के पास कुछ नहीं है। लानत है तुम सब पर। क्या किसी को जरा-सी गैरत भी नहीं है?"

"ले नवीन", उन्होंने नवीनजी की तरफ देखते हुए कहा, "मेरी चेन,

चूड़ियाँ सब ले ले और इन्हें गिरवी रखकर पैसा ले आ।'' यह कहकर उन्होंने चेन और चूड़ियाँ उतार मेज पर पटक दीं। पुराने जमाने की काफी भारी चेन थी। और बारह चूड़ियाँ।

बुआजी की यह मुद्रा देखकर सब सकते में आ गये। लेकिन नवीनजी की नजरें कह रही थीं, इनसे क्या होगा माँ!

फौरन बड़ी दीदी ने अपना ट्रंक टटोलना शुरू किया। वह अपना बटुआ लेकर लौटीं, कहने लगीं, ''मैं तो बुलबुल के लिए ये कानों के टॉप्स लायी थी। नकद तो दो हजार ही लायी थी।'' यह कहकर उन्होंने टॉप्स और रुपये वहीं मेज पर रख दिये। उन्हें देखकर छोटे देवर बोले, ''मैं तो बुलबुल के लिए मिक्सी खरीदकर लाया था। पास में ज्यादा पैसा तो है नहीं। बस पाँच हजार हैं। उन्होंने अपनी अलमारी से लाकर वे रुपये पंचायत के बीच रख दिये। बड़े भइया का लड़का अभी तक संकोच में खड़ा हुआ था। अचानक अपने कमरे में गया और दस हजार की गड्डी लेकर आ गया। बुआजी की तरफ देखकर कहने लगा, ''अम्मा, मुन्ना के एडमिशन के लिए ये रुपये रखे थे। एडमिशन अगले हफ्ते है।'' फिर नवीनजी की ओर देखकर बोला, ''तब तक दे दोगे क्या चचा ये पैसे? क्या तब तक आपके पैसे आ जाएँगे?''

वह नवीनजी की ओर अनिश्चय से देख रहा था। इससे पहले कि नवीन बाबू कुछ कह पाते, उसकी बीवी चीखती-चिल्लाती वहाँ पहुँच गयी। और उसके हाथ से गड्डी झपट ली।

''नहीं, यह पैसा मैं नहीं दूँगी। चाचाजी ने पिछले साल चाची की बीमारी में भी रुपया लिया था। अब तक तो लौटाया नहीं है। अब ये पैसा गया तो वो नहीं देने वाले। तब मेरे बेटे के एडमिशन का क्या होगा? वह तो स्कूल भी नहीं जा पाएगा।'' वह सचमुच रोने लगी थी। पुराने घाव जो खाए बैठी थी। शायद उसका डर वाजिब भी था।

उसे रोते-धोते देख मँझली दीदी बोलीं, ''बहू, इस समय इतनी बड़ी मुसीबत आयी पड़ी है और तुम्हें बेटे के एडमिशन की पड़ी है। तुम्हारी भी ननद तो लगती ही है। नवीन की इज्जत नीलाम हुई तो क्या तुम्हारी इज्जत बची रह जाएगी?''

बहू अब तक थोड़ा सँभल चुकी थी। पल्लू हलका-सा सिर पर ले लिया था और सुर धीमा हो गया लेकिन जो कहा, वह बुआजी के लिए तीखी मिर्च से कम नहीं था। ''बुआजी, इतनी ही चिन्ता है तो आप ही क्यों नहीं दे देतीं? बीस-पच्चीस हजार क्या, आप तो पचास हजार भी हाथों-हाथ दे सकती हैं। फूफाजी तो अफसर हैं। ऊपर की भी काफी कमाई है। अब तो पिंटू भइया भी

नौकरी पर लग गये हैं। और चाचाजी के ससुरजी भी तो यहाँ खड़े तमाशा देख रहे हैं। उनकी नातिन नहीं लगती क्या? वो क्यों नहीं कुछ करते?'' इस बात पर बुआजी को तैश आ गया, ''मेरे भाई की इज्जत नीलाम होगी तो क्या मैं खड़ी देखती रहूँगी! पैसा तो हाथ का मैल है।''

उन्होंने फौरन पिंटू को पुकारा, ''पिंटू, तेरी जेब में कितना पैसा है रे?''

''पाँचेक हजार होगा, माँ।'' पिंटू ने लापरवाही से कहा।

''वापसी के टिकट का पैसा निकालकर बाकी सारा पैसा यहाँ रख दे!''

पिंटू के कुछ कहने से पहले ही बहू ने फिर ताना मारा, ''बुआजी एटीएम का जमाना है। पैसे बैंक से भी निकाले जा सकते हैं।''

बुआजी को लगा, बित्ते भर की बहू उन्हें, उनके पति के ठसके को ललकार रही है। उन्होंने फौरन पिंटू से कहा, ''एकाउंट में जितना भी पैसा है, निकाल ला!''

इतनी लानत-मलामत के बीच लगता है ससुरजी को भी थोड़ी शर्म आ गयी थी। उन्होंने भी जेब से पाँच हजार रुपये निकाले और मेज पर रख दिये। कहने लगे, ''मेरा शहर होता तो लाख-दो लाख का इन्तजाम पलक झपकते हो जाता लेकिन अब यहाँ तो हमारे हाथ कटे हैं। भात में पहले ही काफी खर्च हो चुका है। दामादजी ने पहले इशारा भी कर दिया होता तो इन्तजाम से आते।''

पिंटू बीसेक मिनट में लौट आया और बीस हजार रुपये मेज पर रख दिये। यह देखकर मँझली बुआ गर्व से थोड़ा तन गयीं, ''बहू, मैंने तो फर्ज निभा दिया, अब तुम निभाओ।'' फिर समझाने के अन्दाज में बोलीं, ''अगर तुझे नवीन पर भरोसा नहीं है तो मेरा भरोसा कर सकती है। इसने एक हफ्ते में पैसा नहीं लौटाया तो मैं दूँगी तुझे।''

उनकी आवाज भीग गयी थी। बहू भी उनकी बात सुनकर झुक गयी थी। गड्डी मेज पर रख दी। अब तक खामोश बैठे बड़के भइया भी धीरे से उठे और अपने कमरे तक होकर आये। ''भई, मैं तो रिटायर आदमी हूँ। चार हजार घर में पड़े थे।''

धीरे से किसी कोने से महीन-सी आवाज आयी, ''चलो, भागते भूत की लँगोटी ही भली।'' मैंने पीछे मुड़कर आवाज का पीछा करने की कोशिश की लेकिन असफलता हाथ लगी।

ऐसे गमी के माहौल में भी लोगों के चेहरों पर हल्की-सी मुस्कुराहट आ गयी थी। सब लोग बड़े भइया की आदत जानते हैं। सबको देखकर छोटी दीदी ने भी चुपचाप एक गड्डी वहाँ लाकर रख दी थी। शायद दस की थी।

अब तक इतना पैसा इकट्ठा हो चुका था कि एडवांस जमा कराया जा सकता

था। पचास-साठ हजार नकद और बाकी जेवर।

"अम्मा, उसी बैंक्वेट वाले को जेवर दिखा लेते हैं पहले। वही रख लेगा तो सबसे अच्छा वरना इतनी जल्दी में और तो कौन देगा, इतना पैसा।" अब नवीनजी की जरा जान में जान आयी थी।

नवीनजी जा ही रहे थे कि बुलबुल धीमे से आयी और फुसफुसायी, "पापा, मुझे ब्यूटी पारलर जाना है। दो हजार रुपये चाहिए।" फिर भी उसकी आवाज दूसरों तक पहुँच गयी थी।

बहू ने उसकी बात सुनकर धीमी आवाज में कहा, "देखा, यहाँ तो बारात को खिलाने के लिए पैसे नहीं हैं। पंचायत लगाकर पैसा माँगा जा रहा है लेकिन दुलहनिया को ब्यूटी पारलर जाने के लिए पैसा चाहिए।" उसकी बात सुनकर नवीनजी थम गये। शायद वह बुलबुल को पैसे देना चाहते थे लेकिन अब हिम्मत नहीं रह गयी थी। बुलबुल को पैसा दिये बिना ही वह चले गये। बुलबुल रुआँसी होकर भाभी की तरफ देखने लगी। मानो कह रही हो, भाभी आज कौन से जन्म का बैर निकाल रही हो लेकिन कुछ कह नहीं सकती थी। आखिर भाभी ने दस हजार रुपये कुछ देर पहले ही दिये थे।"

बुलबुल अपने कमरे में जाकर बैठ गयी। थोड़ी देर में उसकी माँ भी कमरे में गयी। कुछ देर बाद वह कमरे से निकली और बिना किसी की ओर देखे घर से बाहर चली गयी।

खामोशी से सारा नजारा देख रही बड़ी भाभी ने टोहका दिया, "देखा, रात को जब देवरजी अपना जनाजा निकालने पर तुले थे, तब तो देवर-देवरानी के पास फूटी कौड़ी न थी। सारे घरवालों के, बेटियों तक के पैसे झड़वा लिये। अब बेटी के ब्यूटी पारलर के लिए पैसे कहाँ से आ गये? हम तो पहले ही जानते हैं, यह सब नाटक चल रहा है, दूसरों से पैसे निकलवाने के लिए।"

मँझली दीदी बोलीं, "अरे, तुम भी खामख्वाह का शक करती हो भाभी! रोती हुई लड़की को देखकर अगर उसकी माँ ने दो-चार सौ रुपये दे भी दिये होंगे तो उससे क्या फर्क पड़ जाता। उस लड़की की शादी दोबारा तो होने से रही। कहीं से कर-कराकर आप भी दे सकती थीं बुलबुल को कुछ पैसा।" दीदी को लग रहा था, बड़ी भाभी के सामने अब बोलने का उन्हें पूरा हक है। आखिर सबसे खामोश बड़े भइया और भाभी ही रहे हैं। तमाशबीन की तरह। "अगर छोटी भाभी के पास पैसा होता तो देती नहीं क्या? इस तरह अपनी बेटी का तमाशा-बनातीं?"

मँझली ननदजी का अपनी मँझली भाभी के लिए सॉफ्ट कॉर्नर भी था। बात शुरू हुई तो बड़ी भाभी और मँझली दीदी के बीच तलवारें खिंच ही गयीं। धीरे-

धीरे दल बनने लगे। गड़े मुर्दे उखाड़े जाने लगे। बुआजी अपनी नाराजगी जाहिर करने लगीं। "क्या ये वक्त इस तरह तुम लोगों के झगड़ने का है? कौन से हिसाब चुकता कर रही हो इस समय?"

इधर औरतों का झगड़ा चलने दें। बुआजी के कहने के बावजूद यह अभी शान्त होता नहीं दिखाई दे रहा। हम लोग नवीनजी के साथ हो लें तो बेहतर रहेगा।

नवीनजी बड़ी शान से रुपयों की गड्डी और जेवर लेकर बैंक्वेट हॉल पहुँचे। साथ में उनके ससुरजी, छोटे भइया, रमेश सभी थे। और वह बिचौलिया भी जिसने यह बैंक्वेट हॉल बुक करवाया था। वह खुशी से फूले न समा रहे थे। सोच रहे थे, इतने पैसे देखकर तो बैंक्वेट हॉल वाला पिघल ही जाएगा। बाकी के लिए उन्हें शायद छूट मिल जाए।

उन्होंने पैसे और जेवर बैंक्वेट हॉलवाले के सामने रखे। "लो भई, आपको हमारा भरोसा नहीं था न। गिन लीजिए पूरे छप्पन हजार हैं। बाकी ये जेवर हैं। पचास-साठ से कम के नहीं होंगे।"

इस पूरे एपिसोड में वह हॉलवाला पहली बार मुस्कुराया था।

उसने बैठने को सबको सीट दी। इत्मीनान से पैसे गिने। फिर नवीनजी और सभी लोगों को दिखाकर बोला, "ये तीस हजार तो हुए हॉल के। बाकी इतने हैं कि भरोसा करके खाना बनवाना शुरू कर सकता हूँ। लेकिन मुझे बारात से पहले पूरा पैसा चाहिए। वरना खाना हॉल के बाहर रखवा दूँगा। वहाँ आप अपने बारातियों की अगवानी कर लेना। पैसा इतना ही आया है।"

"याद रखिए, सात बजे से पहले पैसा मिल जाना चाहिए। बाकी तीस हजार।"

इस बार बिचौलिया भी बोला, "अरे चौधरी, इतना गजब मत ढाओ। मिल जाएगा पैसा। कुछ तो तुम भी झुक जाओ।"

वह टेढ़ी नजर करके बिचौलिए से बोला, "अजी, आपको इतनी चिन्ता है तो आप ही दे दो ना।"

कोई फायदा नहीं था उससे बहस करने का।

छोटी रकम नहीं थी नवीनजी के लिए।

घर लौट आये थे सब। औरतों के ड्रामे का उस वक्त तक इंटरवल हो चुका था शायद। आदमियों के पहुँचते ही फिर ड्रामा शुरू हो चुका था। बुआजी के आँसू आ गये थे।

वह पछाड़ खा-खाकर गिर रही थीं। "हाय, सरे बाजार नीलाम होगी अब तो इस घर की इज्जत। अब तो सब रिश्तेदारों का पैसा भी चला गया उस मुए

हॉलवाले के यहाँ। अब क्या करें। बाकी पैसे के लिए किस घर झोली फैलाएँ?''

अब उनकी नजरें बड़े भइया पर टिकी थीं। लेकिन उनसे किसी की कुछ कहने की हिम्मत न थी। बुआजी की भी नहीं। एक तो, वह रिटायर हो चुके थे। दूसरे, नवीन बाबू उन्हें कई छोटे-बड़े झटके दे चुके थे। उनके ससुरजी भी सिर झुकाये बैठे थे। हम जैसे दूर के रिश्तेदार भले ही उन्हें देखके कह रहे हों कि कैसा नाना है, अपनी नातिन से भी मोह नहीं। लेकिन औरतों में जो खुसर-पुसर चल रही थी, उससे पता चल रहा था कि वह भी कई बार दामादजी को बिजनेस कराने के चक्कर में अपने हाथ जलाये बैठे हैं।

जब घर के किसी भी आदमी से कोई उम्मीद नहीं नजर आयी तो बुआजी रमेश से मुखातिब हुईं, ''अरे रमेश बेटा, तू ही बता अब हमारी नइया कैसे पार लगे? वो मुआ हॉलवाला तो अब माननेवाला नहीं!''

इस समय पाँच बज चुके थे। आठ बजे बारात के आने का टाइम था और सब औरतें-आदमी सुबह के ही कपड़ों में बैठे थे। आस-पास का कोई पड़ोसी भी तैयार होता नहीं दिखाई दे रहा था। हाँ, सब छज्जों पर लटके हुए नजारा जरूर देख रहे थे। यहाँ नजारे का मतलब था घर से कोई निकले तो भी उनके लिए खबर, न निकले तो भी खबर। वैसे भी घरवाले तैयार होते दिखाई दें तो पड़ोसी तैयार हों। अब तो सवाल यह उठने लगा था कि बुलबुल की बारात आएगी या नहीं? आएगी भी तो कहीं बैरंग तो वापस नहीं जाएगी?

हाँ भई, अगर बारात की इतनी ही बेइज्जती हुई तो वो दुल्हन को कैसे ले जाएँगे? आखिर उनकी भी तो कोई इज्जत है?

बड़ी और मँझली दीदी बोलीं, हमारे पास तो जितना था, सब दे चुके। परदेस में हैं, अपने घर होते तो खड़े-खड़े इतने का इन्तजाम करना मुश्किल न था।

बुआजी फिर दहाड़ मारकर रो पड़ीं, ''रमेश, तू ही कुछ कर बेटा।'' उन्हें लग रहा था बैंक मैंनेजर है तो कहीं से भी पैसे का इन्तजाम कर सकते हैं। इन्होंने धीमे से कहा, ''अगर आप लोगों ने हम लोगों को पहले जरा भी खबर कर दी होती तो सारा ही इन्तजाम न कर दिया होता। आखिर इस घर की इज्जत मेरी भी इज्जत है लेकिन यहाँ तो क्या कर सकते हैं?'' मैं मन ही मन सोच रही थी, अगर जरा भी भनक लगी होती कि शादी में ऐसा झमेला देखने को मिलेगा तो हम आते ही क्यों शादी में? पर मैं बिलकुल खामोशी से बैठी थी, नजरें झुकाये। रमेश अचानक उठे और अपनी जेब से पर्स निकाला। चार हजार हैं मेरी जेब में। रास्ते के चाय-पानी के निकालकर ये सब आप ले लीजिये। फिर इनकी नजर मुझ पर पड़ी। मेरे पास आकर बोले, ''तुम अपना हार और कड़े उतार दो।'' मैं यह सुनकर सकपका गयी। अच्छी शादी में आयी, जेवर भी गँवा बैठी। मरती

क्या ना करती। अकेले में पूछा होता तो कुछ कहती भी। अब इस चौपाल में क्या बोलूँ?

जेवर उतारकर इनके हाथ में दे दिये। फिर रमेश ने कहा, ''बाकी औरतें भी जेवर उतार दें। मैं किसी का नाम नहीं लूँगा लेकिन जो भी समझती हैं कि इस लड़की की इज्जत उनकी इज्जत है, उन सबसे आग्रह है। मेरे जेवर उतर जाने के बाद बड़ी भाभी, छोटी भाभी किसी की हिम्मत नहीं रह गयी थी, ना नुकर करने की। सबके गले, हाथ के गहने उतरते गये। लिस्ट बनती जा रही थी।

''ये गहने तीस हजार से कहीं ज्यादा के होंगे। शायद साठ हजार से ज्यादा के हों। कोई भी खड़ी चोट इन पर तीस-पैंतीस हजार दे ही देगा। एक हफ्ते के लिए गिरवी रख सकते हैं। उसके बाद कोई इन्तजाम किया जाएगा। फिलहाल तो बुलबुल की शादी का सवाल है। बारात ऐसे कैसे लौट जाएगी!'' रमेश ने कहा।

रमेश ने नवीनजी के ससुरजी से कहा, ''आप कह रहे थे, आपके कई परिचित हैं यहाँ। वहाँ से फौरन पैसे का इन्तजाम करवाइये।'' बैंक्वेट हॉलवाले के पास ये जेवर नहीं रखवाएँगे। उसका तो भरोसा ही नहीं। हो सकता है वापस ही ना करें।'' रमेश और ससुरजी गये और आधे घंटे में नोटों की गड्डी के साथ हाजिर।

उन्होंने कहा, ''बुआजी, एक हफ्ते के अन्दर पैसे देकर जेवर छुड़ाए जा सकते हैं।'' नवीन और मँझले भइया के साथ रमेश और नवीन बाबू के ससुरजी पैसे देने हॉल की ओर भागे।

इस बीच आवाजें आने लगीं, अरे, बारात के आने की आवाज आने लगी है। बाजा सुनाई देने लगा है। तैयार होओ।

घर में भगदड़ मचते देख पड़ोसिनें भी तैयार होने भागीं।

उसके बाद तो कुछ कहने की जरूरत ही नहीं। शादी धूमधाम से हो गयी। बुलबुल ससुराल चली गयी। उस हाल में भी बुआजी शगुन के लड्डू नहीं भूली थीं। पड़ोस के हलवाई से सब रिश्तेदारों के लिए एक-एक किलो केसर बूँदी के लड्डू तैयार करवाये। कहने की जरूरत नहीं कि सब उधार था।

हम लोग विदा हो गये थे। मेरे सूने हाथ, सूना गला। बुआजी कह रही थीं, ''रमेश तेरा अहसान जिन्दगी भर नहीं भूलूँगी। बहू तेरे जेवर जल्द ही नवीन के हाथ भिजवाऊँगी।''

रात की ट्रेन थी। हम दोनों अपनी सीट पर बैठ गये थे। ट्रेन चलने में वक्त था। तभी नवीनजी के ससुरजी तेजी से आते दिखाई दिये। आते ही रमेश के हाथ

में डिबिया पकड़ा दी, ''ये बहू के कड़े और हार हैं।''

मैं रमेश की तरफ देख रही थी। उलझन सुलझा ही नहीं पा रही थी। ट्रेन चल पड़ी थी। ये क्या पहेली है? ट्रेन के रफ्तार पकड़ते ही मैंने पूछा, ''क्या पैसे ससुरजी ने ही दिये थे?''

''हाँ,'' रमेश का जवाब था।

''तब इन्होंने इतना नाटक क्यों किया?''

''तब नवीन इनका पैसा कभी न लौटाते।''

''अब दे देंगे!''

''अब पैसा दे देंगे, क्योंकि उन्हें इस बात की खबर नहीं है। सब औरतों के जेवर गिरवी हैं। कुछ तो प्रेशर रहेगा ही।''

और नवीनजी का पैसा न आया तो।

''फिर भी ससुरजी तो सबके जेवर लौटाएँगे ही। लेकिन भरोसा तो हो जाएगा कि नवीन सच में ही मुसीबत में हैं।''

□

उसूलवाली

दो मंजिल सीढ़ियाँ चढ़ते हुए मैं और सब इंस्पेक्टर मानिनी जैसे ही उस बड़े-से दरवाजे को पार कर भीतर पहुँचे, लगा किसी दूसरी ही दुनिया में आ गये हैं। मानिनी के लिए यह दुनिया नयी नहीं थी। अलबत्ता, मेरे लिए नयी थी। बाहर से साधारण-सा दिखाई देनेवाला यह मकान भीतर से ऐसा आलीशान होगा, मैंने सोचा भी न था।

पिछले कई दिन से मानिनी मुझे उसके बारे में बताये जा रही थी, उसके बावजूद मैं ऐसी कल्पना नहीं कर पायी थी। कर ही नहीं सकती थी। तरतीब से बिछाये गये ईरानी कालीन, झाड़-फानूस, चारों ओर खूबसूरत पेंटिंग्स। मैं हैरानी से देख रही थी। आँखें मुँदने लगी थीं। ऐसा लगने लगा था, यहाँ रोशनी हो गयी है। हॉल कद्रदानों से भरा है। जैसा अक्सर फिल्मी मुजरों में होता है। मैं मानकर चलती थी, मुजरे गये जमाने की चीज हो गये हैं तथा उनकी रौनक और रंगत भी फिल्मों तक ही रह गयी है। पर यहाँ तो घुँघरुओं की आवाज सुनाई भी देने लगी थी। तबले की थाप...'इन्हीं लोगों ने, इन्हीं लोगों ने'...गुलाबी गरारा, कमीज और दुपट्टा पहने बलखाती मीना कुमारी, मधुबाला और भी पता नहीं कौन-कौन-सी हीरोइनें, मेरी मुन्दी हुई आँखों में रंग भरने लगीं।

अचानक मायाजाल टूटा। भीतर से बुलावा आ गया था। दिन का वक्त था। सूरज की रोशनी ही काफी थी उस हॉल को रोशन करने के लिए। उस हॉल के बराबर में ही एक छोटा-सा कमरा था। इस कमरे का ही भीतरी हिस्सा मान लीजिए। इस जगह से पूरा हॉल दिखाई दे सकता था लेकिन हॉल में बैठा कोई व्यक्ति यह नहीं सोच सकता था कि इस आड़ में से कोई उन्हें देख रहा होगा। बाहर बैठे-बैठे मुझे भी पता नहीं चल पाया था कि किसी की नजरें मुझ पर होंगी।

कश्मीरी नक्काशी वाले एक खूबसूरत कदीमी काउच पर एक औरत अधलेटी पड़ी हुई थी। हमें देखकर हल्की-सी उठने को हुई लेकिन उसकी आदत कहिये या दर्प, वह उठी नहीं।

शायद उसे ऐसे ही हरेक के सामने उठने की आदत नहीं थी। उसने क्या पहना हुआ था, इसको तो मैं आज तक कोई नाम नहीं दे पायी, पर जिस अन्दाज में वह हमारे वहाँ जाने के बावजूद लेटी ही रही, उससे लग रहा था कि किसी अजनबी, कम से कम औरत से तो इन कपड़ों में मिल लेने में उसे कोई झिझक नहीं है। सुविधा के लिए बाजुओं के नीचे तक के ढीले-से उस कपड़े को गाउन कहा जा सकता है।

''आओ मानिनी'', कहते हुए उसने बराबर के काउच पर बैठने का इशारा कर दिया। जाहिर था, वह औरत मानिनी को अच्छी तरह जानती थी।

मैं अभी उस हॉल की आलीशान हैरानी से ही नहीं उबर पा रही थी कि उसके चेहरे को गौर से देखने लगी। उसकी उम्र हर हाल में साठ के आस-पास तो रही ही होगी। हो सकता है ज्यादा हो। लेकिन चेहरे पर क्या बला की चमक! क्या रंगत! एकदम गुलाबी। महकती हुई। उस उम्र में भी अच्छी रूपसियाँ उसके आगे पानी भर सकती थीं। मैं सिकुड़ती जा रही थी, यह सोचती हुई कि आखिर इस रंगत का राज क्या है!

उस चेहरे पर हल्की-सी मुस्कान आयी, ''ये कौन हैं तुम्हारे साथ मानिनी?'' कहते हुए मुझे इशारे से पास बुलाया। मैं आगे बढ़ी तो हौले से मेरा हाथ थाम लिया। जैसे कोई रुई का गाला मेरे हाथ से लिपट गया हो। बस वही हल्की-सी मुस्कुराहट। कोई शब्द नहीं।

''हे भगवान मैं कहाँ आ फँसी? किस मायालोक में आ गयी हूँ? जिस काम से आयी हूँ क्या खाक करूँगी? मैं सोच रही थी।

मानिनी उसे मेरे बारे में बता रही थी और मैं मन ही मन सोच रही थी। वेश्या और ऐसी पाक खूबसूरती! मुस्कुराहट ऐसी कि मन कहे कि मुस्कुराना तो दुनिया जहान में बस यही जानती है।

यह थीं नैना देवी।

पिछले एक हफ्ते से काम के सिलसिले में इन कोठों पर ही मेरे दिन गुजर रहे थे। दिन से मेरा मतलब है—दिन। उन दिनों मैं एक एनजीओ के साथ काम कर रही थी। वेश्याओं के बारे में जानकारी हासिल करने की जिम्मेदारी मुझे सौंपी गयी थी। उनके हालात, उनकी परेशानियाँ!

और इस बदनाम इलाके में इन औरतों के बीच सुरक्षित आने-जाने के लिए मुझे पुलिस का सहारा लेना पड़ा था। सब इंस्पेक्टर मानिनी और दो हवलदार मेरे साथ रोज आ जाते थे। अफसरों ने दो-तीन दिन के लिए कहा था लेकिन हफ्ता भर से ज्यादा हो गया था, पर वे लोग मेरे साथ रहने की ड्यूटी मुस्तैदी से कर रहे थे। लगता था उन्हें भी यहाँ की हवा ज्यादा रास आती थी। इसीलिए

दो-तीन दिन घंटे-दो घंटे के बजाय वक्त खिंचता गया लेकिन उनके माथे पर शिकन तक नहीं आयी थी। बल्कि ज्यादा खुश नजर आते थे। मानिनी मुझसे उम्र में ज्यादा नहीं थी, दोस्ती हो गयी थी। कहा जाए तो मानिनी मेरी गाइड बन गयी थी।

नैना देवी के बारे में वह शुरू से ही बताती रही थी। लेकिन कहती थी, पहले और कोठे देख लो। वहाँ जाने के बाद और जगह जाना मुश्किल हो जाएगा। इस बाजार में तवायफों के बस दो ही तीन कोठे रह गये हैं, जो सही मानो में अपनी परम्परा का निर्वाह कर रहे हैं। बाकी को यह बाजार और नयी हवा निगल गयी।

शायद सही कह रही थी मानिनी। कई जगह जब घुटन से मेरा सिर चकराता तो सोचने लगती, कैसे रहती हैं ये लड़कियाँ इन अमानवीय हालात में! कहीं-कहीं तो आठ बाय आठ की या छह बाय छह की कोलकी, कोलकी नहीं, उनकी कब्रें लगती थीं। हवा आने-जाने की भी जगह नहीं। सिगरेट, सीलन और घुटन का मिलाजुला भभाका वहाँ की हवा में इस कदर घुल-मिल गया था कि दिन के वक्त भी लगता था, कितनी देर इस नरक में और खड़े रहना पड़ेगा मुझे। लेकिन वे फिर भी चहकती हुईं। वे हँसती थीं, मुझे घबराहट होती थी। कुछ रोती थीं अपनी जिन्दगी की कहानियाँ सुनाती हुई। तो मानिनी मुँह फेरकर धीरे से मुस्कुराती दिखाई देती। बाद में मानिनी कहती, इनकी बातों में आधा नाटक होता है, उसी हिसाब से देखना-सुनना।

दिन के वक्त किसी भी गृहस्थी की तरह चलती हुई जिन्दगी। कहीं कपड़े धुल रहे होते, कहीं सालन बन रहा होता। बच्चों की रेंरें पेंपें। बाहर सूखते हुए कपड़ों के बीच ही छज्जों पर झूलती लड़कियाँ। कुछ खोजती हुई नजरें। कहीं दिन के वक्त ही ग्राहक चला आए। इशारेबाजी, नैन मटक्का बाहर से ही बड़े आराम से देखा जा सकता था। कई जगह छज्जों से ही आँखों ही आँखों में मारकाट का-सा नजारा! तेरा गाहक, मेरा गाहक।

यहाँ इत्र की सुगन्ध आ रही थी। थोड़ी देर में बासमती की गन्ध। खालिस देहरादूनी बासमती की। चावलों की ऐसी गन्ध तो बरसों हो गये, नहीं मिली। अब कहाँ मिलते हैं दिल्ली में ऐसे बासमती। हरियाणा, पंजाब के कट्टों पर देहरादून की मुहर लगा दी जाती है। हो गया बासमती। तीन से ज्यादा बज रहे थे। इस वक्त खाना बन रहा है। शुरू में इस मुहल्ले में मुझे अजीब लगा था, खाने का यह वक्त। मानिनी से पूछा तो मुस्कुराने लगी। मेरी ओर धीरे से देखा और कहने लगी, ''इन लोगों की सुबह होती है बारह बजे के बाद। यह है लंच का वक्त। ज्यादातर जगह शाम को खाना गोल ही कर दिया जाता है।''

"क्यों?"

मेरी उत्सुकता देखकर वह हँस पड़ी थी, "अरे भई, ग्राहकों का वक्त होता है वह। रात को बचा खुचा खा लिया तो खा लिया, नहीं तो यूँ ही सो रहे। नैना देवी जैसे बड़े कोठों की बात अलग है।"

नैना देवी की नजरें शायद मुझ पर ही थीं। अपने कोठे पर आने वाले हर इनसान को भीतर तक पढ़ लेना उनकी फितरत में रहा होगा। मुझसे सवाल किये बिना ही धीरे से मुस्कुराकर बोलीं, "इस हॉल को इस समय क्या देख रही हैं? उजड़ा हुआ चमन है इस वक्त तो। रौनक देखनी है तो कभी रात के वक्त आइए।"

फिर धीरे से जोड़ दिया, "मानिनी के ही साथ। वैसे मुझ पर भी भरोसा कर सकती हैं।"

तभी कहीं भीतर से काँजीवरम की साड़ी पहने एक लड़की वहाँ आयी। जेवर के नाम पर ज्यादा कुछ नहीं। पर जो भी था, उसकी खूबसूरती को बढ़ा रहा था। पहली नजर में लगा स्मिता पाटिल! वही 'भूमिका' वगैरह फिल्मों की गुजरे जमाने की हीरोइन। मेरी फेवरिट रह चुकी है। मैंने मानिनी की तरफ देखा, मानिनी ने मेरी तरफ। युवती ने नैना देवी के पाँव छुए, हम लोगों की तरफ नजाकत से देखा, आँखों से मुस्कुरायी। हलके से होंठ हिले जैसे कहा हो, आदाब।

नैना देवी ने आशीर्वाद दिया, "ठीक से रहना, अपना ख्याल रखना, बिटिया।" वह चली गयी।

मैंने फिर मानिनी की ओर चुपके से देखा, उसने भी आँखों में ही जवाब दिया, यानी बाद में बताऊँगी।

तभी एक आधुनिका जींस पहने नैना देवी की बगल में आकर बैठ गयी थी। यह जिस जमाने का किस्सा है, तब जींस वगैरह आम जिन्दगी का हिस्सा नहीं बनी थी। काला टॉप पहने थी वह, एकदम गोरी चिट्टी लेकिन नैना देवी जैसी चमक कहीं नहीं थी।

उस लड़की को बगल में बिठाकर गले से लिपटाये ही बोलीं, "वह मुजरे पर जा रही हैं।" शायद उन्होंने हमारी आँखों के सवाल पढ़ लिये थे। "दिल्ली से बाहर जाना है। किसी बड़े अफसर के यहाँ फंक्शन है।"

धीरे-धीरे नैना देवी की परतें खुलती रहीं। वैसे मानिनी ने बताया था कि वह कम ही बोलती हैं।

चाय आ गयी थी। बोन चाइना के नायाब डिजाइन वाले प्यालों में, साथ में तले हुए काजू। लड़की ने चाय सर्व करनी शुरू की। पिछले एक हफ्ते में इन कोठों पर चाय पीना भी मेरे लिए किसी तकलीफ से कम नहीं रहा है। उस भभाके के बीच, जिसका मैं पहले जिक्र कर चुकी हूँ, जब जबरन हाथ में गिलास थमा

दिया जाता तो दिल घबरा जाता। गन्दगी से लेकर पता नहीं क्या-क्या दिमाग में आने लगता। मेरे झिझकने पर लड़कियाँ अपराधबोध से कहतीं, ''बाहर के चाय वाले से मँगायी है, खास आप लोगों के लिए।''

मानिनी टोहका देती, ''यह भी रिपोर्ट का हिस्सा ही मानकर चलिए।'' वह एक सुड़का लगाती और प्याली किसी कोने में खिसका देती।

मैं खुद नहीं जानती किस तरह उस चाय का घूँट भरती। लगता अभी उल्टी हो जाएगी।

मानिनी बाहर आकर हँसती, ''कीजिए, कीजिए अब उल्टी। ताजा हवा में साँस लीजिए। और अब अपनी संस्था को रिपोर्ट पेश कीजिए, कैसे जीती हैं इस नरक में ये लड़कियाँ।

कुछ वहाँ लकड़ियाँ हैं, कुछ हैं कोयला
कुछ हो चुकी हैं, कुछ को अभी होना है कोयला।

उसकी ये दो लाइनें इन लड़कियों की जिन्दगी के बारे में सब कुछ कह देती थीं।

फिर वह कहती, ''अरे भई, उन बेचारियों को पता है, इसलिए हम पाक-साफ लोगों के लिए हमेशा बाहर से चाय आती है, बाहरवाले दुकानदारों के चायवाले से!''

''आप चीनी कितनी लेंगी? एक स्पून या दो?'' लड़की पूछ रही थी।

''एक।'' मैंने कहा। इनकार कैसे कर सकती थी। वहाँ गयी थी तो चाय पीना मेरी मजबूरी थी। उसने प्याली में चीनी डालकर मेरे हाथ में पकड़ा दी।

चाय के साथ नैना देवी के किस्से भी चलते रहे। ठुमरी, दादरा और ग़ज़लों के जमाने से आज के बाजारू फिल्मी गानों के जमाने तक के।

लौटने लगे तो मानिनी ने कहा, ''नैना देवी, आपसे कुछ जरूरी बात करनी है।''

''हाँ, हाँ।'' फिर अचानक ही वह खामोश हो गयी। मेरी तरफ देखा, मानिनी मुझसे बोली, ''मैं बस एक मिनट में आती हूँ।'' शायद यह मेरे लिए इशारा था, बाहरवाले हॉल में चले जाने का। मैं एक बार फिर उस हॉल में अकेली थी। उसी सजावट से अभिभूत होती हुई। पाँच-दस मिनट में ही मानिनी और वह बाहर आती दिखाई दीं। उनकी आवाज आ रही थी, ''तुम चिन्ता मत करो। सब ठीक हो जाएगा।''

मैं हैरान थी। एक वेश्या, नहीं, तवायफ। मानिनी ने यही तो कहा था।

और नैना देवी ने भी मुझसे यही कहा था, ''हम तवायफें हैं, वेश्या नहीं।

मुजरा हमारा धर्म है। वेश्यावृति से हमें सख्त नफरत है। हम जिस्म नहीं बेचते हैं।''

हाँ, तो मैं हैरान इस बात पर थी कि एक तवायफ से एक लेडी पुलिस सब-इंस्पेक्टर को भला ऐसा क्या काम हो सकता है?

मानिनी से इस बारे में कोई बात नहीं हुई। मानिनी ने बताया नहीं, तो भला मैं क्यों पूछती? मेरा अधिकार क्या था? जुम्मा-जुम्मा दो रोज की मुलाकात।

नैना देवी से उसके बाद कई मुलाकातें हुईं। वह औरत एक बदनाम बस्ती में रहकर एक बदनाम पेशा करती थी। उसके बावजूद मुझे वह हर बार ज्यादा, और ज्यादा अच्छी लगने लगी थी। ऐसा लगता था वह जो कुछ बोलती हैं, सच बोलती हैं।

यह जिन्दगी नैना देवी को जन्म से मिली थी, जिस पर उन्हें फख्र भी था। कहतीं, ''किसी जमाने में हमने हीरोइन बनना ठुकराया था। तब आगरे में रहा करते थे हम। अफसानाबाई की फिल्में तो देखी होंगी आपने।''

झटका-सा लगा एक बार को, कौन बाई! पर एकदम याद आया, बाई हटा दिया नाम के आगे से, तो ब्लैक एंड व्हाइट जमाने की मशहूर अदाकारा सामने आ गयी। रंगीन फिल्मों के जमाने में भी कई अच्छी फिल्में आयीं उनकी। उस मशहूर अदाकारा को वह अभी भी बाई कह कर पुकार रही थीं।

कह रही थीं, ''मेरी बचपन की सहेली है। वह चली गयी थी। हम लोग फिल्मों में काम करने को छोटा माना करते थे तब। राजकपूर साहेब ने मुझे भी कई बार कहलवाया था फिल्मों में काम करने को। लेकिन मुझे लगा था फिल्मों में कोई इज्जत नहीं है। आज भी यही मानती हूँ। जमाना बदल रहा है। पर मैं नहीं।''

कुछ परतें खुलनी शुरू हुई थीं इस बीच नैना देवी की जिन्दगी की। कुछ खुद नैना देवी ने ही खोलीं। कुछ तार मानिनी जोड़ देती।

उनकी एक बेटी भी है। वह उनकी इस बदनाम बस्ती में कभी नहीं रही। शहर के एक पॉश इलाके में उनकी कोठी है। एक कोठी शिमले में। इसी शहर के एक नामी रईस की रखैल रही हैं। बेटी उन्हीं से है। सेठजी को यहाँ आना कभी पसन्द नहीं रहा था, इसलिए ये दो कोठियाँ और गाड़ी उन्हें दे दी थी। जब मिलना होता था, फोन आ जाता था। वैसे नैना देवी की ये महफिलें सजती रहीं, चलती रहीं, उन्होंने कभी ऐतराज नहीं किया। नैना देवी ने शर्त रख दी थी, ''मुजरा कभी नहीं छोड़ूँगी।''

उन्होंने भी शर्त रख दी थी, ''मेरी बेटी को तवायफ नहीं बनाओगी।''

बेटी हमेशा उसी कोठी में रही। बड़ी हुई तो शिमले में बोर्डिंग में दाखिल

करवा दिया। छुट्टियों में उससे मिलने वह खुद शिमला चली जाती थीं। शिमला से ही बेटी डॉक्टरी करने स्विट्जरलैंड चली गयी। वहीं साथ पढ़ने वाले डॉक्टर से प्यार हो गया। वह लड़का भी इसी शहर का था।

नैना देवी को पता चला तो उन्होंने बेटी से सबसे पहला सवाल यही किया, "तुमने उसे बता दिया है कि तुम्हारी माँ कौन है?"

बाद में अपने होने वाले दामाद को परखने के लिए खुद स्विट्जरलैंड गयीं। एक ही सवाल था उनका, "अभी तो जवानी का जोश है। बरदाश्त कर पाओगे इस बात को ताउम्र, कि तुम्हारी बीवी की रगों में एक तवायफ का खून है! मैं इस बात को लेकर कतई शर्मसार नहीं। सेठ की बेटी है, इसीलिए सेठ के स्टेटस के हिसाब से पढ़ाया-लिखाया है। उनकी मर्जी थी, उनकी बेटी को तवायफ न बनाऊँ। फिर भी...जिन्दगी में कहीं, कभी, किसी मोड़ पर किसी ने यह ताना दे दिया तो... ?...अपने परिवार को कैसे समझाओगे?"

पर वह अड़ा रहा। इश्क का मामला था। शादी हो गयी। शिमला में ही। पता नहीं, अपने घरवालों को उस नौजवान डॉक्टर ने कैसे राजी किया? बहरहाल दामाद ने अपना वादा निभाया। उनकी बेटी को उस घर में वैसी दिक्कत कभी नहीं हुई, जैसा उन्होंने सोचा था। अब भी कभी नैना देवी को इसी शहर में प्रेक्टिस कर रही अपनी बेटी, दामाद, नातियों से मिलना होता है तो या तो उसी कोठी में जाती हैं या फिर शिमला।

"छोड़ क्यों नहीं देतीं यह सब। जिन्दगी के इस पड़ाव पर भी?"

वह मुस्कुरा दीं। जैसे कोई बचकाना सवाल पूछ लिया हो मैंने?

"अरे भई जीना यहाँ, मरना यहाँ, इसके सिवा जाना कहाँ? बेटी-दामाद भी तो यही कह-कहकर थक गये। पर मेरी तो यही जिन्दगी है। यही सब बेटियाँ हैं।" अपने कोठे की लड़कियों की ओर इशारा करके बोलीं।

मानिनी ने बताया था, "वह कभी किसी लड़की को नाजायज तरीके से हासिल नहीं करतीं। कोई वेश्या मर जाए तो उसकी छोटी-सी बच्ची को कौन पाले? उनकी आदत जानते चुपके से यहीं उनकी सीढ़ियों पर छोड़ जाते हैं सब। वह बच्ची को घर में मँगवा लेती हैं, कहती हैं वेश्या बनेगी, उससे तो अच्छा है, मेरे पास रहकर तवायफ ही बन जाए।"

नैना देवी कह रही थीं, "वह तो उनकी बेटी थी, सेठजी की। उनके समाज में चली गयी।" जैसे कहीं दूर से आ रही हो उनकी आवाज, "हमारा तो दिल ही नहीं लगता उस कोठी में। सुनसान बियाबान-सा। तनहा बैठे रहो। हमने तो इसी माहौल में आँखें खोली थीं। इसी माहौल में आँखें बन्द होंगी। हाँ, अब वो जमाना नहीं रहा। फिर भी झाड़-फानूस की रोशनी, घुँघरुओं की आवाज एक रात

सुनाई न दे तो नींद नहीं आती। ये लड़कियाँ मेरे आस-पास न रहें तो पता नहीं जिन्दगी कितनी तनहा हो जाए। इस माहौल के लिए तो हमने फिल्मों को लात मार दी थी। अफसानाबाई भी मिला करती थीं तो कहती थीं, ''नाम है, शोहरत है फिल्मों में, लेकिन बड़ा अकेलापन है। बेहद तनहा हूँ मैं बाजी।''

अचानक जैसे वर्तमान में लौट आयीं, ''वह मुझे बाजी कहती है, आज भी। हमारे फन के कद्रदान आज कम हैं, पर जो भी हैं, आज भी हैं। मेरा तो जनाजा शान से निकल ही जाएगा।'' आँखों में अचानक चमक आ गयी थी। कौन आता होगा आज के जमाने में यहाँ मुजरा देखने। इस बदनाम बस्ती में। मेरे मन में सवाल आया। मानिनी ने मेरी हैरानी में इजाफा ही किया था। ''पहले जैसी रौनक अब नहीं रही यहाँ। पर इनके मुजरे में बेअदबी आज तक सुनी नहीं। काफी दिन से तो मैं ही इस इलाके में पोस्टेड हूँ। इसी से कह सकती हूँ। वैसे अब ज्यादातर बड़े-बड़े लोग अपने फार्म हाउसों पर ही मुजरा रखवा लेते हैं। यहाँ आने की जहमत नहीं उठाते। वैसे आजकल की नयी-नयी बैंड पार्टियों ने इनका काम छीनना शुरू कर दिया है। फिर भी आज भी इनकी पहुँच इतनी है कि बड़े-बड़े नेता, अफसर इन्हीं को सलाम करें।''

उन दिनों में मानिनी से दोस्ती और बढ़ गयी थी। पहले दिन का एक और रहस्य खुलना शुरू हुआ। मानिनी के पति मेजर थे। कश्मीर में पोस्टेड। पिछले कई बरस से दिल्ली के बाहर ही बाहर पोस्टिंग हो रही थी। उसकी जिन्दगी दो धड़ों में बँटकर रह गयी थी। वह नौकरी के साथ-साथ बेटी को भी सँभाल रही थी। अकेले थक चुकी थी जिम्मेदारियाँ सँभालते। इस समय नौकरी छोड़ना भी सही नहीं लगता। मेजर ने काफी हाथ पाँव मार लिये, दिल्ली में तबादला हो ही नहीं पा रहा था। उसने भी हर तरफ से कोशिश कर ली। वह चाहती थी, यहाँ न हो, आसपास ही किसी शहर में हो जाए। मानिनी ने बाद में बताया, पहले दिन वह नैना देवी से यही कहने के लिए रुकी थी। नैना देवी ने भरोसा दिलाया था, जल्द ही हो जाएगा ट्रांसफर।

''क्या इस सीनियर लेवल के लोगों को भी जानती हैं नैना देवी?''

मानिनी मुस्कुरा दी। ''यह तो वही जानें। मैंने तो बस सुना था, अपने अफसरों से। मुसीबत में कई के काम आ चुकी हैं। काफी दिन से सोच रही थी इनसे कहूँ, न कहूँ। लेकिन हर तरफ से निराश हो गयी तो कहना ही पड़ा।'' वह उदास हो गयी थी। जैसे उसे इस बात का अफसोस हो कि तवायफ की मदद लेनी पड़ रही है।

वह हमारा यानी मेरा आखिरो दिन था वहाँ जाने का। नैना देवी से आखिरी मुलाकात। मानिनी के लिए भी खुशखबरी थी। जाते ही बोलीं, ''लो मानिनी,

तुम्हारा काम हो गया। मुबारक हो। अगले हफ्ते ट्रांसफर ऑर्डर मिल जाएगा।''

बाहर आते-आते मन में आया, पूछूँ, ''मानिनी, क्या वह औरत कभी तुम्हें एक्सप्लाइट नहीं करेगी?''

फिर लगा, अजीब-सा सवाल है, इससे मानिनी को भी छोटा करके आँक रही हूँ मैं।

मानिनी ने मेरी तरफ देखा। लगा, उसने मेरा सवाल पढ़ लिया है। ऐसा लगा जैसे वह कह रही हो कि नैना देवी को इतना कुछ जान लेने के बाद यह सवाल मन में आया है? वह धीरे से बोली, ''असली शार्क तो हम शरीफों के बीच ही हुआ करते हैं।''

हम सीढ़ियाँ उतर रहे थे। मानिनी की आँखें भीग गयी थीं। मैंने उसे देखा, ''अरे यह क्या मानिनी? क्या खुशी के आँसू हैं? मेजर साहब के आने की खुशी के।'' मैंने उसे हँसाने की गरज से कह दिया। उसने आँसू पोंछे, फिर हम दोनों ने पीछे मुड़कर देखा। नैना देवी की झलक दिखाई दे रही थी। आमतौर पर वह उठती नहीं थीं अपने काउच से। मैंने पहले ही बताया था ना। लेकिन उस दिन वह उठी थीं। दरवाजे तक छोड़ने आयी थीं। हमें सीढ़ियाँ उतरते देख रही थीं। उनकी आँखों में क्या दिखाई दिया मुझे? पता नहीं क्या था, कोई नाम नहीं दे सकती मैं उसे। हम लोग नीचे की सीढ़ी पर थे, वहाँ से वह बहुत ऊँचाई पर दिखाई दे रही थीं।

□

वो तीन घंटे

निजामुद्दीन पुल आज कितना अलग-अलग-सा लग रहा था। बरसों हो गये थे सुबह-शाम यहाँ से गुजरते, ऐसा कभी नहीं लगा था।

रात के 11 बज रहे थे। चारों तरफ मध्यम-मध्यम-सी रोशनी फैली हुई थी लेकिन उसे ऐसा लग रहा था जैसे हर तरफ अँधेरा-सा फैला हो।

वह बिलकुल अकेली, इस वक्त, कई बार, इसी वक्त, इस पुल से गुजरी है। लेकिन ऐसा डर कभी महसूस नहीं हुआ। कैसी तनहाई थी। जैसे हर कदम पर कुछ टूट रहा हो। ईस्ट दिल्ली को बाकी दिल्ली से जोड़ने वाला यह पुल उसकी जिन्दगी में एक पड़ाव-सा बन गया है। कुछ ही दिन पहले तो ट्रैफिक चलने लगा था, निजामुद्दीन पुल के रिंग रोड वाले छोर पर बने इस फ्लाई ओवर पर। दिन ढलने के बाद चारों ओर फैली हुई पीली-सी रोशनी और उसे ढँके हुए पॉल्यूशन की चादर उसे बड़ी रोमांटिक लगती थी। मन करता था गाड़ी रोककर निहारती रहे इस नजारे को लेकिन हर रोज आँखों में उस नजारे को भरते हुए वह गाड़ी पुल की ओर मोड़ लेती थी।

नोएडा, सेक्टर 15 के अपने घरोंदे में जाने की उसे कितनी जल्दी रहती है। वह एक एमएनसी में फाइनेंस मैनेजर है, काफी फख्र है उसे खुद पर। पारितोष पर भी। इंजीनियर थे, अब अपना बिजनेस कर रहे हैं। उनकी जोड़ी पर लोगों को रश्क होता है।

उसे लगता है सब कुछ तो है उसके पास। चालीस पार कर जाने के बावजूद मुश्किल से तीस की लगती है। अंकुर अठारह साल का हो गया है, भावना सोलह की। उन्हें देखकर भले ही कोई अन्दाजा लगा ले उसकी उम्र का, वैसे तो लगाना बहुत मुश्किल है। उसकी चालीसवीं सालगिरह पर ही तो पारितोष ने उसे डायमंड के ये कड़े दिये थे। इस समय भी उसने वही पहन रखे हैं। झवेरी के यहाँ से लिये थे। खास-खास मौकों पर ही पहनती है। जैसे आज का ही मौका था।

होटल ताज में पारितोष के दोस्त के बेटे की शादी का रिसेप्शन। सब कुछ

तो ठीक-ठाक चल रहा था। रोमांटिक मूड में थे पारितोष। पार्टी अभी जोशोखरोश पर ही थी कि दोनों जल्दी निकल आये थे। लेकिन पार्किंग में ही गड़बड़ हो गयी। सामने खड़ी गाड़ी के ड्राइवर से झड़प हो गयी। अनुपमा को लगा, पारितोष ख्वामख्वाह वक्त बर्बाद कर रहे हैं।

"क्यों उलझ रहे हैं!" उसने धीरे से कह दिया।

"क्या गलत हूँ? वह गाड़ी जरा-सी आगे नहीं कर सकता था।"

पारितोष को एकदम तैश आ गया था। लगता था ड्राइवर का सारा गुस्सा उसकी तरफ डाइवर्ट हो गया है।

उसे लगा अब नहीं बोलेगी तो भी मुश्किल।

उसने धीरे से कहा, "आपने उस ड्राइवर की मदद के बिना भी गाड़ी निकाल ली न! नहीं माना तो आप अपना मूड क्यों खराब करते हो?" उसे लगा जिस मूड में पार्टी से निकले हैं, उस मूड का बरकरार रहना जरूरी है लेकिन हुआ उसका उलटा।

उसकी बात से पारितोष का मूड ऑफ होने लगा। "साले, ड्राइवर भी गाड़ी देखकर बात करते हैं। जैसे लांसर इसके बाप की हो। तनखा तो उतनी ही मिलेगी। अकड़ ऐसे रहा था, जैसे वैगनआरवाले के लिए अपनी गाड़ी जरा सी सरका ली तो तौहीन हो जाएगी। और तुम! तुम उसकी तरफदारी क्यों कर रही हो? "तुम्हें, लगता है, मेरे अलावा हरेक की तरफदारी करनी होती है।"

उसे लगा अब अगर वह एक भी शब्द बोली तो मामला हाथ से निकल जाएगा। लेकिन पारितोष का गुस्सा थमने में नहीं आ रहा था। गुस्से के साथ-साथ गाड़ी की रफ्तार भी तेज होती जा रही थी। गुस्सा उसे भी आ रहा था। बात शुरू होते-होते पिछली सारी लड़ाइयों पर जा पहुँची थी। और वह भी जाने-अनजाने उस लड़ाई में शामिल हो गयी थी।

थोड़ी देर में वह निढाल हो गयी। अच्छा खासा मूड स्पॉइल हो गया था। गाड़ी की रफ्तार और तेज हो गयी थी। वह दम साधे बैठी थी। शू शू शू की आवाज में उसे कुछ सुनाई देना भी बन्द हो गया था। पारितोष लगातार कुछ न कुछ कहे जा रहे थे। उसने यह भी सोचना बन्द कर दिया था कि पारितोष को हो क्या गया है आखिर। हाँ, कार उसे जरूर रेसिंग कार में तब्दील होती दिखाई दे रही थी। एक जगह दो गाड़ियों के बीच से एकदम कार निकाली तो उसका दम ही निकल गया।

"पारितोष क्या कर रहे हो! कार धीमी करो।"

लेकिन पारितोष ने एक्सीलेटर पर पैर दबाये ही कहा, "तुम क्या समझती हो, मैं पिये हुए हूँ। रोज घर नहीं आता क्या!"

उसने सोचा, अब बोलने से कोई फायदा नहीं। पारितोष पर भूत सवार हो चुका है। इंडिया गेट, प्रगति मैदान, भैरों रोड तक आते-आते उसने कई बार दम साधा। दो कारों के बीच से तेजी से जब पारितोष कार निकालते, तो वह आँखें बन्द कर लेती। लेकिन फिर उसकी घिघ्घी बँध गयी।

उसने कहना शुरू किया, "पारितोष, तुम रोको प्लीज!"

पारितोष पर कोई असर नहीं हो रहा था। उसके कहने के साथ ही एक्सीलेटर पर उसका पैर और दब जाता था। रिंग रोड पर आते-आते उसे ऐसा लगने लगा था जैसे जेम्स बांड या कम-से-कम अजय देवगन की फिल्म का कोई सीन चल रहा है। कोई और वक्त होता तो उसे इस बात पर रोमांच होता लेकिन उस वक्त उसे घबराहट होने लगी थी। कोई अनहोनी तो नहीं होने जा रही?

वह चिल्ला पड़ी, "गाड़ी रोको, पारितोष गाड़ी रोको। गाड़ी रोको। गाड़ी मैं ड्राइव करूँगी!"

"तुम क्या सोचती हो, तुम गाड़ी ड्राइव करोगी और मैं बैठकर जाऊँगा। कोई सवाल ही नहीं।"

पारितोष के इस जवाब पर वह हैरान रह गयी।

घर से चलते वक्त कह रहे थे, "गाड़ी तुम चलाओ, मैं आराम से बैठकर जाऊँगा। मैं भी तो देखूँ, बीवी ड्राइव करे तो कितना सुख मिलता है।" वह पारितोष को अक्सर यह सुख नहीं लेने देती। तबीयत से वह आलसी है और कम से कम पारितोष हों तो ड्राइव करना पसन्द नहीं करती। लेकिन इस समय उसे लगा कि पारितोष इसी रफ्तार से कार चलाते रहे तो हो सकता है सुबह दोनों के चेहरे भी कार के मलबे में पहचानने मुश्किल हो जाएँ। पारितोष का रवैया देखकर वह तिलमिला गयी, "ठीक है, मैं गाड़ी से उतर जाती हूँ। कैसे भी चली जाऊँगी, तुम्हारे साथ नहीं जाऊँगी। रोको गाड़ी।" उसने अपना फैसला सुना दिया था। धमकी देने के पीछे उसकी मंशा सिर्फ इतनी थी कि पारितोष रफ्तार थोड़ी कम कर दें। लेकिन हुआ कुछ और ही।

अचानक चूँ चूँ की आवाज के साथ धीमी हुई और निजामुद्दीन पुल शुरू होने से पहले ही गाड़ी किनारे पर लग गयी थी। वह तिलमिला गयी थी। उसे लगा इससे ज्यादा अपमान और क्या हो सकता है? पारितोष ने एक शब्द भी नहीं कहा।

वह गुस्से और घबराहट में गाड़ी से उतरी और मुड़कर भी नहीं देखा। कोई ऑटो ले लूँगी या कुछ भी। या पैदल ही। वह पीछे मुड़कर देखना ही नहीं चाहती थी। हवा का ठंडा-सा झोंका आया लेकिन उसे राहत नहीं मिली। नये पुल की पीली रोशनियाँ भी उसे बाँध नहीं पा रही थीं।

मोड़ खत्म होते ही वह पुल की ओर बढ़ी।

फ्लाई ओवर की रोमांटिक पीली रोशनी यहाँ तक आते-आते धुँधली हो चुकी थी। किनारे बनी झोंपड़ियाँ और बढ़ता हुआ अँधेरा। उसे होश आने लगा था। जाएगी कैसे?

पैसे तो हैं ही नहीं। पारितोष पर कितनी निर्भर रहती है वह, जब भी कहीं उनके साथ जाती है, कभी पर्स नहीं लेकर चलती। और महिलाओं की तरह दिखावे के लिए पर्स लादना उसे पसन्द ही नहीं। फिर उसे ऐसा लगता है कि वह ऑफिस जा रही है। इसी वजह से सेलफोन भी नहीं लिया था। यह सब बकवासबाजी उसे पसन्द ही नहीं है। दफ्तर में ही ठीक है। लेकिन अब क्या करे?

कोने में ही एक ऑटो खड़ा दिखाई दिया। "ऑटो में बैठ लेती हूँ। क्या फर्क पड़ता है। घर जाकर पैसे दे दूँगी।" उसने सोचा। लेकिन दूसरे ही पल वह सिहर गयी।

अँधेरा और अँधेरे में हाथों में दमकते कड़े। कानों में डायमंड के टॉप्स। इन्हें छिपाने के लिए भी कुछ नहीं है। पर्स भी नहीं। नहीं तो उसी में रख लेती।

वह फिर सोचने लगी। इस वक्त ऑटो में बैठना ठीक रहेगा? कहीं इन्हीं के चक्कर में ऑटोवाला उसे मार-पीटकर फेंक दे? बुरा वक्त कहकर थोड़े ही आता है। यह वक्त भी कहकर थोड़े ही आया है। नहीं-नहीं, पैदल चलना ही सेफ रहेगा। उसने साड़ी चारों ओर अच्छी तरह लपेट ली।

तेज कदमों से चलना शुरू कर दिया।

उसे यह उम्मीद भी थी कि पीछे से अभी पारितोष आते ही होंगे। उम्मीद क्या थी, पक्का भरोसा था कि अभी पीछे से वह तेजी से गाड़ी लाकर बराबर में खामोशी से रोक देंगे। हर कदम पर उसे आहट-सी होती थी लेकिन अपनी गाड़ी का हॉर्न ही नहीं सुनाई दिया। कहीं ऐसा तो नहीं कि पारितोष गुस्से में गाड़ी उड़ाते चले गये हों? वह सोचने लगी।

या फिर वहीं बैठ गये हों? मुझे क्या।

क्या जाकर देखूँ? मन में किसी ने कहा।

नहीं, नहीं। आज नहीं। मन का ही दूसरा कोना कुछ और कह रहा था।

आजकल वैसे भी ज्यादा गुस्सा करने लगे हैं, बात-बात पर, बेमतलब। उन्हें भी तो पता चले इसका मतलब क्या होता है। देखा जाएगा, जो होगा। उस पर जिद पूरी तरह हावी थी।

पुल पर अँधेरा ज्यादा था और सर्राटे से जाती गाड़ियाँ। उसका दिल धक-धक करने लगा। कदम आगे तो बढ़ रहे थे लेकिन जैसे कितना बोझ हो। मन कुछ भी समझने से इनकार कर रहा था। कहीं कुछ हो गया तो! हर रोज अखबार

में कुछ न कुछ आया रहता है। कुछ ही दिन पहले तो सीरी फोर्ट से एक विदेशी औरत को दो लोग उसकी कार समेत उठाकर ले गये थे। महरौली में भी तो कुछ ऐसा ही हुआ था, कार में बैठी एक औरत रास्ता पूछ रही थी, उसको भी...।

क्या हो गया है, इस शहर को? वह सोचने लगी। फिर सिहर उठी। उसे लगा, कोई थोड़ी दूर पर उसके पीछे-पीछे आ रहा है। वह पीछे मुड़कर देखना नहीं चाह रही थी। थोड़ी दूर ही चली थी कि एक कार की रफ्तार धीमी होती लगी।

उसने अन्दाजा लगाया।

नहीं, नहीं, अपनी गाड़ी नहीं है। कोई और ही कार थी। वह धीरे-धीरे उसके थोड़ा पीछे-पीछे रेंग रही थी। थोड़ी दूर तक वह तेज कदमों से चलती रही। कार भी उसी की रफ्तार से उससे कुछ कदम पीछे रेंगती महसूस हो रही थी। वह पीछे से आती गाड़ियों की परवाह किये बिना बीच की पटरी की तरफ दौड़ ली। बीच की पटरी पर इस तरह की गाड़ियों से बचाव आसान रहेगा। वहाँ गाड़ी रोकना आसान नहीं।

साड़ी चारों ओर लपेटकर उसने लगभग भागना शुरू कर दिया। लेकिन कदम ज्यादा देर तक साथ नहीं दे पाये।

ये हील वाले सैंडल भी! उसने उतारकर हाथ में ले लिये। अच्छी मुसीबत है। इन्हें भी साड़ी में ही लपेटो। कम से कम दूर से किसी को दिखाई न दें।

यहाँ भी हर चार कदम पर नयी मुसीबत। पटरी पर बीच-बीच में ढक्कन खुले पड़े थे। दूर से कुछ नजर भी नहीं आ रहा था। क्या है यह शहर भी! उसके सोच का सिलसिला फिर शुरू हो गया था। विकास की बड़ी-बड़ी बातें करते हैं। सारे शहर में कुछ न कुछ विकास होता दिखाई देता है लेकिन पुरानी चीजों को सँभालना इनके बस का नहीं। और हालत तो देखो, इस पुल पर एक औरत रात के 11 बजे पैदल भी नहीं चल सकती।

इस बात पर उसे इस हाल में भी हँसी आ गयी। अब बेचारे सरकारी बाबुओं को क्या पता था कि अचानक महारानी विक्टोरिया रात को गाड़ी छोड़कर यहाँ पैदल चलने का शौक फरमाएँगी।

अचानक उसका ध्यान बँटा। फिर से लगा, सड़क के किनारे-किनारे उसकी रफ्तार से कुछ चल रहा है। दिखाई तो कुछ दे ही नहीं रहा था। पता नहीं, खम्बों पर लाइट भी क्यों नहीं है?

इससे पहले पुल पर ऐसा अँधेरा उसे महसूस ही नहीं हुआ था। सरसराती गाड़ी में हेडलाइट का उजाला ही काफी रहता है न।

अनुपमा को लगा, पलटकर देखना खतरे से खाली नहीं है। उसके आगे

बढ़ने के साथ-साथ वह भी सरका।

पीछे से आती गाड़ी की हेडलाइट की रोशनी में उसने देखा, कोई ऑटो था।

ये साथ-साथ क्यों सरक रहा है?

उसका दिल भी सरकने लगा।

मंशा क्या है इसकी?

फिर खुद को ही लताड़ लगायी। बहुत शक करती हो सब पर अनुपमा। हो सकता है कोई भला ऑटोवाला हो।

तुम्हें देखकर सोच रहा हो शायद आवाज दे दो, इसी वजह से...।

फिर हँसी छूटी उसकी। अरे मूर्ख, कोई भला आदमी होता तो सीधे आवाज लगाकर पूछ लेता न।

किसी तीसरी शक्ति ने कहा, अनुपमा मैडम, यह समय इसके बारे में सोचने का नहीं है। यह भला है या बुरा, आपकी बेहतरी सीधे-सीधे चलते रहने में ही है।

उसने लम्बी साँस ली। पता नहीं, आज किस मुहूर्त में घर से निकली थी!

पटरी पर पौधे शुरू हो गये थे। उसे लगा, इनकी आड़ में वह दूर से लोगों की नजर में नहीं आएगी। लेकिन चलना अब और भी मुश्किल हो गया था।

उसने तय कर लिया था, किसी कार की चपेट में भले ही आ जाऊँ, सड़क किनारे बिलकुल नहीं जाऊँगी। वहाँ तो पूरा-पूरा खतरा है। किनारे की चौड़ी ग्रीन बेल्ट रात के इस समय तो उसके लिए खतरे की घंटी है। चन्द मिनट में इज्जत, विश्वास, अस्मिता के टुकड़े हो सकते हैं। वो मेडिकल वाली स्टूडेंट के साथ क्या हुआ था? दिन के वक्त। आईटीओ पर, भीड़ भरे इलाके में। इस शहर में तो किसी की अस्मत एक दिन का किस्सा बनकर रह जाती है।

उसका दिमाग भन्ना गया था। उसने झटका दिया। क्या मैं कुछ और नहीं सोच सकती?

कुछ अच्छा। बच्चों के बारे में। किसी फिल्म के बारे में या फिर पिछले सालवाले इटली के टूर के बारे में। कितना मजा आया था। सेकेंड हनीमून था वह। उफ! फिर पारितोष की याद आ गयी। एक बार घर पहुँच जाए, छोड़ेगी नहीं पारितोष को वह फिर।

पटरी के दूसरी तरफ झपाके से एक कार रुकी। उसका ध्यान भंग हो गया।

धीमी-सी आवाज आयी, "कहो तो छोड़ दें।" सीधे सादे शब्द ही तो थे लेकिन लहजा, आवाज ऐसी थी, वह काँप गयी। अन्दर से आवाज आयी, इस वक्त घबरायी तो मुश्किल होगी। बीच में पटरी है, ज्यादा कुछ हुआ तो किसी चलती हुई कार को रोक लो। हर सेकेंड में एक कार यहाँ से गुजर रही है।

उसने घूरकर देखा। अँधेरे में ज्यादा कुछ दिखाई नहीं दे रहा था। गाड़ी में कई लोग थे। पीछे की सीट पर भी चेहरे दिखाई दे रहे थे। कुटिल-सी मुस्कुराहट एकाध चेहरे पर नजर आयी।

उसने हिम्मत जुटाकर कहा, "अपने रास्ते लगो, काम से काम रखो।"

और बेधड़क चलना शुरू कर दिया। अब जो होगा, सो देखा जाएगा।

वह थोड़ा और सड़क के बीच हो गयी। मर जाना कहीं बेहतर है।

उसे चलते कितनी देर हो गयी। कुछ पता नहीं। इतने अँधेरे या रोशनी में घड़ी वह बिलकुल नहीं देख सकती। पर उसे लग रहा था कि एक सदी गुजर गयी है।

हर कदम पर वह कसम खा रही थी। आज पारितोष ने जो कुछ किया है, उसके बाद उन्हें कभी माफ नहीं कर सकती। उनसे कोई रिश्ता तक नहीं रखेगी। इतनी देर में कितनी बार वह मरी है, उसे खुद नहीं मालूम। और अभी मंजिल कोसों दूर है। क्या पता आज मंजिल मिलेगी भी या नहीं?

पाँच मिनट में पार हो जाने वाला यह पुल आज पार ही नहीं हो पा रहा। अभी तो आधी दूरी भी पार नहीं हुई है। वह लगभग दौड़ने लगी थी लेकिन झाड़ियाँ दौड़ने नहीं दे रही थीं। और पीछे से तेजी से आ रही गाड़ियाँ। जब खुद ड्राइव करती है तो यह स्पीड उसे कितनी पसन्द है। ओह, फिर साड़ी में कुछ अटक गया था।

उसे एहसास हो रहा था। वह कार अभी भी उसके आसपास ही है। थोड़ा पीछे, महसूस कर सकती थी।

फुसफुसाहट-सी सुनायी दे रही थी। दो कदम रुक भी तो नहीं सकती। उसने फिर भागना शुरू कर दिया। किसी गाड़ी में कोई फेमिली नजर आये तो किसी से लिफ्ट ले?

कितनी असहाय है वह आज।

अचानक एक स्कूटर उसके पास रुका। एक सरदारजी।

धीरे से उससे कहा, "आप कहें तो मैं आपको इस पुल के कोने तक पहुँचा दूँ।" शायद सरदारजी ने उन कारवालों को देख लिया हो। या हो सकता है न भी देखा हो। उसने सोचा तो लेकिन पीछे देखने की कोशिश नहीं की। देखने की जरूरत ही नहीं थी।

सरदारजी की आवाज में मरहम था। जैसे किसी दूसरी दुनिया से कोई फरिश्ता आ पहुँचा हो। स्कूटर पर आगे एक बच्चा था। छह-सात साल का। अँधेरा चीरकर उसकी चमकीली आँखें उसे देख रही थीं और वह उस बच्चे की आँखों में। बच्चे की आँखें कह रही थीं, यह सरदारजी ही उसे इस पुल से, इस मुसीबत

से पार लगा सकते हैं। नन्हा फरिश्ता!

उसके मुँह से कोई शब्द नहीं निकला। कहती भी तो क्या? सैंडल पैर में पहने और पीछे बैठ गयी।

बाकी रास्ता कब पार हो गया, उसे पता ही नहीं चला।

स्कूटर रुका तो उसका ध्यान भंग हुआ। नोएडा मोड़ पर पहुँच गये थे वे लोग। सरदारजी कह रहे थे, ''मैं यहीं पास में ही रहता हूँ। आपको एकाध किलोमीटर के दायरे में जाना हो तो छोड़ सकता हूँ।''

''शुक्रिया'', आँखों के साथ उसके होंठ भी बोल ही पड़े। ''मुझे नोएडा जाना है, यहाँ से कुछ न कुछ मिल ही जाएगा।''

इस नोएडा मोड़ से सेक्टर 15 तक की जो सड़क उसे बेहद खूबसूरत लगा करती थी, आज कितनी अनजानी-सी लग रही थी। यहाँ भी फ्लाई ओवर बन रहा है। अक्षरधाम मन्दिर भी बन रहा है। विकास ही विकास हो रहा है लेकिन फिर भी इतनी असुरक्षित क्यों महसूस कर रही है? वैसे चारों तरफ से आते हुए ट्रैफिक के बीच थोड़ा महफूज महसूस कर रही थी। लेकिन आगे का सफर...? यह सारी भीड़, रोशनी, यहीं दिखाई दे रही है। इस पुल से थोड़ा आगे चलते ही फिर वही अकेलापन, सड़क पर दौड़ती कारों के बीच कैसे पैदल सफर करेगी आगे का?

बेहतर है कोने के बस स्टॉप पर जाकर खड़ी हो जाऊँ। बस में बिना पैसे सफर करने की इन्सल्ट नहीं झेल सकती लेकिन कोई ठीक-ठाक ऑटो मिल गया तो लेना ही पड़ेगा। पैदल चलने का रिस्क नहीं ले सकती। पहुँचना मुश्किल भी है।

दसेक मिनट खड़ी रही। एक ऑटोवाला खड़ा था। कनखियों से वह शक्ल देख रही थी। उसके हाव-भाव देखकर ही तय किया जा सकता था कि उसके ऑटो में जाना ठीक है या नहीं? अचानक दूसरी ओर से कोई आया और तेजी से ऑटो में बैठ गया। उसके मुँह से चीख निकलने को हो गयी। थोड़ी-सी उम्मीद नजर आयी थी। यह मौका भी हाथ से गया। हे भगवान! आज कौन-सी परीक्षा ले रहा है!

एकाध बस आकर रुकी। ललचाई नजरों से वह बस की तरफ देखती रही। काश! उसने पर्स न लेकर चलने की बेवकूफी न की होती। इतना भरोसा जिस पर था, वह बीच राह में छोड़कर चला गया। उससे आगे वह सोचना नहीं चाहती थी। उसे लगा उसकी रुलाई फूट जाएगी। नहीं, यहाँ चेहरे पर कोई भाव आने देना ठीक नहीं। एकाध लोग इस समय भी बस स्टॉप पर खड़े थे। वैसे यहाँ फिर भी चैन-सा था। साँस तो ले सकती थी। उसे लग रहा था, न जाने कितनी

देर के बाद उसने सड़क पर साँस लिया था।

विचारों पर थपेड़ा-सा लगा। एक फोर्ड आइकन उसके सामने से गुजरी। और थोड़ी दूर जाकर ठहर गयी। फिर धीरे-धीरे रिवर्स होने लगी।

फिर कोई नयी मुसीबत! कोई बात नहीं। यहाँ एकाध लोग खड़े हैं बस के इन्तजार में। उनका होना ही उसे सहारा दे रहा था। अनुपमा चुपचाप खड़ी रह। और तमाशा देख। अपनी जिन्दगी का तमाशा। गाड़ी उसके काफी पास आ गयी थी। उसे लगा, पहचानी-सी है। गाड़ी रुकी। ड्राइविंग सीट से कोई उतरा। कार के दूसरी तरफ एक चेहरा उभरा।

''अनुपमा, अनुपमा वर्मा। आप यहाँ! इस समय!''

उसने आवाज को पहचाना। सुशील मित्तल। ऑफिस कलीग। इससे ज्यादा तो मतलब नहीं, कभी-कभी काम पड़ता रहता है। अच्छी मुसीबत। इससे क्या कहे? वह इस समय यहाँ इस तरह अकेली क्या कर रही है? समझ ही नहीं आया।

अचानक उसे लगा, उसके होंठ उसके सोच से ज्यादा तेज चल रहे हैं। ''हाँ, वो घर लौट रही थी। आज गाड़ी में थोड़ा प्रॉब्लम थी। मैंने सोचा ऑटो से ही। यहाँ ऑटो का इन्तजार कर रही हूँ। वो एक्चुअली...।'' उसे समझ ही नहीं आ रहा था कि इससे आगे क्या बहाना खोजे।

''आप कहाँ रहती हैं? शायद नोएडा। आपने बताया था न एक बार।''

''हाँ, हाँ, नोएडा।'' उसे लगा एक पल की भी देरी की तो कहीं किस्मत से आया यह मौका निकल न जाए।

''आपको छोड़ देता हूँ।''

उसके पास फिर कोई शब्द नहीं था। सरदारजी के छोटे से बच्चे की आँखें फिर उसके सामने आ गयी थीं।

''ईश्वर।'' उसने आँखें बन्द कीं। और धीरे से बुदबुदायी, ''थैंक्स।''

गाड़ी में पीछे की सीट पर वह बैठ गयी। आगे की सीट पर एक खूबसूरत-सी महिला।

''माई वाइफ'', सुशील की आवाज आयी।

''हलो, मैं अनुपमा।'' उसने धीरे से कहा। उसके बाद वह आँखें मूँदकर बैठ गयी। कुछ नहीं सोचना चाहती थी वह, किसी भी बारे में। पारितोष के बारे में तो कुछ भी नहीं। सब कुछ खत्म। बच्चों के चेहरे आने लगे थे सामने। भावना क्या कर रही होगी और अंकुर? हो सकता है पारितोष को फोन कर रहे हों। जरा-सी देर होते ही भावना फोन करना शुरू कर देती थी। पारितोष कहाँ होंगे?

क्या घर पहुँच गये होंगे। क्यों सोच रही हूँ, उनके बारे में?

सुशील ने बात करना शुरू किया लेकिन उसे कुछ सुनाई नहीं दे रहा था। हाँ हूँ करती जा रही थी, बस।

घर से थोड़ी ही दूर उतर गयी थी वह। भावना और माँ, पारितोष की माँ को वह माँ ही कहती थी, दरवाजे पर ही नजरें लगाये थे। उसके जाने से पहले ही दरवाजा खुल गया था। भावना उससे लिपट गयी।

"आप कहाँ रह गयी थीं ममा!"

फिर भावना को जैसे होश-सा आया। बोली, "और कार कहाँ है? आप आयीं कैसे?"

"क्या?" जैसे उसके सिर पर किसी ने पत्थर मारा हो।

"पापा के पास होगी!"

"नहीं, वो तो ऑटो में आये थे। काफी देर पहले। कह रहे थे, कार आपके पास है। खराब हो गयी थी, कुछ ऐसे ही। हमें समझ नहीं आया। काफी देर वह आपका इन्तजार करते रहे।"

माँ उसका चेहरा देख रही थीं। उनकी आँखें पूछ रही थीं। हुआ क्या है आखिर? वह उनसे लिपट गयी। उसे लगा बाँध टूट रहा है। अब और इन्तजार वह नहीं कर सकती थी। रुलाई फूट पड़ी।

"माँ, आज तक मैं सब कुछ सहती रही। उनका गुस्सा, यह बेवजह का गुस्सा अब बर्दाश्त नहीं कर सकती। अब मैं पारितोष के साथ नहीं रहूँगी। आज उन्होंने जो किया है, इसके बाद बिलकुल नहीं। मुझे रास्ते में अकेला छोड़कर चले आये। ईश्वर शायद मेरे साथ चल रहा था। नहीं तो पता नहीं, अभी भी मैं कहाँ होती।"

सास उसे निरीह-सी देख रही थीं। पहले भी उन दोनों के बीच कितने ही विवादों को खामोशी से निपटाती रही हैं। कई बातें उसे भी याद आ रही थीं और शायद माँ को भी।

वह धीरे से बोलीं, "मैं जानती हूँ। लेकिन अनु बेटे, इस समय तू खाना खाकर सो जाए तो बेहतर है। जो भी फैसला लेना हो, सवेरे लेना। क्या फर्क पड़ता है।" देर तक वह उसे सहलाती रहीं। जैसे मलहम लग रहा हो घावों पर।

भावना पानी ले आयी थी।

अनुपमा की नजरें चारों ओर देख रही थीं। "अंकुर कहाँ है?" उसने सवाल किया।

"पापा के साथ गया है। आपको देखने।"

भावना रुककर फिर बोली, "पापा कह रह थे कहीं कुछ हो तो नहीं गया? पन्द्रह-बीस मिनट का भी रास्ता नहीं है। एक डेढ़ घंटे से ज्यादा हो गया आपको।"

फिर साँस लेकर बोलने लगी, "रास्ते से पापा का एक बार फोन भी आया था। पूछ रहे थे, आप घर पहुँची?" उसकी ओर देखकर भावना ने धीरे से पूछा, "वैसे ममा, क्या हो गया था?"

उसे भावना की बात सुनाई ही नहीं दी। गुबार निकल गया था। दिमाग हिसाब-किताब में उलझ गया। इसका मतलब, पारितोष यूँ ही गाड़ी छोड़कर निकल लिये। अब कहाँ मिलेगी? निजामुद्दीन पुल के कोने पर, खुला न्यौता देती एक कार। वाह! पिछले साल ही तो ली थी, उसके लिए वह वैगनआर। पारितोष के पास तो अपनी होंडासिटी है।

इस शहर में पलक झपकते ही गाड़ियाँ पार हो जाती हैं। रिंग रोड पर एक खुली कार। चाबियाँ उसमें लगी हुईं। ओपन इन्विटेशन। सोच का तार बीच में ही टूट गया।

भावना कह रही थी, "पापा ने कहा था, ममा आएँ तो फोन करवा देना। आप फोन कर लीजिए।"

"नहीं। मैं नहीं करूँगी।" उसका मुँह गुस्से से कड़वा हो गया था।

इतने में फोन की घंटी बजी। भावना ने ही उठाया।

"हलो, पापा।"

....

"हाँ, ममी आ गयी।"

....

"ठीक हैं।"

....

"गाड़ी का क्या हुआ?"

....

"मिल गयी। वहीं पर खड़ी थी!"

भावना के मुँह से यह सुनकर हैरानी हुई उसे।

ये दिल्ली शहर हादसों का शहर है। हादसा नहीं हुआ, तो भी वह हैरान है। यह खबर है! पर ऐसी खबरें कभी खबरें नहीं बनतीं। वह सरदारजी! एक घंटे बाद सड़क पर खुली खड़ी गाड़ी।

आधा घंटा बीत गया था। पारितोष नहीं आये थे। माँ उसका हाथ थामे बैठी थीं। भावना भी पास ही बैठी थी।

उसका गुस्सा भी अब चिन्ता में बदलने लगा था।

क्या हो गया! इतनी देर हो गयी। लाएँगे कैसे? दो-दो कारें एक साथ। अंकुर को पिछले दिनों कार चलानी सिखायी थी लेकिन आस-पास ही चला लेता है। पर मैं ये सब सोच क्यों रही हूँ? उसने खुद को ही जवाब दिया, पारितोष के बारे में नहीं, अंकुर की चिन्ता है। अपने बेटे की।

पर वह खुद से ही झूठ बोल रही थी। वह सोचती रही और लगातार सोचती रही। कार के बारे में, पारितोष के बारे में। बार-बार सोचती रही कि क्या झमेला खड़ा कर दिया आज मैंने? मैं सब्र से काम नहीं ले सकती थी? झगड़ा घर आकर ही कर लिया होता। पता नहीं, पारितोष का क्या हाल हुआ होगा? उनका बी.पी. आजकल वैसे ही हाई हो जाता है। वे नहीं सोच रहे थे तो मैं सोच लेती। लेकिन फिर गुस्सा हावी हो जाता। हमेशा मैं ही क्यों...?

बेल बजी तो धड़कन बढ़ गयी। उठकर बच्चों के कमरे में चली गयी। पारितोष से नहीं मिलना चाहती। अंकुर आया। उससे चिपट गया। उसकी आँखों में आँसू थे। बोलता चला गया, ''कहाँ चली गयी थीं? कैसे आयीं? तुम्हें पता है, पापा को इतना परेशान मैंने कभी नहीं देखा।''

''सारे रास्ते देखते जा रहे थे हम आपको। कहीं कोई गाड़ी खड़ी हो, कहीं कोई एक्सीडेंट! रास्ते में पुल पर एक जगह एक्सीडेंट भी मिला। पापा कह रहे थे, आपको कुछ हो गया होगा तो वह खुद को कभी माफ नहीं कर पाएँगे। सड़क पारकर वहाँ तक पहुँचते-पहुँचते हमारी जान निकल गयी थी। उस हादसे में एक आदमी मारा गया। मैंने पहली बार लाश देखी थी। मुझे बहुत अफसोस हो रहा था। पर शान्ति भी हुई कि अपनी कार नहीं थी। जहाँ गाड़ी छोड़कर आये थे, वहाँ गाड़ी खड़ी देखी तो पापा ने सोचा, आप शायद नाराज होकर गाड़ी में ही बैठी हों। वहाँ नहीं मिलीं तो पापा एक बार तो धम से पटरी पर ही बैठ गये। फिर आपको आस-पास ढूँढ़ते रहे। मैंने उनकी आँखों में आज पहली बार आँसू देखे। कह रहे थे, ममी को कहीं कुछ हो गया तो! मैं आज यह क्या बेवकूफी कर बैठा।

''मैं आपको आस-पास देख रहा था। पर मेरे पैर काँप रहे थे, ममा। भावना से बात हुई, तब चैन आया।''

फिर उत्साहित होकर बोला, ''आज मैंने वहाँ से यहाँ तक गाड़ी भी चलायी धीरे-धीरे। बीस की स्पीड पर। फिर भी मुझे डर लग रहा था। पापा मेरे पीछे-पीछे थे। आप बोल क्यों नहीं रहीं?'' अचानक अंकुर ने उससे सवाल किया। अंकुर ने शायद उसे पकड़ लिया था। वह उसकी बात नहीं सुन रही थी। वह पता नहीं कहाँ खो गयी थी।

पता नहीं क्या-क्या चल रहा था उसके भीतर। अंकुर ने उसका कन्धा हिलाया, फिर धीरे से कहा, ''ममा, आप मेरी बात सुनेंगी?''

पापा ने मुझे रास्ते में कुछ-कुछ बताया था। हो सकता है पापा की गलती हो। पर पापा बहुत दुखी हैं, आप उन्हें कुछ कहेंगी तो नहीं?'' उसकी तरफ देखता रहा, उसे कन्धे से लगा लिया, धीरे से फुसफुसाया, ''प्रॉमिस करो।''

अचानक कितना बड़ा-बड़ा-सा लग रहा था अंकुर!

तभी पारितोष के कदमों की आहट आयी। पारितोष सामने थे। पीछे घड़ी अपना समय बता रही थी। रात के दो बज चुके थे। उसने आँखें आधी बन्द कर लीं। वह उनका सामना करना ही नहीं चाहती थी। नहीं रह सकती वह ऐसे आदमी के साथ। लगता था, बहुत कुछ टूट रहा है उसके भीतर।

अंकुर इस बीच बाहर चला गया था। पारितोष ने उसे बाहों में भर लिया था। उसे लगा, उसकी कसम टूट रही है। वह विरोध क्यों नहीं कर रही। उसे ऐसा क्यों लग रहा है कि कहीं वह भी कसूरवार है। पारितोष की आवाज आ रही थी, ''अनु, आज मुझे ऐसा लगा था कि मैंने तुम्हें खो दिया है। अब कभी अपनी आँखों से ओझल नहीं होने दूँगा। मैं तो होश में नहीं था, क्या उस वक्त तुम भी होश में नहीं थीं?''

क्या कहे वह। उसकी समझ में कुछ नहीं आ रहा था। क्या करे, यह शख्स जो उससे बेहद प्यार करता है, यह शख्स जो थोड़ी ही देर पहले उससे ऐसा व्यवहार कर चुका है। थोड़ी ही देर पहले जिससे वह अलग होने की कसमें खा रही थी। क्या करे उस शख्स का?

सामने था तो माँ का चेहरा। याद आ रही थीं अंकुर की बातें, ''ममा, पापा बहुत दुखी हैं, आप उन्हें कुछ कहेंगी तो नहीं न?'' वह सोच रही थी यह बच्चा इतना बड़ा कैसे हो गया?

और...और हम लोगों का बचपन अभी जारी है।

□

क्विज टाइम

अपने समय की जोड़ी नम्बर वन।

यह जोड़ी अपनी हाइट के कारण जल्द ही नजर में आ जाती थी। नूपुर, यही होगी, पाँच फुट आठ-नौ इंच की और अनुराग छह फुट से थोड़ा-सा ही कम। सलोनी जोड़ी।

नूपुर का साँवला रंग, बड़ी-बड़ी काली-काली आँखें और हमेशा कमर तक लहराते रहने वाले लेकिन करीने से कटे हुए बाल। हँसने का बहाना ढूँढ़ती थी। जींस और टी-शर्ट में ही अक्सर दिखाई देती थी। कभी-कभी साड़ी पहनकर आती थी, तब बिलकुल ही अलग छवि दिखाई देती थी। ब्लैक ब्यूटी कहा करते थे हम लोग उसे। वैसे वह किसी भी रूप में हो, नजर उस पर एक बार को ठहर ही जाती थी।

बढ़िया ब्रांड की चीजों, खाने-पीने, सैर-सपाटे की शौकीन। कभी-कभी तो मुझे हँसी आ जाती थी। जितनी उसे तनखा मिलती थी, उतने के तो वह जूते, कपड़े ले आती थी। पर कोई परवाह नहीं थी। उसके परिवारवालों को उसकी तनखा शायद पॉकेटमनी से ज्यादा कुछ नहीं लगती थी। इसलिए उसके लिए घर से पैसे आते ही रहते थे।

अनुराग मस्त किस्म का था। फक्कड़ टाइप। रंग नूपुर से थोड़ा साफ, नाक कुछ ज्यादा ही लम्बी। थोड़ा गुस्सैल भी। इसीलिए नूपुर उसे लम्बी नाकवाला कहकर चिढ़ाती भी थी—गुस्सा जिसकी नाक पर रखा रहता है। दोनों का एक दूसरे के विपरीत होना ही शायद एक दूसरे के प्रति खिंचाव का कारण बना।

एक और वजह भी थी दोनों के करीब आने की—देश को बदलने की इच्छा। सिगरेट के धुएँ के छल्ले उड़ाते हुए जब दोनों देश को बदलने की बातें किया करते थे तो लगता था जैसे क्रान्ति अब हुई, अब हुई। कभी-कभी वे लोग देश के विकास की चिन्ता करते शिमला, मसूरी भी हो आते थे।

आमने-सामने ही थे दोनों के दफ्तर। सुबह की चाय के लिए नूपुर हमारे

यानी अनुराग के दफ्तर में होती थी तो अनुराग दोपहर में अक्सर दफ्तर से गायब पाया जाता था। बहाना तो एसाइनमेंट का ही होता था। शाम को भी दोनों अपने अपने दफ्तर से फरार हो सकते थे। लोग गुस्सा करते, झींकते, उनके हिस्से का काम करते लेकिन सबको ही यह चहकती जोड़ी अच्छी लगने लगी थी। इसीलिए धीरे-धीरे इनके घंटों गायब रहने को डिसिप्लिन से अलग कर दिया गया था। शादी होने तक के लिए इन लव-बड्‌र्स को एक तरह से छूट दे दी गयी थी। सबका यही मानना था कि आने वाली सर्दियों में न सही, उससे अगली सर्दियों में तो शर्तिया यह शादी हो ही जाएगी।

अनुराग के घरवालों को बहू पसन्द आ गयी थी। अनुराग की मम्मीजी ने कहा था, "मेरे घर में उजाला कर देगी नूपुर तो।" शादी से पहले ही सासू माँ की लाडली हो गयी थी। अनुराग के पिता को भी भली-सी लड़की लगी थी वह। उनके घर जब आती थी तो हँसी बिखेर देती थी, पूरे घर में। आप यह भी कह सकते हैं कि अनुराग के दिल से लेकर घर, घर की दीवारों तक नूपुर ही नूपुर छाई हुई थी।

अनुराग को अपनी फोटोग्राफी में जो भी हुनर दिखाना होता, सबसे पहली आजमाइश नूपुर पर होती। धीरे-धीरे उसके कमरे की हर दीवार पर नूपुर ही नूपुर नजर आने लगी थी। हर रंग में नूपुर।

नूपुर उसकी धड़कन, नूपुर उसकी जान!

समस्या नूपुर की थी। उसने अभी तक अपने घर में इस प्रेम की हवा भी नहीं लगने दी थी। लखनऊ की इस लड़की ने डीयू से, अरे भई, दिल्ली यूनिवर्सिटी से, इंग्लिश ऑनर्स किया और हमारे सामनेवाले अखबार में रिपोर्टर हो गयी। अनुराग से उसकी मुलाकात ऐसे ही किसी रिपोर्टिंग के दौरान ही हुई थी। अनुराग ने उसे उसका फोटो बनाकर दिया। तो क्या फोटो था! जैसे फोटो नहीं, कोई पेंटिंग हो। फिर तो वह उस पर मर ही मिटी।

अनुराग की मम्मी जब भी उन दोनों की शादी के सपने देखतीं, नूपुर का दिल धड़कने लगता। वह सोचती, मेरे घरवाले राजी भी होंगे इस शादी के लिए कभी!

उसके पिता लखनऊ में इंजीनियर। एक वही क्यों, पूरे खानदान में सब-के-सब इंजीनियर ही थे। कोई घर से अलग निकल गया तो डॉक्टर, नहीं तो आई.ए.एस. अफसर। दामाद भी इन्हीं तीन प्रोफेशन में से ही खोजे जाते थे। पिछले दिनों एक मल्टीनेशनल फर्म में काम करने वाला दामाद जरूर जुड़ा था, इस खानदान में। उसे गोल्ड मैडल के रूप में देखा जा रहा था। लड़कियों के लिए ऐसी कोई शर्त नहीं थी। बी.ए. कर लें, एम.ए. कर लें, घर बैठें। वह घर की पहली लड़की

थी, जो घर से बाहर निकल होस्टल में रही थी। शहर से बाहर नौकरी कर रही थी। पापा की लाडली जो थी। सो उन्हें पटा लिया। उसे अच्छा नहीं लगता था वह सब, जो शादी से पहले उसकी बड़ी बहन करती थी। या घर की और लड़कियों को करते देखा था। बैठ कर जैम बनाएँ, या इटैलियन, चाइनीज के कोर्स करती रहें। नौकरों से ब्रेकफॉस्ट में पराँठे तैयार करवायें। और सुबह-सुबह नहा-धोकर डाइनिंग टेबल सजाने का काम करें। और इस सबके बीच किसी इंजीनियर, आई.ए.एस. वगैरह से शादी का सपना देखती रहें। व्हॉट अ वेस्ट ऑफ टेलेंट!

वह दिल्ली जैसे शहर में अपनी पहचान बनाना चाहती थी। शुरू में कहा करती थी, मेरी यह फटीचर-सी नौकरी तभी तक है, जब तक शादी नहीं होती, उसके बाद तो कौन करने देगा मुझे नौकरी।

पिछली बार जब वह घर गयी थी तो दो-चार इंजीनियर, डॉक्टर वगैरह दिखाये गये थे। उसने सबके लिए ना कर दी। लेकिन यह कहने की हिम्मत नहीं कर पायी कि वह दिल्ली में एक लड़के से प्यार करती है। अब पापा बार-बार फोन कर रहे थे। घर आओ, एक लड़का देखा है। वह तुम्हें हर हाल में पसन्द आएगा। पापा उसके इतने नखरे भी इसलिए सह रहे थे कि वह उनकी लाडली है। वरना उन्होंने जो लड़का पसन्द कर लिया, उसके बाद खानदान की कोई लड़की यह कह दे कि उसे वह पसन्द नहीं है! जमाना भले ही बदल गया हो। पढ़ने-लिखने की पूरी आजादी हो। अभी तक तो आजादी की यह हवा उनके घर तक नहीं पहुँच पायी थी। उसने सोचा यह बयार भी वही लेकर आएगी। लेकिन उसने तय कर लिया कि वह घर नहीं जाएगी। घर गयी तो पापा से फिर कुछ नहीं कह पाएगी। या फिर टूट जाएगी।

पापा ने थक-हार कर कहा, तुम्हें छुट्टी नहीं मिल पा रही तो लड़के को ही लेकर आ जाता हूँ दिल्ली। वहीं देख लो। वह इस बात पर तो पसीना-पसीना हो जाती, ''नहीं, मैं जल्द ही छुट्टी लेकर घर आऊँगी।''

अचानक एक दिन सुबह-सुबह उसने दरवाजा खोला तो सामने पापा खड़े थे। उसका चेहरा फक रह गया। उस रात अनुराग उसके फ्लैट में ही सो गया था। उसने दरवाजा खोला, उस समय वह अनुराग की शर्ट पहने थी। जल्दी-जल्दी में वह उसी की शर्ट खींचकर पहन आयी थी। वह समझ ही नहीं पा रही थी कि पापा को देख कर खुश हो या दुखी। दरवाजे पर खड़ी वह सोच रही थी कि वह करे तो क्या करे? अनुराग जो भीतर सोया हुआ है, कैसे छिपाए उसे पापा से?

''नूपुर, भीतर भी नहीं आने दोगी?'' पापा ने सवाल किया तो उसका ध्यान टूटा।

''आँ हाँ, हाँ आइए, पापा। मैं अचानक आपको देखकर हैरान रह गयी थी।''

तब तक आवाज सुनकर अनुराग की नींद खुल चुकी थी। वह बाहर आ गया। पापा उससे एक बार पहले मिल चुके थे। नूपुर के दोस्त के रूप में। लेकिन यह नया ही रूप था।

नूपुर को लगा, पता नहीं पापा कैसे रिएक्ट करेंगे? लेकिन मन ही मन खुश भी हो रही थी कि जो कुछ वह पापा से कहने का साहस नहीं जुटा पा रही थी, वह पापा के सामने खुद ही आ गया। अब पापा से बात करना आसान हो जाएगा।

अनुराग ने पापा के पैर छुए तो पापा उसे अर्थ भरी नजरों से देखते रहे। उन्होंने एक शब्द भी नहीं कहा लेकिन उनकी नजरें उसे भेदे दे रही थीं।

वह हैरान थी। अनुराग के जाने के बाद भी पापा ने न तो उससे अनुराग के वहाँ होने के बारे में कोई सफाई माँगी थी, न ही कोई जिक्र किया।

नूपुर को लग रहा था, पापा कुछ कहेंगे, अनुराग के बारे में। लेकिन वह तो एकदम खामोश थे! अखबार पढ़ते रहे और चाय पीते रहे। काफी देर बाद इतना ही कहा, "नूपुर, हो सके तो एक दो दिन की छुट्टी ले लो। तुमसे काफी बातें करनी हैं। तुम घर आयीं नहीं तो मैंने सोचा, मैं ही मिल आऊँ तुमसे। यहाँ देख रहा हूँ काफी बिजी हो तुम!"

इतनी-सी बात में ही उसका दम निकल गया था। पापा ने इतनी धीमी आवाज में भी कभी बात नहीं की थी उससे। उसने इसी में अपनी भलाई समझी कि ऑफिस से छुट्टी ले ले। अनुराग के बारे में पापा कुछ नहीं पूछ रहे, उसे तो बताना ही है।

दोपहर तक वह काफी व्यवस्थित हो चुकी थी। पापा उसे लंच पर बाहर ले गये। इम्पीरियल में। यह जगह उन्हें काफी पसन्द है। उसे लगा, पापा नाराज नहीं हैं। पापा ने उसकी तरफ देखा, "निक्की।" निक्की ही कहते थे वह उसे।

धीरे-धीरे उन्होंने अपनी बात रखी, "तुम्हारे लिए एक-दो अच्छे रिश्ते आये हैं। एक तो लड़का दिल्ली में ही है। आई.ए.एस. है। तुम भी तो दिल्ली में ही रहना चाहती हो ना। इसीलिए मुझे वह लड़का ज्यादा पसन्द आ रहा है। वह इस बात पर भी राजी है कि तुम शादी के बाद नौकरी करते रहना चाहो तो कर सकती हो। सोचा, बातचीत दिल्ली में ही हो जाएगी।"

वह हैरान रह गयी। अनुराग को घर में देखने के बाद भी पापा किसी और से उसकी शादी की बात कर रहे हैं! उसके बारे में एक शब्द नहीं कह रहे। क्या उसका कोई वजूद नहीं है। या इस बात का कोई मतलब नहीं है? या पापा चाहते हैं, मैं खुद ही कहूँ?

"पापा, मैं और अनुराग शादी करना चाहते हैं। हम लोग काफी आगे जा

चुके हैं।'' उसे लगा साफ-साफ कहना ही बेहतर है।

उसकी ओर देखते हुए पापा ने धीरे से कहा, ''वो तो मैं देख ही चुका हूँ।''

''उसके बावजूद पापा, आप मेरी शादी किसी और से करना चाहते हैं?''

''नूपुर।'' उन्होंने इस बार उसका पूरा नाम लिया था। वह समझ गयी थी। उसे कोई सख्त बात ही सुनने को मिलेगी। ''मैं हर किसी को तो दामाद नहीं बना सकता।''

उसे याद आ गया, जब पहली बार पापा अनुराग से मिले थे तो उन्होंने उससे बाद में पूछा था, ''निक्की, इस मुसी हुई शर्ट वाले लड़के से तुम्हारी दोस्ती कैसे हो गयी? तुम तो बहुत कॉशस हो, कपड़ों के बारे में।'' पापा ने कहा तो सही था। भैनजीनुमा लड़कियों से भी वह कभी दोस्ती नहीं कर सकती थी। वे उसे सिर्फ नोट्स लेने के वक्त अच्छी लगती थीं। उसने खुद इस बारे में सोचा, लेकिन समझ नहीं पायी। अनुराग की फक्कड़ी उसे अच्छी तो लगती थी लेकिन उतनी ही बुरी भी। जब चाहे उससे लड़ भी लेती थी। ''आखिर स्टेटस भी कुछ होता है।'' अनुराग की कुछ खूबियों की खातिर उसका वह सब बर्दाश्त कर लेती थी। लेकिन यह समय ये सब सोचने का थोड़े ही है। फैशन तो जिन्दगी भर डिस्कस किया जा सकता है।

''प्लीज पापा, चीजें बदल रही हैं। वक्त बदल रहा है। अपने प्रोफेशन में उसकी भी इज्जत कम नहीं है।''

''क्या करता है वह?''

फिर जैसे अचानक उन्हें कुछ याद आ गया, ''फोटोग्राफर! ओह हाँ, फोटोग्राफर! यही बताया था न तुमने, जब मिलवाया था।'' उनकी आवाज अजीब-सी लग रही थी। क्या बताऊँगा लोगों को? मेरा दामाद फोटोग्राफर है! घर के दूसरे आई.ए.एस., डॉक्टर, इंजीनियर दामादों के बीच एक फोटोग्राफर। किसी फटफटिया-सी मैगजीन का। पैबन्द की तरह। बिजनेस भी होता तो चल जाता। लेकिन यह फोटोग्राफर!

वह कुछ कर नहीं सकती थी, अनुनय-विनय के अलावा, ''प्लीज पापा, आप एक बार मिल तो लीजिए न। शायद आप उसे पसन्द करें।''

पापा उसे देखते रहे। पता नहीं क्या सोचते रहे देर तक। खाना भी शायद नहीं खा रहे थे। एकाध चम्मच शायद दिखाने के लिए मुँह तक पहुँच जाता था।

काफी देर बाद बोले, ''तुम कहती हो तो, एक बार उससे मिल ही लेता हूँ।''

उसे लगा, अब बन गया काम। वह सोचने लगी, पापा को उसका काम भले ही पसन्द न आया हो, एक इनसान के रूप में पापा उसे नापसन्द कर ही

नहीं सकते। वह यूँ ही तो उस पर जान नहीं छिड़कती।

पापा ने फिर कहा, ''कल बुला लो उसे यहीं। लंच पर।''

नूपुर को लग रहा था मुश्किल आसान हो गयी। लेकिन यहाँ तो नयी मुसीबत खड़ी हो गयी थी। अनुराग से उसने कहा कि पापा उससे मिलना चाहते हैं तो फौरन तैयार हो गया। ''चलिए, ससुरजी मिलने को तैयार तो हुए। कल तो ऐसे देख रहे थे जैसे...।'' और हँसने लगा। लेकिन नूपुर ने इस हँसी में उसका कोई साथ नहीं दिया। वह इस समय गम्भीर थी। जैसे पता नहीं कौन-सी समस्या आ पड़ी है। फिर धीरे से बोली, ''अनुराग, कल उनसे मिलने के लिए थोड़ा अपना हुलिया बदल लोगे? आई मीन, पापा को थोड़ा फॉरमल लुक पसन्द है।''

अनुराग तो एकदम हत्थे से उखड़ गया यह सुनते ही। ''मैं नहीं जाऊँगा इस तरह कोई इंटरव्यू-शिंटरव्यू देने। मैं नौकरी के इंटरव्यू के वक्त तो सज-धज के गया नहीं था। मैं नहीं जाता उनसे मिलने। मैं वो उनका फॉरमल लुकवाला दामाद नहीं बन सकता।''

वह परेशान थी। मुश्किल से पापा मिलने को राजी हुए हैं और अनुराग समझने को तैयार नहीं। ''अनुराग, समझो तो। पापा से मिलोगे ही नहीं तो हाँ से पहले ही ना हो गयी ना। तुम मुझे क्यों मारना चाहते हो।''

नूपुर के कई बार गिड़गिड़ाने पर बड़ी मुश्किल से राजी तो हुआ, पर शर्त रख दी। ''मैं मिलूँगा तो ऐसे ही। जैसा हूँ वन पीस। तुम्हारे साहब पापा से मिलने लायक कोई ढंग का कपड़ा नहीं है मेरे पास। मैं तुम्हारे पापा को इम्प्रेस करने के लिए अलग से कुछ नहीं करूँगा। कुछ नहीं पहनूँगा। समझी। रोजवाले कपड़ों में ही मिलने जाऊँगा।'' उसने घोषणा कर दी थी। वह कुछ कर भी नहीं सकती थी। इस पक्के जिद्दी इनसान को इस तरह पापा से मिलने को राजी कर लिया था, वही क्या कम था।

वह फिर भी बोलता रहा था। ''मैं न ही कोई आई.ए.एस. हूँ, न डॉक्टर या इंजीनियर। हो भी नहीं सकता। न ही किसी मल्टीनेशनल में काम करता हूँ। लेकिन झुकनेवाला नहीं हूँ किसी के आगे।''

दूसरे दिन दोनों आमने-सामने थे—नूपुर को लग रहा था जैसे दो शेर हों आमने-सामने। एक-दूसरे शेर को देख रहा था। नूपुर किसी बकरी की तरह कोने में सिकुड़ी हुई। खुद को कितना ही नास्तिक कहे, उस समय गले में माँ के दिये गणेशजी के पेंडेंट को हाथ में पकड़े सारे भगवान मना रही थी।

लेकिन थोड़ी देर में उसे लगा, पापा का शेर बिलकुल पिघल गया है। वह बिलकुल ही बदले हुए नजर आ रहे थे। ऐसा लग रहा था जैसे अनुराग की वाहियात-सी शर्ट की ओर उनका ध्यान ही नहीं गया है। उससे किसी दोस्त

की तरह बात कर रहे थे। घर के बारे में, उसके माँ-बाप के बारे में, काम-काज के बारे में। उसे खुद लग रहा था कि पापा को यह अचानक क्या हो गया है, एक रात में पापा एकदम कैसे बदल गये? या अनुराग में सचमुच कोई जादू है? थोड़ी देर में अनुराग भी नॉर्मल हो गया था।

अचानक पापा ने कहा, "तुम मुझे बहुत पसन्द आये बेटे। तुमसे मिला नहीं होता तो अफसोस होता। कोई पूर्वाग्रह रखता तो भी अफसोस होता।"

पापा की यह बात सुनकर नूपुर को अपनी पसन्द पर नाज हुआ। पूरी बातचीत में पहली बार उसने हिस्सा लिया, "पापा, अनुराग पसन्द किसकी है आखिर? आपकी इस बेटी की।"

पापा ने उसे लाड़ से अपने कन्धे से लगा लिया।

फिर धीरे से बोले, "दिक्कत एक ही है बेटे। मेरी बात तो अलग है लेकिन हमारे यहाँ के लोग तुम्हारे प्रोफेशन को समझ नहीं पाएँगे। नूपुर से शादी करने के लिए क्या तुम एक छोटा-सा सेक्रीफाइस कर सकते हो?"

यह कह कर उन्होंने नूपुर की ओर देखा। फिर अनुराग की आँखों में देखा और बोले, "तुम अपना यह काम छोड़ क्यों नहीं देते?"

उसे लगा वह आसमान से गिरा। एक-डेढ़ घंटा इतनी अच्छी बातचीत के बाद उसे ऐसी उम्मीद नहीं थी। वह उनका चेहरा देखने लगा।

वह कह रहे थे, "तुम लखनऊ आ जाओ। बिजनेस शुरू कर दो। इसकी शादी के लिए पचासेक लाख रुपया रखा है। उस पैसे से तुम्हें बिजनेस करवा दूँगा। क्या कहते हो?"

उसके पास कोई जवाब ही नहीं था। वह नौकरी तो उसकी जिन्दगी का हिस्सा थी। वह खामोश कभी उनकी तरफ देख लेता, कभी नूपुर की तरफ। नूपुर भी खामोश थी। वह कुछ कहती क्यों नहीं अपने पापा से? वह सोच रहा था। उसकी इस खामोशी को वह क्या माने?

दोनों को खामोश देख पापा ने नूपुर से कहा, "बेटे, मैं तुम लोगों की बात मान रहा हूँ तो तुम लोगों को भी तो मेरी एक छोटी-सी बात माननी चाहिए। मेरी इज्जत की खातिर! नूपुर बेटे, घर की खातिर, अपने पापा की खातिर क्या तुम अनुराग से इतना नहीं करवा सकतीं? आखिर मुझे भी तो घर-परिवार में अपनी इज्जत रखनी है।"

नूपुर-अनुराग दोनों ही खामोश बैठे रहे। वह बोले, "अच्छा, मैं चलता हूँ। तुम लोगों को सोचने के लिए पूरा दिन देता हूँ।"

फिर नूपुर की ओर मुखातिब हुए, "बेटे, हम दोनों की रात की टिकट बुक है, लखनऊ की। उससे पहले मैं चाहता हूँ कि तुम लोग किसी नतीजे पर पहुँच

जाओ। अगर पहले ही किसी नतीजे पर पहुँच जाओ तो मुझे मोबाइल पर खबर कर देना। मैं जाना कैंसल कर दूँगा। एक बात साफ है, इस शादी के लिए मेरी शर्त वही रहेगी। यह तुम्हें तय करना है कि तुम क्या करना चाहती हो। अगर अनुराग यही काम करना चाहता है तो मैं इस शादी के लिए राजी नहीं हूँ। तुम चाहो तो उसके बावजूद अनुराग से शादी करने के लिए आजाद हो। लेकिन फिर तुम्हें मेरे साथ रेल पकड़ने के लिए आने की कोई जरूरत नहीं है। तुम अगर स्टेशन नहीं पहुँचतीं तो मैं मान लूँगा कि नूपुर मेरी बेटी थी ही नहीं।''

उसे लगा किसी टीवी प्रोग्राम में कोई क्विज चल रहा है। वक्त शुरू हो चुका है। इस वक्त में जवाब नहीं दिया तो वह हार जाएगी। जवाब दे दिया तो पचास लाख और अनुराग ईनाम में। कितनी आसानी से मिल रहा था अनुराग। उसे यह क्विज जीतना ही होगा। हर हाल में अनुराग को राजी करेगी।

पापा चले गये थे। वे दोनों कुछ देर बाद उसके फ्लैट पर आ गये थे। उसे लगा था, अनुराग भी खुश होगा, आसानी से पापा के मान जाने पर। लेकिन अनुराग बरस रहा था। ''क्या सोचते हैं तुम्हारे पापा! उन्हें फोटोग्राफर बहुत मामूली चीज नजर आता है। उनके घर की शादियों, बर्थडे में फोटो खींचनेवाला। बस यही ना। मुझे सारे आई.ए.एस., इंजीनियर टेसू नजर आते हैं, टेसू—आई मीन पागल। कुएँ के मेंढक। जिन्दगी में देखते क्या हैं? बस पैसे और पावर के नशे में रहते हैं। तुम्हारे पापा पचास लाख देंगे मुझे नौकरी छोड़ने पर। रिश्वत के पैसे पर बहुत नाज है उन्हें।''

पापा के लिए यह सुनते ही नूपुर को गुस्सा आ गया। ''माइंड योर लैंग्वेज, अनुराग। मेरे पापा को रिश्वतखोर कहते हो! शर्म आनी चाहिए तुम्हें। हम लोग खानदानी रईस हैं। हमारी जमीनें हैं। पुरखों का पैसा है। हमारे खानदान की अपनी पहचान है।''

अनुराग भी बरसा, ''मुझे भी अपनी पहचान, अपनी आइडेंटिटी पर बहुत नाज़ है। मैंने सपनों में देखा है, खुद को रघु राय बनते हुए। मैं कैसे छोड़ सकता हूँ अपने सपने। देखो, नूपुर सोच लो। मैं इतना ही कह सकता हूँ कि तुम्हारे पास अपने माँ-बाप जैसी जिन्दगी शायद न रहे लेकिन कमी किसी चीज की नहीं रहेगी। सोच लो।'' नूपुर धैर्य खो चुकी थी। उसकी घड़ी की सुइयाँ चल रही थीं। वक्त दौड़ रहा था। वह जानती थी, इस वक्त पापा जो कुछ कह गये हैं, उसके अलावा वह कुछ नहीं माननेवाले। न जरा-सा इधर, न जरा-सा उधर। वह थोड़ा नरम पड़ी। कहने लगी, ''तुम पापा की बात मान क्यों नहीं लेते? क्या रखा है इस जिद में। एक बार शादी हो जाने दो। वैसे भी हर कोई नहीं बनता रघु राय।''

"नूपुर, वह जोर से चीख पड़ा", "मैं रघु राय नहीं, उससे भी बड़ा बनूँगा। बनकर दिखाऊँगा। मुझे चैलेंज करती हो। लोग मेरे नाम की मिसाल देंगे। देखो, मैं तुम्हें छोड़ सकता हूँ। अपनी आइडेंटिटी नहीं छोड़ सकता। अपना सम्मान नहीं छोड़ सकता।"

नूपुर को भी लगा, उसका सम्मान कुचला जा रहा है, "मैं भी नहीं छोड़ सकती, अपने पापा को, अपने खानदान को।" जोर से बोल गयी वह।

"आखिरी फैसला है तुम्हारा यह!" अनुराग ने पूछा।

"पापा ने मेरी खातिर अपना फैसला बदला। तुम उनके सम्मान की खातिर इतना भी नहीं कर सकते तो मेरा फैसला यही है।"

और उसके बाद तो दोनों का प्यार पतली गली से निकलकर बाहर हो गया। कमरे में महाभारत मचा हुआ था। उनकी क्लास, उनका ईगो, उनका वह सब कुछ जिस बारे में उन्होंने कभी सोचा ही नहीं था, इस समय सामने आ खड़ा हुआ था। अन्त में दोनों पस्त हो गये। अनुराग ने चाय बनायी थी। वह भी पड़ी-पड़ी ठंडी हो गयी थी। फिर अनुराग ने ही बात शुरू की, "मुझे भी लगता है कि तुम मेरे साथ खुश नहीं रह पाओगी। माँ-बाप को छोड़कर भी अपना सब कुछ पीछे नहीं छोड़ पाओगी। तुम्हारा खानदान, तुम्हारी यादें तुम्हें कुरेदती रहेंगी। तुम्हारा आभिजात्य तुम्हारा पीछा करता रहेगा।"

नूपुर के गुस्से ने आँसुओं की शक्ल ले ली थी। अचानक दीवार के सहारे सिर रखकर सुबक रही थी। अनुराग ने दूसरी ओर मुँह कर लिया।

कहने लगा, "हम दोनों की आइडेंटिटी अलग-अलग है। हमारी क्लास अलग है। मैंने तो सोचा था, क्लास खत्म हो गयी है लेकिन यह हम दोनों का पीछा हमेशा करती रहेगी। कोई फायदा नहीं। हम प्यार से रहे, प्यार से ही अलग हो जाएँ तो बेहतर है।"

दोनों एक-दूसरे को देखते रहे, देर तक। गले मिले—आखिरी बार।

"तुम्हारी ट्रेन का टाइम हो गया है नूपुर।" अनुराग ने कहा।

और नूपुर ने अपना सामान समेटना शुरू कर दिया। झुकी तो सूटकेस पर आँसू लुढ़क गये। उसके मुँह से कुछ शब्द निकले। "जिद्दी लड़का।" इसकी जिद से बड़ा कुछ नहीं। कुछ पाने के लिए थोड़ा बहुत खोना भी पड़ता है, यह भी नहीं जानता। कभी नहीं जान पाएगा।

अनुराग उसकी यह बात सुन नहीं पाया। वह अपने सपने में खोया हुआ था। और बुदबुदा रहा था, "मूर्ख लड़की, बड़ी-बड़ी बातें करती है। अपने माँ-बाप को तो बदल नहीं सकती। दुनिया को क्या बदलेगी?"

□

शहादत

आजकल प्रफुल्ल बाबू बहुत खुश हैं। खुश होने की दो वजह हैं। यही तो कुछ दिन हैं जब उन्हें लोग प्रफुल्ल बाबू कहकर पुकराते हैं। दूसरे, ये उनके कमाई के दिन हैं—सॉलिड कमाई के। अपने ही शब्दों में आजकल वह चाँदी काट रहे हैं।

दरअसल प्रफुल्ल बाबू के चाँदी काटने का मतलब है सौ—डेढ़ सौ रुपये रोज की दिहाड़ी, साथ में खाना वगैरह और शाम की दारू का इन्तजाम भी। खाना वाना ज्यादा हुआ तो घर भिजवा दिया। और भी कई तरह के दूसरे फायदे हो जाते हैं। जरूरत पड़ी तो बेटे को भी स्कूल से छुट्टी दिलवा देते हैं। और पत्नी शान्ति भी कारखाने से वक्त निकालकर यहाँ आ जाती है। कभी-कभार छुट्टी मार ली। कहने का मतलब यह कि बाद की जिन्दगी के कई महीने सुकून से गुजर जाते हैं। फिर तो गयी कई साल को बात।

आप भी सोच रहे होंगे कि मैं क्या पहेलियाँ बुझा रही हूँ। या शायद मेरी बात का कोई सिरा अब तक आपकी पकड़ में आ ही गया हो। आजकल इलेक्शन के दिन हैं। एक महीने बाद ही तो चुनाव होने हैं। इस महीने में कम्पेन की गंगा में जितना हाथ धो लिया, धो लिया, फिर तो गंगा बन जाती है सरस्वती, कई साल को। प्रफुल्ल बाबू यही कहते हैं। और जब कहते हैं, ठहाका मारकर हँसना नहीं भूलते। उनकी ऐसी खिलखिलाती हँसी भी इन्हीं दिनों दिखाई सुनाई देती है। जैसे चाँदी के रुपयों के खनखनाने की आवाज हुआ करती है।

जब भी इलेक्शन होते हैं, एम.पी. का हो, एम.एल.ए. का हो, या निगम का, हर कैंडीडेट उन्हें याद करता है। उन्हें प्रफुल्ल बाबू ही कहकर पुकारता है। वह इस इलाके के कम्पेन का अहम हिस्सा हैं।

यह अलग बात है कि इतने साल से यह खेल खेलते रहने पर भी उन्हें कभी कॉरपोरेशन के टिकट के काबिल भी नहीं समझा गया। और न ही उनमें बीच में से पैसा उड़ाने की कला ही आ पायी।

इलेक्शन के कुछ दिन बाद ही वे पासवाले सतनाम के ढाबे में अपने वही पुराने वेटरवाले काम पर लग जाते हैं। वहाँ उन्हें कोई प्रफुल्ल बाबू के नाम से नहीं जानता। मालिक को उनका नाम बोलना कभी आ नहीं पाया, सो उनका नाम गणेश रख दिया गया। और जब जोर से आवाज़ लगायी जाती है तो गणेश, ओ गणेशी हो जाता है। बीच-बीच में मैं कहीं उन्हें गणेश कह बैठूँ तो समझ जाइएगा, प्रफुल्ल बाबू की ही बात चल रही है। वैसे मैं उन्हें यहाँ प्रफुल्ल बाबू ही कहूँगी। आखिर उन्हें इस नाम से पुकारे जाने के लिए अगले इलेक्शन तक इन्तजार करना पड़ेगा।

गणेश—गणेश का क्या है? पूरा दिन ढाबे पर वेटरी करता है। घर चलाने के लिए जरूरी हो तो शराब भी बेच लेता है।

इसमें नया कुछ भी नहीं है। गणेश के पिताजी ने भी यही किया था, जिन्दगी भर। जिन्दगी भर कहना तो गलत होगा। जब जिन्दगी ने धोखा देना शुरू कर दिया। हाँ, उनकी हालत प्रफुल्ल से कुछ अच्छी थी। समाज में उनका मान-सम्मान भी ज्यादा था।

उसकी वजह वह खुद नहीं, बुआ थीं।

बुआ की शहादत।

उनका यह मकान आज तो बहुत बड़ा कटरा बनकर रह गया है। हर कमरे में अलग किराएदार हैं। उनका परिवार इस मकान के दो कमरों में सिमटकर रह गया है, पचासों साल पुराने। चार-चार आने के किराए पर थे कभी। बढ़ते-बढ़ते दस-बीस-पचास रुपये से ज्यादा आज भी नहीं हो पाया किराया।

उन किराएदारों को निकालने की बिसात न कभी बाबा की रही, न ही उनकी। किराएदारों का रुआब उन लोगों से कहीं ज्यादा है। कभी-कभी तो डर लगता है कि कहीं किसी दिन किराएदार ही उन लोगों को निकाल बाहर न कर दें। और अगर हरचरण सिंह की तरह सबने करना शुरू कर दिया तो जल्द ही दूसरे किराएदार भी किराया देना बन्द कर देंगे। उसे तो किराया दिये पूरे दो साल हो गये हैं।

प्रफुल्ल बाबू ने देखा तो नहीं, सुना भर है, बाबा से ही। इस घर की बड़ी रौनक हुआ करती थी। नीचे मकान के जितने हिस्से में वे लोग अब रहते हैं, उससे कहीं बड़ी तो उनकी बैठक हुआ करती थी।

यह आजादी से पहले की बात है। काफी पहले की। दादाजी क्रान्तिकारी थे। घर की जमींदारी थी। आजादी के दीवानों का आना-जाना लगा रहता था। तब बाबा बहुत छोटे थे। बुआ उनसे बड़ी थीं।

उनके घर से बीसेक कदम चलते ही बड़ा-सा चौक है।

इस चौक पर आज भी बुआ की मूर्ति लगी हुई है। प्रफुल्ल ने उनकी फोटो भी देखी हैं। इसलिए बुआ को अच्छी तरह पहचानते हैं प्रफुल्ल। आज बुआ की मूर्ति का वह आदर नहीं रह गया है जो उन्होंने बचपन में देखा था। उनकी शहादत के दिन समारोह मनाना भी पिछले कई साल से बन्द कर दिया गया है। पहले मनाया जाता था धूमधाम से। बचपन में देखा है प्रफुल्ल बाबू ने। एम.पी. साहेब आते थे। एम.एल.ए. आते थे। और इलाके के सभी नामी-गिरामी लोग। बाबा उन दिनों सफेद कुर्ता-पाजामा और टोपी पहनते थे। वह भी कुर्ता-पाजामा पहनकर उनके साथ जाया करते थे।

बुआ की मूर्ति को हार माला पहनाई जाती थीं। कुछ भाषण होते थे। साल भर स्कूल में चपरासगीरी करनेवाले बाबा बुआ की शहादत वाले दिन नेता लोगों के साथ मंच पर बैठते थे। उन्हें देखकर तालियाँ बजाई जाती थीं। बाबा भी बोलते थे, फिर तालियाँ बजती थीं। वह बाबा के बोलने पर खूब तालियाँ बजाता था। लेकिन फिर धीरे-धीरे बुआ के फंक्शन में बाबा का रोल छोटा होता गया और दूसरों का बढ़ता गया। फिर बुआ का वह सालाना जलसा ही छोटा, और छोटा होता चला गया। पहले एम.पी. साहेब आते रहे, फिर एम.एल.ए. ने सँभाला। उसके बार तो पार्षद ने वहाँ हीरो का रोल करना शुरू कर दिया। और बाबा की मौत के साथ ही वह फंक्शन भी खत्म हो गया। यानी प्रफुल्ल बाबू को उस फंक्शन में एक्स्ट्रा से ज्यादा का रोल भी कभी मिल नहीं पाया। हालाँकि मन ही मन वह सोचते रहे कि कभी न कभी उन्हें भी बुआ के इस फंक्शन में स्पीच देने का मौका मिलेगा ही।

हाँ, कॉरपोरेशन के इलेक्शन में जरूर दोनों पार्टीवालों की कोशिश रहती है कि उन्हें अपने साथ घुमाएँ उनके मुहल्ले टोले में। इसकी वजह से काफी पहले से ही दोनों पार्टियों में उनको लेकर खींच-तान शुरू हो जाती है। बुआ की वजह से पुराने लोगों में अब भी उनका मान है। हालाँकि अब इधर कई साल से काफी नये लोग यहाँ भी आ बसे हैं। और उन लोगों को उनके वेटर होने को लेकर थोड़ा ऐतराज रहता है। इस बीच बुआ के बलिदान की यादों पर धूल पड़ती गयी है। इसलिए अब पहले वाली बात नहीं रही। आजादी मिले साठ साल हो गये हैं। किसे याद रहती है आजादी से पहले की शहादत। गाँधी बाबा की शहादत ही लोग अब भूलने लगे हैं। बुआ को कौन याद रखेगा?

जब तक आजादी नहीं मिली थी, बुआ की कहानी यहाँ घर में सुनायी जाती रही। बुआ के गाने लोगों की जुबान पर थे। प्रफुल्ल बाबू ने भी हजारों बार बाबा से ही सुनी है यह कहानी। बाबा के पास एक यही तो कहानी थी सुनाने को। कहीं से भी शुरू होती, कोई भी कहानी होती, बुआ की शहादत पर

ही खत्म होती। बुआ अपने इलाके की पहली लड़की थी, जिसने छाती पर अँग्रेजों की गोली खायी थी। इसी चौक पर आजादी का झंडा फहराये जाने की बात हो रही थी। पूरे देश में उन दिनों यही दीवानगी थी। बुआ उस समय रही होंगी यही कोई तेरह-चौदह साल की। बाबा तब दसेक साल के थे।

बुआ दिन-रात आजादी के गीत गा गाकर पूरी क्रान्तिकारी हो रही थीं। घर का माहौल ही ऐसा था।

सो, उस दिन सवाल था कि चौक पर तिरंगा कौन फहराए? पूरे देश में उस दिन तिरंगा फहराने का अभियान चल रहा था कोई। बुआ आगे आयीं और बोलीं, ''मैं फहराऊँगी!''

अँग्रेज दारोगा के सामने ही वह तिरंगा हाथ में लेकर ऊपर चढ़ गयी, वह मना करता रहा, बुआ वन्देमातरम् कहती रहीं और ऊपर चढ़ती गयीं। झंडा फहराने लगीं तो आखिरी बार दारोगा ने आवाज दी। बुआ नहीं मानीं और उसने गोली चला दी। तिरंगा हाथ में लिये जमीन पर आ गिरीं। उसके बाद तो बवाल मच गया। बुआ की शहादत रंग लायी और शाम तक कई लोग वहाँ घायल हो गये लेकिन तिरंगा फहरा ही दिया गया।

किस्मत वाली थी बुआ। तेरह साल की उम्र में ही शहीद हो गयी। बाबा कई बार ऐसा कहते थे। उनकी आँखों में देखकर ऐसा लगता था जैसे कह रहे हों कि अच्छा हुआ जो शहीद हो गयी, आजादी के बाद के दुखों को झेलने से बच गयी।

आजादी के जुनून में ही बाबा पढ़ नहीं पाये। बुआ की शहादत को सीने से लगाये ही बड़े हो गये। और जब तक आजादी मिली, जवान हो चुके थे। पढ़ाई-लिखाई बहुत पीछे छूट चुकी थी। छोटी-मोटी नौकरी से ज्यादा कभी कुछ मिल ही नहीं पाया। हर नेता की चिरौरी करके देख ली, कुछ काम नहीं आया। नेता लोग शुरू-शुरू में इलेक्शन के दिनों में जब उन्हें अपने साथ घुमाते थे, तब कॉरपोरेशन के टिकट की बात जरूर कही जाती थी। बाबा को भी लगता था एक-न-एक दिन उन्हें टिकट मिल जरूर जाएगा। आखिर उनकी बहन ने देश के लिए शहादत दी है। लेकिन इलेक्शन आते रहे, जाते रहे, वह उनकी आँखों की चमक और उदासी देखता बड़ा हो गया लेकिन टिकट कभी किसी के भाई को मिल जाती, कभी किसी की बहन को, कभी बीवी को। और लोग उनके भरोसे टिकट लेते रहे और इलेक्शन जीतते रहे।

वह उदास होते तो नेताजी कह देते, अरे, आपके आसरे तो यह इलाका ही चलता है। आपको क्या टिकट की जरूरत है। चलिए हाई कमान नहीं मानी, अगली बार सही। पक्का रहा।''

और बाबा फिर दूसरों को इलेक्शन जिताने में लग जाते।

बुआ की शहादत पर आजादी का समय बढ़ने के साथ-साथ जैसे-जैसे धूल पड़ी, उनकी मूर्ति पर भी धूल बढ़ने लगी थी। पंछियों की बीट, गन्दगी और आगे, पीछे भिखरियों का डेरा। कुछ साल से तो स्मैकिये भी जुटने लगे हैं।

पिछले दिनों तो उसने सुना था, कोई कह रहा था कि यह मूर्ति हटाकर किसी और की मूर्ति लगा दी जाएगी। बाद में पता चला था कि एम.एल.ए. का खेल था यह सारा। उसका कहना था कि उसके दादाजी ने भी आजादी की लड़ाई में बलिदान दिया था, उनकी मूर्ति लगायी जानी चाहिए। बहुत साल दे दिया एक शहादत को आदर! उसी साल उनकी बगलवाली गली का नाम तो बदलकर उसके दादाजी के नाम पर कर दिया गया था। बुआ की मूर्ति वहाँ से हटवाने की मुहिम उसने चला रखी है। अभी हिम्मत नहीं पड़ पायी है। इलेक्शन फिर आने वाला था। उसे लगा कि कहीं इस इलाके के वोट ही इस चक्कर में विरोधियों को न चले जाएँ। पार्षद की और एम.एल.ए. की लगती है। एक दिन उसी ने बताया था कि इस बार, इलेक्शन के फौरन बाद, एम.एल.ए. का इरादा यहाँ अपने दादा की मूर्ति लगवाने का है। हरामी का पिल्ला, प्रफुल्ल बाबू के मुँह में गाली आते-आते रह गयी। वह मन ही मन खून का घूँट पीकर रह गये। बाबा की मौत पर इसी एम.एल.ए. ने तो लकड़ियों के पैसे देकर इलेक्शन में उनकी मौत को भी भुनाया था। हरामी ने श्मशान घाट पर ही यह बात फैला दी थी कि वह उनके परिवार की कितनी मदद करता रहा है जिन्दगी भर। उस दिन प्रफुल्ल बाबू को खुद पर कितनी शर्म आ रही थी। बार-बार पूछते रहे खुद से, क्यों नहीं कर पाया मैं कुछ भी। बुआ तक ही सिमटकर रह गया हमारे परिवार का आभा मंडल। न बाबा पढ़ पाये, न ही मैं।

एक ढंग की नौकरी का इन्तजाम भी कभी नहीं हो पाया। बाबा की तरह चपरासी की नौकरी भी नहीं मिल पायी। तीसरी-चौथी तक पढ़े आदमी को कोई नौकरी दिलाये भी तो क्या? एम.एल.ए. सिफारिश तक करने को तैयार न था। बाबा से कह देते थे, "अरे, कहाँ रखी हैं आजकल नौकरियाँ? पढ़े-लिखों के लिए नहीं हैं। दसवी-बारहवीं की होती, तब भी कुछ हो जाता।"

कुछ दिन तो लगा कि बाबा कुछ करवा देंगे, अपने स्कूल में ही कहीं। तंग आकर एक रेस्टोरेंट में वेटरी करनी शुरू कर दी थी। रात-बिरात दारू बेचनी शुरू कर दी। पेट पालने के लिए सब कुछ करना पड़ता है। शान्ति कारखाने में काम करती है लेकिन उससे भी पूरा नहीं पड़ पाता। हाँ, बेटे को जरूर पढ़ाना है। हाईस्कूल में चला गया है। उसी ने छुटपन में बताया था कि उसके स्कूल की किताब में है बुआ की शहादत की कहानी। उन्होंने भी बेटे से किताब लेकर

अटक-अटककर पढ़ी थी वह कहानी। वैसे तो पढ़ने की जरूरत ही नहीं थी। बिना पढ़े ही बता सकते थे कि उसमें क्या-क्या लिखा हो सकता है। उस किताब को उन्होंने थाती की तरह सँभालकर रख लिया था। कभी-कभी उसे उठाकर छूते रहते हैं, देर तक। उलटते-पलटते रहते हैं। अब तो पढ़ने की आदत भी छूट गयी है। बस छूकर लगता है अतीत में चले गये हैं, सुनहरे अतीत में। बाबा से सुनी कहानियों के अतीत में। बड़ा-सा घर। दादाजी, आजादी। खूब सारा पैसा। नेहरू, गाँधी...।

अचानक प्रफुल्ल बाबू को होश आया, अरे आज तो नेताजी का जुलूस है। जाना है वहाँ। पूछ रहे थे, बेटा स्कूल के बाद आ जाएगा। जुलूस के बाद जलसा है। आज नेताजी के दादाजी का जन्मदिन है। उसका समारोह मनाया जाएगा। समारोह क्या है, इलेक्शन में लोगों को बाँटने के लिए कुछ तो बहाना चाहिए। उनके काम की बात यह है कि उस समारोह में साड़ियाँ बाँटी जाएँगी। वहीं बुआ वाले चौक के पास ही। उन्होंने शान्ति को भी कह दिया है। आज काम निपटाकर जल्दी वहाँ चली जाए। एक-दो साड़ी तो मिल ही जाएँगी। वह वहाँ पहुँचकर एक-दो और दिलवा देंगे उसे। वैसे अकेले शान्ति के लिए ज्यादा साड़ियाँ निकालना मुश्किल हो जाएगा। कहीं ज्यादा लोग पहुँच गये तो शायद एक भी न मिल पाए। वह कभी भी बाबा की तरह इलेक्शन में भावनाओं से नहीं जुड़े। पता है ना अपनी औकात! जितना पैसा मिल जाए, अंटी में लगाओ और अगले इलेक्शन तक के लिए जै रामजी की।

वह बैनर वगैरह भी उठाकर ले आते हैं घर पर। उनको जोड़कर चादर बनाती है शान्ति। अगले इलेक्शन तक काम आती हैं वे चादरें। खूब सुन्दर छापा करवा लेती है। कोई देखकर बता नहीं सकता कि ये इलेक्शन के बैनरों से बनाई गयी हैं।

नेताजी का जुलूस चल रहा था। पूरी दोपहर बीत गयी थी उन लोगों को। आज खाना भी बढ़िया बना था। अगले चौक पर रामजी बलरामजी साड़ी शो रूम वाले केदार भाई की तरफ से था आज का खाना, नेताजी के दादाजी के जन्मदिन की खुशी में।

केसर का हलवा, आलू की सब्जी क्या मसालेदार थी! अपने ढाबे में ऐसी सब्जी कभी नहीं खायी। बेटे के लिए दोपहर को वह थोड़ा-सा खाना, घर पर रख आये थे। बहुत खुश थे वह। लगता है आज का दिन अच्छा रहेगा। उन जैसे लोगों को और क्या चाहिए? अच्छा खाना, कभी-कभार अच्छा पीना और आज तो साड़ी भी मिलनी है। थोड़ी देर में बेटा भी आने वाला है। प्रधानजी कह रहे थे, उसे भी डेढ़ सौ दिलवा देंगे। उस पर काफी फख्र है प्रफुल्ल बाबू को। वही

करेगा उनकी उम्मीदें पूरी। वह तो खुद कुछ भी नहीं कर पाये। बुरे काम भी करने पड़ते हैं। दादाजी गाँधी बाबा के भक्त थे और उन्हें शराब बेचनी पड़ती है। कम से कम माँ तो यही कहती है, उनके शराब बेचने को। वह भी क्या करें? कैसे पालें पूरे परिवार को? पेट तो पालना ही है। ढाबे की वेटरी में क्या परिवार पलता है? इतने बड़े मकान का किराया भी तो ज्यादा नहीं मिलता। कई-कई बार तकाजा करना पड़ता है, तब कहीं जाकर हथेली पर रखते हैं पाँच रुपल्ली भी। स्याले हरामी किराएदार! जानते हैं न उनकी औकात। मुकदमा तक नहीं डाल सकते किसी पर।

सोच में अचानक रुकावट आ गयी थी। आगे कहीं से आवाजें सुनाई दे रही थीं। कुछ लोग भागते चले आ रहे थे। उन्हें कुछ समझ नहीं आ रहा था। बस इतना जरूर समझ आया कि कहीं कुछ गड़बड़ हो गयी है।

चारों ओर, "क्या हुआ, क्या हुआ" की आवाजें। लोग पास आने लगे तो शोर में कुछ-कुछ पल्ले भी पड़ने लगा। नेताजी के जलसे में भगदड़ मच गयी है। साड़ियों पर छीना झपटी हो गयी है। कुछ पता नहीं क्या हो रहा है। नेताजी के चेहरे पर हवाइयाँ उड़ने लगीं। सब लोग उसी तरफ भागे।

सबको अपनी-अपनी पड़ी थी। उन्हें शान्ति की चिन्ता थी। किस हाल में होगी वह? नेताजी तो फौरन जीप में चढ़कर चले गये थे। वह कुछ लोगों के साथ उधर भागे। जब तक वह वहाँ पहुँचे ऐसा लगा जैसे थोड़ी देर पहले भूकम्प आया हो। एक-दूसरे पर गिरे पड़े लोग। खिंची हुई साड़ियाँ। उनमें लिपटे हुए कुछ शरीर। वह समझ नहीं पा रहे थे कि क्या करे? शान्ति इन्हीं में कहीं पड़ी है या घर चली गयी होगी? या फिर आयी ही न हो? "हे भगवान वह यहाँ आयी ही न हो।" वह भगवान से धीरे-धीरे प्रार्थना करने लगे। उनका दिल तेजी से धड़क रहा था। कुछ लोग लग चुके थे दबे-कुचले लोगों को अस्पताल पहुँचाने के काम में। लेकिन उनके पाँव काँप रहे थे। वह कुचले हुए लोगों के बीच ही शान्ति को खोजने लगे। एक-एक चेहरे को पलटकर देखते। लाशों के ढेर एक ओर लगाए जा रहे थे। घायलों में शान्ति नहीं दिखाई दे रही थी। वह लाशों के चेहरे पलट-पलटकर देखने लगे। एक ओर एक औरत लुढ़की पड़ी दिखाई दी। शान्ति जैसी ही लगी थी। दोनों हाथों में दो साड़ियाँ कसकर पकड़ी दिखाई दे रही थीं। उन्होंने धड़कते दिल और काँपते हाथों से चेहरा उलटा।

वह चीख पड़े। दोहत्तड़ मारकर चीखने-चिल्लाने लगे। "अरे, हमारी ही किस्मत में लिखा है क्या शहादत देना। एक वो बुआ थी, वो शहादत दे गयी देश के लिए। पर, शान्ति देख कहाँ पहुँच गया है हमारा देश! देख तो सही! आज उसी घर की बहू को एक साड़ी के लिए शहादत देनी पड़ी। देख तो सही

शान्ति, देख, उसी चौक पर आज तूने शहादत दी है! देख, बुआ देख रही है तुझे, वो भी रो रही होगी तेरी इस शहादत पर! तेरी शहादत तो किसी काम की भी नहीं, पाँच मिनट को भी कोई तेरी शहादत को याद नहीं करेगा! मैं तो तबाह हो गया शान्ति! मैं तबाह हो गया! देख, हम कहाँ से कहाँ पहुँच गये! शान्ति...ओ शान्ति!''

किसी को वहाँ इतनी फुरसत नहीं थी कि उनको रोने-कलपने से रोके। वह शान्ति के शव के ऊपर ही लुढ़क गये। आँखें मुँद गयी थीं लेकिन ऐसा लग रहा था जैसे दूर बुआ की प्रतिमा पथराई आँखों से उन दोनों को देख रही हो।

□

मोक्ष

अचानक गंगा के शान्त जल में तूफान आ गया था। कोई लड़की गंगा में कूद गयी थी। हर तरफ यही शोर हो रहा था। कौन कूदी? क्यों कूदी? हर आदमी यही सवाल किये जा रहा था। आस-पास की नावों के कुछ मल्लाह उसे बचाने के लिए फौरन गंगा में छलांग लगा गये थे।

जिस नाव से वह लड़की कूदी थी, उस बड़ी नाव में तीन विदेशी लड़कियाँ और बैठी थीं। और एक गंजा हिन्दुस्तानी। वह उनका गाइड रहा होगा। लड़कियाँ चेहरे-मोहरे से जापानी-सी दिखाई दे रही थीं। लोगों ने अन्दाजा लगाया, कूदने वाली लड़की भी इनके साथ की कोई जापानी ही रही होगी।

खैर, गंगा में, और किनारे पर आया वह तूफान जल्द ही थम गया था। लड़की को मल्लाह निकाल लाये थे। किनारे खड़े बहुत से लोग सूर्य देव को हाथ जोड़कर नमस्कार कर रहे थे, "हे गंगा मइया, एक पाप होने से बच गया।"

लड़की को किनारे लाकर लिटा दिया गया था। वह पड़ी-पड़ी अधमुँदी आँखों से सबको देखती हुई कुछ-कुछ बोलती-बड़बड़ाती जा रही थी जो उसकी वे साथिन और वह गाइड ही समझ पा रहे थे। घबराहट में गाइड के मुँह से, "ओह गॉड, ओह गॉड" बार-बार निकल रहा था। लड़कियों के मुँह से भी कुछ शब्द निकल रहे थे जो किसी के पल्ले नहीं पड़ रहे थे लेकिन चेहरे से ऐसा लग रहा था कि वे उसकी बातों पर हैरानी जाहिर कर रही हैं। उसके मुँह से निकल रहे शब्दों में से एक ही शब्द वहाँ खड़े और लोगों के पल्ले पड़ रहा था। वह था, "मोक्षा, मोक्षा।" उसके हर वाक्य में टूटता-फूटता यह शब्द जरूर सुनाई दे जाता था।

कई दिन से वे लड़कियाँ बनारस में दिखाई दे रही थीं। गंगा किनारे सूर्योदय और सूर्यास्त के समय वे चारों अक्सर दिखाई दे जाती थीं। वह गाइड भी हर बार उनके साथ ही घाट पर दिखाई देता था। सुबह ठीक साढ़े पाँच बजे और शाम को आरती के समय वे वहीं टहलती, नौका विहार करती नजर आती थीं।

गंगा तट पर आस-पास फैली गन्दगी को देखकर जहाँ दूसरे टूरिस्ट नाक पर रूमाल रख लेते, वह लड़की बेपरवाह गंगा और सूर्य को निहारती रहती। और फिर सूर्य की लाल-लाल किरणों को गंगा के पानी में उजलते देखती रहती। जैसे गंगा में बिखरे उस सोने को आँखों में उतार लेना चाहती हो। शाम को आरती के वक्त वह मगन होकर तालियाँ बजाती। पता नहीं वहाँ जो कुछ होता था, उसे कितना समझ आता था, कितना नहीं, लेकिन उसमें भक्तिभाव किसी से कम नहीं रहता था। आरती के समय गाइड उसे पहले दिन तो गंगा मइया की आरती की महिमा समझाता रहा। फिर उसके प्रश्न गूढ़ होते गये। जैसे वह किसी और चीज की तलाश में हो। लोग गंगा में पत्ते में जोत लगाकर बहाते, तो उसे देखने में बड़ा मजा आता। एक दिन उसने भी ढेर सारे जोत वाले पत्ते खरीदे और एक-एक को जल में बहाकर देर तक देखती रही। अगले दिन से जोत के फूल पत्ते बेचने वाले उसका इन्तजार करने लगे थे। बिना दाम पूछे सारे पत्ते खरीद लेगी और एक-एक में जोत जलाकर गंगा में प्रवाहित करती जाएगी और मुस्कुराती हुई देखती रहेगी। ऐसे ग्राहक कहाँ मिलते हैं! चार-चार आने के लिए झिकझिक करनी पड़ती है। इसी वजह से वह घाटवाले लोगों में पॉपुलर हो गयी थी। वरना सैलानी तो बहुत आते-जाते रहते हैं।

गाइड कह रहा था, मैं तो पछता रहा हूँ इसे मोक्ष के बारे में बताकर। आगे से किसी टूरिस्ट को नहीं बताऊँगा कि यहाँ गंगा में नहाने से मोक्ष मिलता है। आज तो बच गया मैं।

पर हुआ क्या था? कौतूहल था। हर कोई जानना चाहता था। एक-एक तार जोड़कर उनके बारे में कुछ-कुछ पता चल रहा था।

वे चारों लगभग साथ-साथ आयी थीं, हिन्दुस्तान के भ्रमण पर। दो साउथ कोरिया से आयी थीं। दो जापानी थीं। हिन्दुस्तान में कब कहाँ मिलीं, यह तो गाइड को भी नहीं पता था, लेकिन चारों हम उम्र थीं। दोस्ती हो गयी। इकट्ठे ही सफर शुरू हो गया।

बनारस पहुँचते-पहुँचते ली इन यंग, हाँ, शायद, यही नाम बताया था गंगा में कूदने वाली उस कोरियाई लड़की का, अपनी जापानी सहेलियों से सूर्योदय की उस भूमि के बारे में, वहाँ की हराकिरी के बारे में काफी कुछ जान चुकी थी। सुना तो उसने पहले भी था लेकिन इतने करीब से जाना नहीं था। बनारस पहुँचते पहुँचते उसे पता चल गया था वह भी सूर्योदय की भूमि है और उससे भी ज्यादा मोक्षभूमि है। लोग यहाँ मोक्ष पाने के लिए भी आते हैं। जो यहाँ मरता है, सीधे मोक्ष प्राप्ति करता है।

वह सोचती, वाह! क्या समानता है। वह उगते सूर्य का देश। वहाँ हराकिरी

करने वाले वीर कहलाते हैं। यहाँ मोक्ष पानेवाले तर जाते हैं। जब वह गाइड से मोक्ष के बारे में पूछती थी तो गाइड और खुश हो होकर बताता था, बनारस के बारे में, मोक्ष के बारे में। वह जब कहता था, ''मिस, बनारस की सुबह, अवध की शाम, जिसने नहीं देखीं, कुछ नहीं देखा।'' तो वह उत्साहित हो जाती थी। उसने सोचा था, अवध की शामें भी वह देखेगी। जरूर देखगी।

पर बनारस के मोह से मुक्त हो तब ना। दुनिया के सबसे प्राचीन जिन्दा शहरों में से एक देवभूमि! यही तो बताया था उस गंजू गाइड ने। मार्क टवेन ने इस शहर के बारे में लिखा था, बनारस तो इतिहास से भी प्राचीन है। परम्पराओं से भी प्राचीन। इन सबको मिला दिया जाए तो उससे प्राचीन। बनारस आने से पहले ये सब जानकारियाँ उसे किताबों से मिली थीं। अब वह देख रही थी। हरिश्चन्द्र घाट से शुरू हुई राजा हरिश्चन्द्र की कथा से दशाश्वमेध घाट की महिमा और फिर मणिकर्णिका घाट पर शिव-पार्वती की कहानी। कैसे मजे ले-लेकर सुनाता था गंजू गाइड पार्वतीजी की झुमकी गंगा में गिरने और शिवजी की मणि वहीं गंगा में खो जाने की कथा। सब कुछ उसके लिए परीकथा की तरह था। दूसरी दुनिया में उसे ले जाने के लिए काफी था, यह सब कुछ।

काशी विश्वनाथ मन्दिर के बाहर उसने पेड़े पहली बार देखे थे। गंजू गाइड से पूछा था, ''क्या है ये?''

''प्रसाद।''

दूसरों को उसे मुँह में डालते देख पूछा था, ''खाने की चीज है?''

''हाँ, मिस।'' उसने उत्साहित होकर बताया था।

''मर तो नहीं जाते इसे खाने से? मतलब डायरिया, जांडिस वग़ैरह?'' यहाँ आने से पहले पर्यटक के तौर पर उसे जो भी हिदायतें मिली थीं, वह दोहरा रही थी। लेकिन गाइड की आँखों में श्रद्धा और विश्वास देखकर सहेलियों के मना करते वह पेड़े खा ही गयी। उसे वो पेड़े खाने में कितना आनन्द आया था। और गंगा पारवाली वह लस्सी! क्या स्वाद था! सहेलियाँ उसे डराती ही रही थीं।

उसके साथ की लड़कियाँ घाट पर आने से पहले रास्ते की गन्दगी को देखकर मुँह बिचकाने लगती थीं। गंगा के पानी में हाथ डालने में भी सकुचाती रहती थीं। हालाँकि गंजू गाइड ने बताया था कि गंगा का पानी कितना पवित्र है, कभी खराब नहीं होता। लेकिन उन सबको वह मैला दिखाई देता था। इस सबसे बेपरवाह, कई बार मोक्ष पाने की लालसा में, उस पार जाकर गंगा में डुबकी लगा चुकी थी। हाँ, इस पार ज्यादा ही गन्दगी थी। उसे लगा, बीमार हो गयी तो उसकी सहेलियाँ उसे अकेला छोड़कर आगे न चल दें। या फिर वह उनके

लिए मुसीबत न बन जाए। वैसे भी इस पार लोगों की भीड़ में, घूरती निगाहों में अजीब लगता था। गंगा में डुबकी लगाकर जब वह सूर्यदेव के दर्शन करती थी, उसे लगता था, जैसे कोई देवता रथ पर चढ़कर उसे लेने आ रहे हों।

ओह, कितने खूबसूरत हैं हिन्दू गॉड। इनके देवता! गाइड ने उसे देवताओं का वर्णन सुनाया था। उसकी नजरों के सामने देवताओं की वैसी ही आकृतियाँ बनती-बिगड़ती रहती थीं। नहीं, नहीं। गलतबयानी है यह। उसकी नजरों के सामने उस गोरे से लड़के की छवि आ जाती थी, जिसे पिछले कई दिन से वह गंगा पर आरती करते हुए देख रही थी। उसका गोरा रंग, सुता हुआ बदन, हरे रंग की रेशमी धोती पहने, हाथ में आरतीपात्र लेकिन जब वह उसे घुमाता तो उसका चेहरा कैसा चम्पई-सा हो जाता। जोत के पीछे से, जैसे अग्निदेवता का चेहरा चमक रहा हो। उसमें उसे देवताओं की छवि नजर आती। फिर उसमें उसे अपने प्रेमी की छवि नजर आने लगती। पिछले साल ही तो एक्सीडेंट में उसकी मौत हुई थी। सच पूछो तो उसकी यादों से निकलने के लिए ही तो वह इतनी दूर घूमने आयी थी। लेकिन उस आरती वाले युवक को देखते-देखते वह फिर अपने प्रेमी के पास पहुँच जाती थी।

वह सोचने लगती, यहाँ मिल सकती हूँ मैं उससे? यहाँ सूर्योदय की मोक्षभूमि में! कितनी भाग्यशाली हूँ! मोक्ष प्राप्त कर सीधी देवताओं के रथ पर बैठकर जन्म-जन्मान्तर के बन्धनों से मुक्त हो सकती हूँ। जो लोग भी यहाँ नहाये हैं, उन्हें मोक्ष मिला होगा? वह सोचती रही।

जब उसकी सहेलियों ने गंगा के पानी में हाथ लगाने से इनकार कर दिया तो उसे अजीब लगा था। बेवकूफ लड़कियाँ। गंगा को मैली कहती हैं। नाववाला भी हँसता रहा था। गाइड ने बताया था। वह कह रहा है, विदेशी कहते हैं, हम गन्दे होते हैं। मैं कहता हूँ, विदेशी गन्दे होते हैं। हम अपनी नाक सिनककर गंगा में डाल देते हैं। और इन विदेशी लड़कियों को देखो, कागज में नाक सिनककर उसे अपने बैग में डाले जा रही हैं। कितनी गन्दी हैं। हम तो गन्दगी से हाथोंहाथ मुक्त हो जाते हैं, ये गन्दगी साथ लिये घूमती हैं। छिः।

यह बात गाइड ने उसके काफी पूछने पर झिझकते हुए बतायी थी। नाव वाले का कहना था, गंगा तो मोक्षदायिनी है। सबके पाप हर लेती है। इस छोटी-मोटी गन्दगी की क्या बिसात है?

क्या गजब का विश्वास है! वह सोचती।

वह उस सुबह आयी तो उसे गंगा तट पर चारों ओर फैली गन्दगी नजर ही नहीं आयी। उसकी सहेलियों ने वहाँ पहुँचते ही नाक पर रूमाल लगा लिया लेकिन उसे ऐसा कुछ महसूस नहीं हो रहा था। उसे सिर्फ सूर्यदेवता दिखाई दे

रहे थे। सात घोड़ों के रथ पर सवार। फिर सूर्य देवता की जगह वही आरती वाले युवक का चेहरा दिखाई देने लगा। गंगा का धीर-गम्भीर जल। गंगा किनारे बनी हुई राजाओं की हवेलियाँ, जिनकी वह पहले-दूसरे दिन तारीफ करती रही थी, उसकी आँखों से ओझल हो गयी थीं। वह पहले दिन तो हैरान होती रही थी। कितने सारे राजाओं के पैलेस हैं यहाँ। जिस जमाने में बिजली नहीं थी, एक राजा ने बिना बिजली की लिफ्ट लगवायी थी! उस दिन उसका ध्यान इन सब चीजों की ओर जा ही नहीं रहा था। सहेलियों की बातचीत भी नहीं सुन रही थी।

जैसे ही नाव गंगा में पहुँची, उसे लगा सूर्य के गोले में से एक रथ निकला। मुकुट पहने वही देवता उसे पुकार रहे हैं : ''आओ, मोक्ष प्राप्त करो।'' फिर उसे अपने प्रेमी का चेहरा दिखाई देने लगा। ऐसा लगा जैसे वह बाँहें फैलाये उसे बुला रहा है।

और उसने छलांग लगा दी। सब कुछ पलक झपकते हो गया।

उसने अपनी सहेलियों और गंजू गाइड को इतना भी समय नहीं दिया कि वे उसे पकड़ भी सकते।

वह कह रही थी, ''मैं कहाँ हूँ?''

''क्या मुझे मोक्ष मिल गया?''

''लेकिन मोक्ष के बाद मैं कहाँ आ गयी हूँ?''

''ओह, ये तो वही चेहरे नजर आ रहे हैं, जो गंगा किनारे नजर आ रहे थे। क्या ये लोग भी मेरे साथ ही गंगा में विलीन हो गये थे?''

''अरे गंजू गाइड, तुम भी साथ आ गये! अच्छा हुआ, अब तुम मुझे बताओ, मोक्ष प्राप्ति के बाद क्या करना होता है? और सू तुम भी! और तुम भी!'' वह हैरान हो रही थी सबको वहाँ देखकर।

गाइड और तीनों सहेलियाँ, धीरे-धीरे उसकी चेतना लौटने के साथ-साथ, उसे यकीन दिलाने की कोशिश कर रहे थे कि वह इसी धरती पर है, इसी धरती पर। और स्वर्ग भी इसी धरती पर है। आत्महत्या से मोक्ष नहीं मिलता है। उसे अभी न जाने कितने सूर्योदय देखने हैं, न जाने कितने सूर्यास्त।

□

सौदा

उसने नोट लापरवाही से सोफे पर पटक दिये थे। चेक पर्स से निकालकर काफी देर तक देखती रही, जैसे किसी का चेहरा उसमें दिखाई दे रहा हो। फिर चेक को भी नोटों के पास ही लापरवाही से पटक दिया। उसे लगा उसे खुश होना चाहिए था। पर क्या वह खुश है?

मन में किसी ने धीरे से कहा, हाँ, हाँ, बहुत खुश हूँ। आखिर मैंने एक जंग जीती है।

लेकिन मन के दूसरे कोने में कोई धीरे से कह रहा था, इसके लिए तुमने बचपन का दोस्त खो दिया है, रिनी। अपना प्यार, पति।

उसने उठकर परदा खिसका दिया। अँधेरा-सा होने लगा था। आँखें मूँदकर वह सोफे से टेक लगाकर बैठ गयी। दिन की सारी बातें आँखों के सामने आ रही थीं।

अदालत में उसका और अनूप का नाम पुकारा जा रहा था। अर्दली कह रहा था, "डा. अनूप गुप्ता और रिनी गुप्ता हाजिर हों!" शायद आखिरी बार दोनों का नाम एक साथ लिया जा रहा था। वे दोनों ही खामोशी से जज के सामने जाकर खड़े हो गये।

"आप दोनों ने तय कर लिया? दोनों ही अलग रहना चाहते हो?" जज ने पूछा।

अनूप ने उसकी ओर देखा, जैसे पूछ रहा हो, "क्या हाँ कह दूँ?" उसने भी अनूप की आँखों में देखा। किसी ने कुछ नहीं कहा। हाँ में सिर हिला दिये। और कागजों पर साइन कर दिये। कितनी आसानी से खत्म हो गया सब कुछ।

अनूप के आँसू झलक आये थे।

जब अनूप उसके वकील को पैसा दे रहा था उसकी आँखों में देखकर उसे डर-सा लग रहा था। जैसे वे आँखें कह रही हों, तुमने मुझे धोखा दिया है रिनी!

उसने पैसे और चेक अपने पास रख लिये। अलग होने लगे तो अनूप ने हाथ मिलाया। कहने लगा, "तुम खुश रहो। यही कामना कर सकता हूँ।"

शुरू में उसने म्युचुअल डाइवोर्स के लिए दस लाख रुपये माँगे थे। अनूप हैरान रह गया था, "तुम तो जानती ही हो, रिनी। मेरे पास इतना पैसा नहीं है। फिर भी!"

कभी-कभी उसे ऐसा लगता था जैसे वह हफ्तावसूली कर रही हो। कई बार सोचा, पैसा किस चीज का माँग रही हूँ। लेकिन फिर सपने! वे कैसे पूरे होंगे?

दोस्तों ने भी कहा, "इमोशनल होने की जरूरत नहीं है, रिनी। फ्यूचर के बारे में सोचो।"

इस सोच ने ही तो उसे इस मुकाम पर ला पटका है।

दोस्तों की सलाह मानी। और मुकदमा करने का मन बना लिया। वकील ने उसे जरूर चेताया था, "एक लम्बी लड़ाई का मन बना लीजिए, रिनीजी। अगर आपसी रजामन्दी से फैसला नहीं हुआ तो बरसों लग सकते हैं। उसे उस समय बड़ा अजीब लग रहा था। कैसा वकील है यह? मेरा या अनूप का? केस मेरा लड़ रहा है, हमदर्दी अनूप से है।

उसने ही शुरू में रिनी की इस बात का विरोध किया था कि वह अनूप से पैसा माँगे, "आपने तो बताया था, आपकी लव मैरिज है! उसने आपसे कोई डॉवरी भी नहीं ली!"

रिनी को गुस्सा आ गया था, "कमाल करते हैं वकील साहेब आप। आप मेरे वकील हैं या अनूप के?" सवाल यह नहीं है कि लव मैरिज थी या अरेंज? डॉवरी दी या नहीं? सवाल ये है कि मुझे पैसे की जरूरत है और आप मेरे वकील हैं। आप मुझे रास्ता बताएँगे कि मैं अनूप से पैसा किस तरह ले सकती हूँ। आप नहीं दिलवा सकते तो कोई और दिलवाएगा।"

वकील के चेहरे से लगा था कि वह उसे दरवाजा दिखा देगा। लेकिन वह खामोश बैठा रहा। थोड़ी देर बाद बोला, "हूँ, आपके पति से मुलाकात कर सकता हूँ?"

"हाँ, हाँ, क्यों नहीं?"

अन्त में सौदा पाँच लाख पर हुआ। उस दिन आखिरी मीटिंग में अनूप ने उससे क्या कहा था, अच्छी तरह याद है, "रिनी, मैं हद से हद पाँच लाख का इन्तजाम कर सकता हूँ। सब कुछ मिलाकर भी मेरे पास इतना पैसा नहीं है। कर्ज लेना पड़ेगा। तुम तो जानती ही हो, थोड़ा बहुत फ्लैट के लिए बचाया था। तुम ही नहीं रहोगी तो उस फ्लैट का भी क्या करूँगा? अगर तुम इतने पर मानती हो तो ठीक, नहीं तो...।"

''घरवालों से क्यों नहीं माँग लेते?''

उसकी आवाज के तीखेपन को नजरअन्दाज करते हुए अनूप ने कहा, ''न मैंने उनकी मरजी से यह शादी की थी, न ही किसी मुसीबत में उनकी मदद लूँगा। चाहे जेल चला जाऊँ।''

अनूप की आवाज पुख्ता थी। अनूप को जब अहम फैसला लेना होता है तो उसकी आवाज वैसी ही हो जाती है। वह सोचने लगी, ''मुझे उसे जेल भिजवाने का शौक तो है नहीं। अदालत में कुछ भी साबित नहीं कर पाऊँगी। बेहतरी इसी में है जितना अनूप दे रहा है, मान जाऊँ। अदालत के चक्कर कौन लगाएगा!''

सौदा तय हो गया था। सौदा ही तो था। अनूप का पीछा छोड़ने का सौदा!

अनूप जब उसके वकील को पैसा दे रहा था तो पीछे से वह अपने दोस्तों की आवाज सुन सकती थी। अक्षत की आवाज उसे उस वक्त अच्छी नहीं लगी, ''हे, लेट्स सेलिब्रेट रिनी। आखिर तुमने एक जंग जीत ली है। और वो भी बिना कुछ खोये।''

फिर हँसी की आवाज...।

पता नहीं क्यों, वह सोचने लगी, क्या मैंने कुछ नहीं खोया है?

फिर खुद से ही कहने लगी, अब सोचने का वक्त ही वक्त है।

पिछले तीनेक साल से वह रिनी गुप्ता थी। फिर से रिनी मोहन हो गयी। जिन्दगी खूबसूरत थी, उस समय तक, जब तक कि उसके दिमाग में ऑस्ट्रेलिया जाने का आइडिया नहीं आया था। अच्छी खासी नौकरी है उसकी, अनूप की भी। दफ्तर की तरफ से एक हफ्ते के लिए ऑस्ट्रेलिया क्या रहकर आयी, जिन्दगी ही बदल गयी। उसके साथ अक्षत भी गया था। उसके दफ्तर के इस दोस्त को अनूप कभी पसन्द नहीं करता था। इसीलिए उसके साथ जाने की बात उसने अनूप से छिपायी भी थी।

वहाँ खर्च के लिए उसने अनूप से ही पैसे भी माँग लिये थे। पूअर थिंग। कभी किसी बात पर उसने उसे रोका-टोका नहीं।

शादी के बाद से ही कभी नहीं टोका था। कोई झगड़ा-फसाद नहीं। वह अपनी तनखा का क्या करती थी, अनूप ने कभी जानना नहीं चाहा। वह मानती थी कि घर चलाना हस्बैंड का काम है। अनूप ने इस बात पर कभी मन मैला भी नहीं किया।

आखिर वह उसका बचपन का दोस्त था।

दोनों ने ही माँ-बाप की बिना मर्जी के शादी की थी। उनकी दोस्ती पर किसी को एतराज नहीं था लेकिन शादी में जात भी आड़े आ गयी, जमाना भी।

अनूप के माँ-बाप का मानना था कि रिनी न तो उतनी खूबसूरत है जैसी

बहू का सपना उन्होंने संजोया है, और न ही घर-गिरस्थी वाली लगती है। जिस समय वह इस इनसिक्योरिटी से गुजर रही थी, अनूप के पास विदेश से एक के बाद एक ऑफर आ रहे थे। वह डॉक्टरी की पढ़ाई पूरी कर चुका था। उसे घबराहट होने लगती थी अनूप के बाहर जाने की बात सुनकर। अनूप विदेश जाकर उसे भूल तो नहीं जाएगा? कैसी दहशत थी उसके दिमाग में। उसने चाल खेल दी थी, "अनूप मुझे तो अपना देश ही अच्छा लगता है। क्या मिलेगा वहाँ जाकर?"

अपने सच्चे प्यार की खातिर अनूप ने अपना कैरियर कुर्बान कर दिया।

अनूप ने अपने बाकी रिश्तों की भी बलि दे दी थी। दिल्ली के एक प्राइवेट अस्पताल में उसकी नौकरी लग गयी। सरोजिनी नगर में एक कमरे का फ्लैट किराये पर लेते ही रिनी से शादी कर उसे साथ ले आया। एक कमरे से ज्यादा घर वह एफोर्ड ही नहीं कर सकता था। मकान के किराए से लेकर, राशन, पानी, बर्तन से लेकर एक-एक चीज की समस्या थी। ऊपर से रिनी के शौक! उसे रिनी से किसी तरह की शिकायत नहीं थी। रिनी की खुशी में ही उसकी खुशी थी। वह रिनी को किसी तरह की तकलीफ नहीं देना चाहता था। उसने चाँद देने का वादा तो नहीं किया था, लेकिन सोचता था, माँ-बाप नाराज नहीं हुए होते तो वे लोग बेहतर जिन्दगी जी रहे होते। वह रिनी से कभी-कभी कहता, "हनी, कुछ दिन की मुश्किल है। जल्द ही हम लोगों का अपना घर होगा—अपना आशियाना!

वह मुस्कुरा देती। जैसे कह रही हो, देखो कब तक सच होता है।

लेकिन सच यह था कि उसके लिए हनीमून बहुत जल्दी खत्म हो गया था। वे लोग कुछ दिन बाद ही पास ही में दो कमरे के फ्लैट में शिफ्ट हो गये थे लेकिन वह इस जिन्दगी से ऊब चुकी थी। यही सोचती रहती कि क्या मैंने इस जिन्दगी के लिए शादी की थी। बात-बात पर हाथ खींचो। हाऊ बोरिंग!

शुरू में उसे लगता रहा कि थोड़े दिन बाद उसके ससुराल वालों की नाराजगी दूर हो जाएगी। आखिर वे उसे बचपन से जानते थे। तब उसे भी जिन्दगी की हर वह खुशी मिल जाएगी। लेकिन हुआ उलटा। उसके लिए उस घर के दरवाजे बन्द ही रहे। उसकी सास यानी आंटी ही उसके सबसे ज्यादा खिलाफ थीं। जब तक वह हाँ न कहें, उसका उस घर में जाने का कोई सवाल ही नहीं उठता था। क्या हो गया है आंटी को? उसने कई बार उनसे मिलने की भी कोशिश की। लेकिन कामयाबी नहीं मिली। वह शायद मानती थीं कि उसी के बहकावे में आकर अनूप ने उससे मन्दिर में शादी की थी। इस बात के लिए वह उसे माफ करने को तैयार नहीं थीं। सुना है, वह कहती हैं कि इस छोटे घर की लड़की की वजह से ही अनूप ने ऐसा किया है। कितनी क्रूर हैं न आंटी! उन्होंने यह भी नहीं सोचा कि इसी शहर में उनकी बहू एक छोटे-से फ्लैट में रह रही है। उसके

सारे सपने बिखर गये थे। फिर सोचती, यह अनूप भी दूसरे डॉक्टरों की तरह लाखों रुपये क्यों नहीं कमाता?

"तुम कोई बड़ा नर्सिंगहोम क्यों नहीं ज्वाइन कर लेते?" कई बार अनूप से वह यह सवाल कर चुकी थी। लेकिन अनूप हँसकर टाल देता, "कुछ दिन तो इन्तजार करो।"

कब तक, आखिर कब तक? क्या साठ साल की उम्र तक? वह मन ही मन चीख पड़ती। जोर से भी चीखती तो सुननेवाला भी कौन होता! अनूप ज्यादातर अस्पताल में ही तो होता था। वह अपने ऑफिस से आकर अकेली उस घर में पड़ी रहती।

धीरे-धीरे अक्षत और जतिन उसकी जिन्दगी में शामिल हो गये। अक्षत उसके सपनों को और बढ़ा देता। बाहर की दुनिया, वहाँ के सपने, "ओह, क्या जिन्दगी है वहाँ! सचमुच बहुत खूबसूरत! जिस दिन मर्जी होगी चल दूँगा।"

वह नयी जिन्दगी के सपने देखने लगी है। शाम को उसका ज्यादा वक्त अक्षत के साथ गुजरता। कभी-कभी जतिन भी रहता। उसे लगता अक्षत उसके लिए ही ये सपने देख रहा है। अनूप को कभी सपना भी न आया कि उसकी रिनी अपने अलग ही सपने देखने लगी है। कभी वह कुछ पूछता भी तो वह उसके गले में बाँहें डाल प्यार से कह देती, "ओह डार्लिंग, शाम को अकेले बैठे-बैठे बोर हो जाती हूँ। इसलिए बाहर चली जाती हूँ।"

एक शाम अक्षत ने उससे कहा, "बाहर जाने की प्लानिंग कर रहा हूँ, चलोगी रिनी?"

और उसने भी फैसला ले ही लिया, बहुत हो गया बचपन का प्यार। अब अपनी जिन्दगी जी जाए। सुनहरे पल शायद मेरा इन्तजार कर रहे हैं।

अनूप अब उसे रास्ते का रोड़ा लगने लगा था। "लेकिन सपने कैसे पूरे करूँ? ज्यादा पैसे तो हैं ही नहीं मेरे पास।"

"डाइवोर्स ले लो," जतिन की सलाह थी।

वह हँस पड़ी, "फिर तो मेरे सिर पर यह छत भी नहीं होगी। माँ-बाप के पास वापस भी नहीं जा सकती।"

अक्षत खामोश था। जतिन मुस्करा रहा था। वही बोला, "तुम निरी बुद्धू हो। कानून में एक सेक्शन 498 ए भी होता है। पत्नी पर अत्याचार करने और दहेज माँगने का मामला।"

वह हैरान हो गयी, "हमारी तो लव मैरिज थी!"

"मैं कब इस बात को गलत कह रहा हूँ।" जतिन ने कहा। "तुम्हें उस

सब के बारे में सोचना है तो भूल जाओ फ्यूचर।''

''अगर इतना ही प्यार है तो खुश क्यों नहीं हो, अनूप के दिल के प्यारे-से एपार्टमेंट में?'' जतिन और अक्षत दोनों की ही हँसी काफी देर तक गूँजती रही।

फैसला तो लेना ही था। उसने अक्षत की तरफ देखा। ''और तुम क्या कहते हो?'' उसने कहा, ''एक चीज तो चुननी ही पड़ेगी। फ्यूचर या पास्ट।''

उसने फ्यूचर चुन लिया। ''अनूप ने प्यार की खातिर इतने बलिदान दिये हैं। एक और सही।'' वह मुस्कुरा दी। और एक दिन उसने अपने जिस बयान पर दस्तखत किये, उसमें लिखा था कि अनूप ने मेरे साथ अच्छा व्यवहार नहीं किया। अक्सर पिटाई करता था। कहता था कि मायके से एक कार लेकर आओ! और फ्लैट के लिए दस लाख रुपया! उसके ये कागज मिलने के बाद अनूप फ्लैट छोड़कर चला गया था।

रिनी के आँसू आ गये थे। खिड़की से बाहर देखा। अँधेरा पूरी तरह हो चुका था।

□

पेइंग गेस्ट

दरवाजे की घंटी बजी। जतिन ने देखा, मिताली उठी। दरवाजा खोला। सामने नरेश मोहन था।

उसे देखते ही मिताली के चेहरे पर खुशी छा गयी थी, ''ओह अंकल, मैं आप ही का इन्तजार कर रही थी।''

उसने सुना, नरेश पूछ रहा था, ''क्या हुआ बेटे?''

''दोपहर से नल खराब है। पानी टपक रहा है। प्लम्बर को बुलाया, आता ही नहीं!''

मिताली ने इसरार किया, ''आप एक डाँट लगाएँगे तो फौरन आ जाएगा।'' बात करते-करते वे भीतर चले गये थे। मिताली उसके कन्धे पर लगभग झूलने लगी थी।

आगे की बातचीत वह नहीं सुन सका था। आवाजें धीमी हो गयी थीं। उसे खुसर-पुसर के रूप में ही सुनाई दे रही थीं। कितना अरसा हो गया, उसकी बेटी ने उससे इस तरह बात नहीं की। और इस गैर से इतना अपनापन!

वह ड्राइंगरूम के बराबर अपनी स्टडी में बैठा था। किताब पढ़ने का नाटक कर रहा था। और करे भी क्या दिन भर?

उर्मिला भी आएगी अभी कमरे से निकल कर और निमेश भी। फिर सब लोग मिलकर ऐसे बातें करने लगेंगे जैसे वह उनके घर का कोई हो। घर का ही क्यों, ऐसा लगने लगा है जैसे मेरी बीवी का पति और बच्चों का पिता वही हो। मैं देखो, क्या उल्लू की तरह यहाँ बैठा हुआ हूँ। अकेला। वह सोचने लगा।

''क्या करूँ?'' फिर ख्याल आया। लौटकर आने के बाद उसने जब इस नरेश मोहन को इतने अधिकार के साथ घर आते देखा था तो उर्मिला से कहा था, ''क्यों आता है यह आदमी यहाँ? इसका आना मुझे पसन्द नहीं।''

तो उसने टका-सा जवाब दे दिया था, ''यह तो इस घर से जाने से पहले सोचना चाहिए था। जानते हो जब तुम हमें बेसहारा छोड़कर चले गये थे तो इस

नरेश मोहन ने ही हमें सहारा दिया था।''

उस दिन के बाद से उसने कुछ कहना-सुनना ही बन्द कर दिया था। एकाध बार शिष्टता में उसने उसे नमस्कार भी किया था। अब वह भी करना बन्द कर दिया है।

नरेश मोहन ही उसके सामने पड़े तो, ''नमस्ते जतिन जी'' कह दे, तो वह जवाब दे देता है, अन्यथा नहीं।

कितना बेशर्म जीव है। जानता है, मुझे इसका घर में आना पसन्द नहीं है, फिर भी चला आता है। फिर सोचने लगा, नरेश मोहन को उसकी परवाह क्यों होने लगी? जब उसके बीवी, बच्चे ही उस पर बलिहारी रहते हैं। और वह सारे हालात से वाकिफ है।

भीतर से हँसी-मजाक की आवाजें आ रही थीं। उसने उत्सुकता में जानना चाहा कि क्या बातें हो रही हैं? वह बाहर सिंक के पास गया। हाथ धोने के बहाने कान लगाकर सुनने लगा। निमेश अपने स्कूल के किस्से सुना रहा था। उसी पर सब हँस रहे थे। यह निमेश उससे तो कभी ऐसी बातें नहीं करता। वह पूछता रहता है, तब भी नहीं।

तभी नरेश मोहन की आवाज सुनाई दी, ''चलो निमेश, किताबें लेकर आओ। मुझे मालूम है तुम मैथ से बचने के लिए यह सब कर रहे हो।''

निमेश किसी आज्ञाकारी बच्चे की तरह उठा और किताबें लाने चला गया। ''उर्मिलाजी, वो आपने डायबिटीज की पेशेंट का जिक्र किया था ना। जिसकी टाँग कटने वाली है। मैंने 'अपनत्व' संस्था वालों से बात कर ली है। वो उसकी नकली टाँग का खर्च देने को तैयार हो गये हैं।''

''सच प्रोफेसर साब, आपको इसी बात पर हलवा खिलाती हूँ।'' और वह बिना उसकी ओर नजर डाले किचन में चली गयी। मिताली वहीं बैठी अपनी पढ़ाई कर रही थी शायद। नरेश मोहन की आवाज आयी, ''तुम्हें कोई प्रॉब्लम तो नहीं मिताली। पहले तुम्हें समझा दूँ!''

''नहीं अंकल, निमेश को पढ़ाइए। मैं बाद में समझूँगी!'' उसकी आवाज आयी।

किचन में हलवा भूना जा रहा था। बड़ी अच्छी सुगन्ध आ रही थी। उसे भी मिल जाएगा खाने को तो। लेकिन किस पराएपन के साथ। मिताली आएगी, चेहरे पर गम्भीरता ओढ़े, कहेगी, ''पापा, आपका हलवा।'' और चली जाएगी। वह फिर अकेला रह जाएगा। उसके अधिकार तो इस नरेश मोहन ने ले लिये। यह हलवा अब गले के नीचे भी नहीं उतरने वाला।

उसे बर्दाश्त नहीं हो रहा था। सोचा घूम आऊँ। इतनी देर में यह नरेश मोहन नाम का जीव, हो सकता है यहाँ से चला जाए।

उसने कमीज पहनी और बाहर निकल आया।

एक बार पलटकर देखा, हो सकता है कोई उसे पुकारे। लेकिन शायद किसी को उसकी जरूरत नहीं थी। हँसी की आवाजें उसका पीछा कर रही थीं। मेन गेट पर उसकी उचटती-सी नजर पड़ी।

डॉ. उर्मिला श्रीवास्तव। नेम प्लेट पर उसका नाम हटा दिया गया है। जब भी घर में घुसता है, देखता है और कसमसाकर रह जाता है। एक अनएम्प्लॉयड, ठुकराया हुआ आदमी और कर भी क्या सकता है?

पहले यहाँ लिखा था : हमारा घर, डा. उर्मिला और जतिन श्रीवास्तव।

अब यह शायद घर नहीं रह गया है। कम से कम उसके लिए तो नहीं। शायद सराय नाम दे सकता है अब वह इस जगह को, जहाँ उसे फ्री में खाने पीने की सुविधा है।

उर्मिला ने अपनी जिन्दगी से तो उसका नाम हटा ही दिया है।

उसने सोचा कि अपना नाम एक तरफ ही लिख दे। लेकिन फिर सोचा क्यों लिखवाए अपना नाम। और मजाक उड़ाएँगे आस-पास के लोग। ऐसे ही ठीक है। जिन्दगी जैसे चल रही है, वैसे ही चलने दो।

वैसे भी गलती किसकी है? वह सोचने लगा। जवाब भी भीतर से ही आया, शायद अपनी ही।

किसी समय तो पाँव जमीन पर नहीं पड़ते थे उसके। एक बहुत बड़े अखबार में स्पेशल कॉरस्पांडेंट। कम से कम उसे यह गलतफहमी थी कि वह सत्ता का केन्द्र है। सरकारें बनवा सकता है। सरकारें बिगड़वा सकता है। एकाध मन्त्री का खेल तो कर ही सकता है। और राजनीति के इस खेल में वह न जाने कितने हाथों का खिलौना बना। पैसा खूब आया। जिस रफ्तार से आया, उसी रफ्तार से उड़ता भी गया। यह मकान उसने जरूर बना लिया। तभी आज उसके सिर पर एक छत है। नहीं तो, हो सकता है उर्मिला उसे घर में कदम भी न रखने देती।

शर्मिली। इस नाम से उर्मिला को नफरत है। आज तो उसे भी नफरत है। लेकिन एक जमाना था, जब वह उस पर फिदा था। उसके अखबार में ही कॉरस्पांडेंट बनकर आयी थी। पता नहीं वह कॉरस्पांडेंट कैसे बन गयी थी?

शुरू में वह काफी गुस्साया था अपने बॉस पर। पता नहीं कैसे-कैसे लोगों को भरती कर लेता है। सिफारिश में भी कम-से-कम कुछ तो टेलेंट देख लेना चाहिए। लेकिन धीरे-धीरे उसे शर्मिली की कॉपी ठीक करने में मजा आने लगा। और एक दिन ऐसा आया कि वह ही उसके लिए भी कॉपी लिख देता था। बस वह उसके सामने बैठी रहे।

वह घर देर से पहुँचने लगा था। आधी-आधी रात तक बिजी होने के काफी

बहाने थे। मिलने-जुलने वाले लोगों की लम्बी फेहरिस्त थी उसके पास। किसी की पार्टी, किसी से मीटिंग, किसी के लिए कुछ काम, आखिर पैसा यूँ ही तो नहीं आता। वह उर्मिला को समझा देता था। उसे अपने काम से ही फुरसत नहीं थी। हॉस्पिटल के बाद घर और बच्चे।

पर ऐसी खबरों के पंख होते हैं।

चाहे कितनी ही धीमे उड़ें, उड़ती हैं।

उसके और शर्मिली के इश्क के चर्चे भी उर्मिला तक पहुँच ही गये। धीरे-धीरे उर्मिला पर यह राज खुलने लगा कि वह किसी एम.पी., मन्त्री के साथ नहीं, शर्मिली के साथ बिजी है। इस शहर में अकेली ही तो रहती थी शर्मिली। इसलिए भी आसानी थी। एक बड़े बँगले की बरसाती में किराएदार थी। बँगला ज्यादातर बन्द रहता था। शर्मिली की आजादी—दरअसल उन दोनों की आजादी में खलल डालनेवाला वहाँ कोई नहीं था।

कब वह शर्मिली के इश्क में चारों ओर से कटता गया था, उसे खबर ही नहीं हुई। वह तो हवा के घोड़े पर सवार था। बॉस ने एक दिन उसे डाँट लगायी, आजकल काम पर ध्यान नहीं दे रहे हो जतिन। ऐसे चलेगा नहीं। इस बात पर वह बॉस से झगड़ बैठा। और अगले महीने ही उसने एक छोटे-से न्यूज चैनल में अपने लिए एक बड़ी-सी नौकरी फिट कर ली। "अरे, जहाँ चाहूँ, वहाँ नौकरी कर लूँ। कई तो मन्त्री मेरे पीछे पड़े हैं कि उनका काम सँभाल लूँ। वह तो मैं ही नहीं पड़ता, उनके चक्कर में।" कम-से-कम दोस्तों के बीच दारू पीते हुए, वह यही तड़ी मारता था।

लेकिन यह इश्क का चक्कर बहुत बुरा होता है न। उधर चैनल की नयी नौकरी में बारह-बारह घंटे उसकी ऐसी की तैसी हो रही थी। यहाँ मन्त्रियों का रोब मारना भी बेकार था। इधर न शर्मिली को सँभाल पा रहा था, न उर्मिला को।

उर्मिला नाराज थी। अब तक खामोश रहने वाली उर्मिला अब अपनी नाराजगी का इजहार करने लगी थी। और शर्मिली की फरमाइशें बढ़ने लगी थीं, वह अब उर्मिला और उसके तलाक की डिमांड रख चुकी थी।

खेल-खेल में शुरू हुआ यह सिलसिला कहाँ पहुँच गया है? उसे, खुद समझ नहीं आ रहा था। कशमकश बढ़ने लगी थी। उसे फैसला लेना ही पड़ा।

एक दिन वह कपड़ों की अटैची लेकर घर से निकल आया। शर्मिली की बरसाती में उसका नया आशियाना बन गया था। बच्चों के आँसू भी नहीं देखे उसने। जिन बच्चों से अलग होने की बात वह सोच नहीं सकता था, वे उस समय घर के एक कोने में, खड़े डरे-सहमे से, उसे जाते देख रहे थे। और उसने मुड़कर भी नहीं देखा। उर्मिला की तरफ तो देखने की फुरसत ही कहाँ थी!

उसने सोचा था, कुछ दिन बाद उर्मिला से कहूँगा घर खाली करने के लिए। हॉस्पिटल की ओर से फ्लैट मिल जाएगा उसे। वह अपने घर में शिफ्ट कर जाएगा। लेकिन ऐसा हो नहीं पाया।

जो हम सोचते हैं, वैसा हो जाए तो बात क्या है!

उसने उर्मिला से घर खाली करने को कहा तो तूफान आ गया। जतिन ने सोचा था कि उसके भाई उसका साथ देंगे लेकिन उन्होंने भाभी का साथ दिया। उनकी बीवियाँ उर्मिला के साथ थीं। उसे लगा, सारा खानदान उसके खिलाफ षड्यन्त्र रच रहा है। उर्मिला उसके बॉस के पास भी चली गयी। उसका रोना सुनकर बॉस पसीज गया। वह उसकी लापरवाहियों से पहले ही दुखी था।

कुछ ही दिन बाद जतिन को ऑर्डर मिला, जम्मू जाने का। जमी-जमायी नौकरी हाल ही में खो चुका था। अब अचानक नयी नौकरी कहाँ से लाए। कोई चारा नहीं था जम्मू में ज्वाइन करने के अलावा। शर्मिली का रो-रोकर बुरा हाल था। वह कह रही थी, ''जतिन, नौकरी छोड़ दो।''

''लेकिन कैसे छोड़ दूँ नौकरी!'' शर्मिली के पैसे पर गुजारा करूँ?'' इस बीच वह शर्मिली के उकसाने से उर्मिला पर तलाक का मुकदमा कर चुका था। मुकदमेबाजी के लिए भी पैसा चाहिए।

''तुम छोड़ो नौकरी और मेरे साथ चलो।'' उसने कहा। लेकिन वह नहीं मानी।

पहले, हर हफ्ते वह दिल्ली आता था शर्मिली से मिलने। वापसी का कोई जुगाड़ ही फिट नहीं हो रहा था। उसे लगा अब वह कभी दिल्ली नहीं आ पाएगा। धीरे-धीरे उसका दिल्ली आना कम होता गया।

दो तीन महीने में एकाध बार।

शर्मिली ने भी शिकायतें कम कर दी थीं। चलो अच्छा ही है, उसने सोचा। जिन्दगी से उसने सबक ले लिया है। मुश्किलों से लड़ना सीख लिया है लेकिन वह शायद भ्रम में था।

एक शाम उसका मन उचाट हो रहा था। इतना अकेलापन! दिल कर रहा था, शर्मिली के कन्धे पर सिर रखकर रोए। एक वही तो है दुनिया में, जिसके सहारे वह इस जालिम दुनिया का मुकाबला कर रहा है।

अचानक ही दिल्ली के लिए निकल लिया। सोचा था, शर्मिली को सरप्राइज देगा। अगले दिन लौट लेगा। सुबह-सुबह ही वह शर्मिली के दरवाजे की बेल बजा रहा था। काफी देर तक बेल बजाता रहा, तब कहीं जाकर दरवाजा खुला। आँख मलती शर्मिली ने दरवाजा खोला और इससे पहले वह कुछ कह पाती, सुन पाती, वह घर के भीतर था, सीधे बेड रूम में। ड्राइंगरूम के नाम पर वहाँ

कुछ था भी नहीं। बेड के बराबर ही दो अलमारियाँ रखकर थोड़ी ओट कर दी गयी थी ताकि आने वाले की निगाह सीधे बिस्तर पर न पड़े। दरवाजे के पास वाली खाली जगह में दो कुर्सियाँ डाल दी गयी थीं। उसने बैग एक तरफ पटका और शर्मिली को बाँहों में ले लिया लेकिन धक से रह गया। बिस्तर पर नजर गयी। वहाँ कोई सो रहा था। यह कौन? क्यों? कैसे? वह शर्मिली की तरफ देख रहा था। उसकी आँखों में कुछ भी नहीं था। कुछ भी तो नहीं।

उस चेहरे की आँख खुल गयी थी।

उसके सामने ही शर्मिली ने कहा, "कब तक इन्तजार करती तुम्हारा? तुम तो समस्याओं से इस कदर घिर चुके हो। लगता है बीवी से तलाक लेने में ही तुम्हारी पूरी जिन्दगी बीत जाएगी। जतिन, कुछ समझने की कोशिश करो। मैं जिन्दगी जीना चाहती हूँ। शहीद कहलाने का मुझे कोई शौक नहीं है। मेरी मानो तो तुम भी अपने बीवी-बच्चों के पास लौट जाओ!"

कितनी आसानी से कह गयी थी शर्मिली यह सब। वह शर्मिली, जो कभी इस शहर में उसके बिना अकेली थी। अधूरी थी।

लेकिन अब क्या हो? वह कह भी तो नहीं सकता था कुछ। सिवाय इस सलाह पर शुक्रिया अदा करने के।

वहाँ से निकल आया, हमेशा के लिए। कहाँ जाऊँ इस शहर में। अपने घर? शर्मिली के लिए यह कह देना जितना आसान है, वहाँ कदम रखना उसके लिए उतना आसान नहीं है। सारी खबरें मिल जाती हैं उर्मिला को, पता नहीं कहाँ से? हो सकता है उसे शर्मिली की इस कारगुजारी के बारे में पहले से ही पता हो। और खुश हो रही हो। तब मजाक नहीं उड़ाएगी उर्मिला? "आ गये मजनूँ अपनी लैला के यहाँ से धक्के खाकर।" पता नहीं घर में घुसने भी दे या नहीं?

वह होटल में टिक गया।

जम्मू लौटकर काम में उसका मन नहीं लग पाया। कई बार मन करता उर्मिला से बात करे। सोचता, बच्चों से ही बात कर लूँ।

फिर कह देता, नहीं। जिन्दगी में खोखलापन बढ़ता जा रहा था। एक दिन, पता नहीं कैसे, वह इसी असमंजस में अंटशंट बोलता गया। डायरेक्ट टेलीकास्ट था।

कट!

अगले ही टेलीकास्ट में वह भूल सुधार ली गयी थी लेकिन उसे साफ नहीं किया गया।

उसे हाथों-हाथ कह दिया गया था, अलविदा!

एक जमाने का भारी भरकम स्पेशल कॉरस्पांडेंट, फिलहाल सड़क पर। जम्मू में रहने का तो कोई फायदा ही नहीं था। दिल्ली लौट आया। यही उसकी कर्मभूमि

है। फिर से शुरुआत करो जतिन श्रीवास्तव।

पर बड़ा निष्ठुर शहर है यह दिल्ली भी। इतने दिन में तो ऐसा लगता था यह शहर उसे भूल ही गया है। नयी नौकरी के लिए एम.पी., मन्त्रियों से पैरवी भी करनी होती। लेकिन सबने आँखें फेर लीं। उसके लिए वक्त निकाल पाना ही मुश्किल होता जा रहा था उन लोगों के लिए। उसके पुराने दोस्त, जो उससे बात करने के लिए तरसते थे, खासतौर से ब्रेकफास्ट और डिनर पर इन्तजार किया करते थे, या तो मीटिंग में बिजी होते या बाथरूम में।

''फेंकी हुई मक्खी हो गया हूँ मैं।'' फिर भी कुछ पुराने दोस्तों ने कहीं से उसके लिए लिखने-लिखाने का जुगाड़ फिट कर दिया था। इतना ही कि वह भूखा न मरे इस शहर में।

मुकदमे की एक तारीख के दौरान एकदम सख्त दिखाई देने वाली उर्मिला को ही उस पर रहम आ गया। कह दिया कि वह चाहे तो घर आकर रह सकता है।

तीन साल बाद कदम रखा था उसने अपने घर में। बच्चे कितने बड़े हो गये थे! मिताली बोर्ड का पेपर दे रही थी। निमेश ने अच्छा कद निकाल लिया था। आठवीं में आ गया था वह भी। उसके मन ने कहा, ''अब बच्चों को कलेजे से लगाकर उसको ठंडक पड़ेगी। उसने निमेश को बाहों में लिया तो कितना अपरिचय था उसके व्यवहार में! धीरे से उसने खुद को उसकी गिरफ्त से छुड़ा लिया था। मिताली भी बस दूर से ही मिली।

उसे लगा, वक्त लगेगा ये दूरियाँ पाटने में।

लेकिन कुछ दिन में ही उसे लगने लगा कि शायद ये दूरियाँ कभी न पट पाएँ।

शाम होने से पहले ही नरेश मोहन आ जाता था। उसका इन्तजार अब इस घर में ऐसे ही होता था जैसे कभी उसका हुआ करता था।

ये नरेश मोहन बच्चों को कभी हिसाब पढ़ाने आता था। लेकिन लगता था पूरे घर का हिसाब-किताब उसने ही सँभाल लिया था।

बच्चों ने ही बताया था, ''पापा, नरेश अंकल आपके पीछे से ममी के हॉस्पिटल से आने तक हमारे साथ रहते थे।'' फिर उसने घर के दूसरे काम भी सँभाल लिये थे। नल टपक रहा हो तो नरेशजी, टीवी ठीक कराना हो तो नरेशजी। बच्चों के स्कूल जाना हो तो नरेश अंकल। वह प्रोफेसर थे। दोपहर बाद फ्री। इन जिम्मेदारियों के लिए, अकेले जीव नरेश मोहन के लिए समय निकालना दरअसल खुद को सहारा देने का बहाना बन गया था। ट्यूशन भी पैसे के लिए नहीं अपने अकेलेपन को बाँटने के लिए ही करते थे। पत्नी की मौत हो चुकी थी और बेटा स्टेट्स में था। नरेश ने तो एक पराए घर में अपना घरौंदा बना लिया

लेकिन वह तो अपने ही घर में पेइंग गेस्ट हो गया था।

नहीं, पेइंग गेस्ट भी नहीं।

उर्मिला ने कहा था, ''बुरे वक्त में इतना तो कर ही सकती हूँ तुम्हारे लिए कि तुम पर बोझ न डालूँ।'' उसने खाने-पीने के पैसे लेने से इनकार कर दिया था। सही समय पर उसे खाने-पीने के लिए मिल जाता था। कपड़े धुल जाते थे। लेकिन दूरियाँ नहीं पट पायीं।

कुछ दिन घर में जमने के बाद उसने उर्मिला से नरेश के आने पर आपत्ति दर्ज करायी तो उसने बहुत प्यार से उसकी आपत्ति खारिज कर दी।

''जतिन, तुम उस रिश्ते को कोई भी नाम दे सकते हो। मैं कोई प्रतिवाद नहीं करूँगी। दरअसल तुम उस रिश्ते को समझ ही नहीं पाओगे। लेकिन इनसानियत के उस रिश्ते को मैं अब कभी नहीं छोड़ सकती।''

एक घुन था, उसे खाये जा रहा था। उसके सामने ही उर्मिला चाय की प्याली लेकर आएगी और उसे कमरे में लेकर चली जाएगी। क्या नाम दे इस रिश्ते को। जो भी हो, इस रिश्ते ने उसके लिए इस घर में कोई जगह नहीं छोड़ी है।

''जतिन, यही देखना और बाकी था।'' वह खुद से कहता।

अजीब है यह उर्मिला भी। मुकदमे के लिए जाती है तो इस बेरोजगार पति को साथ बिठाकर ले जाती है। उसे लगा वह पिघल रही है। सोचा, वक्त के साथ ये नरेश मोहन भी सीन से गायब हो ही जाएगा।

एक रोज उसने कहा, ''मैं ये मुकदमा वापस लेना चाहता हूँ। क्या फायदा मुकदमे का?''

''फायदा है। मैं अब तुम्हारे साथ रह नहीं सकती?'' उसने कहा।

''उर्मिला, क्या बीती बातें भुलायी नहीं जा सकतीं?'' उसने कहा।

''माफ कर सकती थी। भुला नहीं सकती। अगर तुम वक्त रहते शर्मिली को हमारे लिए छोड़कर आ जाते तो जरूर माफ कर देती। लेकिन तुम्हारी ये वापसी हमारे प्यार की वजह से नहीं, तुम्हारी मजबूरी है।''

उसकी मुस्कान वह झेल नहीं पाया था। कितना दर्प था उस मुस्कान में। यानी उसे सब कुछ पता है शर्मिली के बारे में।

तब से उसने उर्मिला से कुछ भी कहना छोड़ दिया।

वह कितनी भी कोशिश करे, शाम के वक्त घड़ी पर बार-बार नजर चली ही जाती है। फिर नरेश मोहन के आने का वक्त हो रहा है। क्या फायदा यहाँ बैठे रहने से। उसने कमीज पहनी और घर से बाहर निकल आया।

□□

णाणं

पयासयं

वीर नि.सं 2470

भारतीय ज्ञानपीठ

ई.सन् 1944